Albrecht Göstemeyer

RIEDHAUS

Albrecht Göstemeyer

RIEDHAUS

ROMAN

Bibliografische Information der deutschen Nationalbibliothek:
Die Deutsche Nationalbibliothek verzeichnet diese Publikation
in der Deutschen Nationalbibliografie; detaillierte bibliografische
Daten sind im Internet über dnb.dnb.de abrufbar.

Herstellung und Verlag:
BoD – Books on Demand, Norderstedt

Einen Menschenknochen zu finden ist etwas Ungewöhnliches. Doch die Kinder merkten nicht, dass es sich bei dem schmutzig braunen Röhrenstück, das sie hier in einem Sandberg unter den Kiefern ausgebuddelt hatten, um etwas Menschliches handelte. Stefanie nahm es in die Hand, lachte, rannte triumphierend zum Haus zurück und rief: „Da hat der alte Nolte wieder eines von seinen Schweinen vergraben! Wir können jetzt eine Schweinesuppe kochen!"

Die Jungen, allen voran Klaus und Nils, liefen ihr sofort hinterher; die Mädchen, Heike, Friederike und Claudia ließen sich Zeit, denn sie verstanden Langsamkeit auch als ein Zeichen der Zurückhaltung, so wie sie Mädchen im Alter um die zwölf Jahre im Verhältnis zu den Jungen brauchen. Doch die Neugier überwog. Zum Schluss saßen sie alle um den runden Steintisch vor dem Riedhaus und schauten sich an, was Stefanie da gerade gefunden hatte.

„Und was machen wir damit?", fragte Christoph.

„Irgendwohin in den Müll!", rief Hanno. „Der alte Nolte ist längst tot."

Der alte Hinrich Nolte war der Nachbar vom Riedhaus gewesen und hatte einen Bauernhof bewirtschaftet, der ein paar Felder weiter am hohen Leineufer südlich neben dem Riedhaus lag. Weil die unfruchtbaren, sandigen und durch hochsteigendes Grundwasser zudem nassen Felder kaum ertragreichen Ackerbau erlaubten, hatte sich die Familie Nolte seit einem Jahrhundert auf den Anbau von Futterpflanzen wie Runkelrüben und die damit einhergehende Schweinehaltung verlegt. Diese Art von Landwirtschaft warf zwar kaum etwas ab, lohnte sich jedoch bei allgemeiner Nahrungsmittelknappheit, wie während der Weltkriege und in den späten Zwanzigern des 20. Jahrhunderts. Voraussetzung dafür war manchmal eine gewisse Bereitschaft zu halbkriminellem Tun, von den Behörden ohne Umschweife „Schwarzschlachten" genannt. Davon hatte Hinrich Nolte in den vierziger Jahren reichlich Gebrauch gemacht. Die Knochen, die von dieser Tätigkeit übrig blieben, hatte er in den Sandböden der weiteren Umgebung vergraben, sodass deren Überreste manchmal zutage traten, wie es sich die Bauern von Rettorf erzählten.

Von der Familie Nolte selbst war nicht viel übrig geblieben. Hinrichs Töchter waren nach Heirat und Wegzug verstreut, sein letzter männlicher Nachfolger Helmut Nolte hatte fast alles Land verpachtet, wohnte in dem restlichen Teil des alten niedersächsischen Fachwerkhauses, welcher noch nicht verfallen war und frönte seiner Alkoholsucht.

Stefanie gehörte der Knochen, sie hatte ihn schließlich gefunden. Im Riedhaus gab es einen Glasschrank, in dem sich die Funde befanden, welche sich im Lauf der Zeit angesammelt hatten: Tonscherben, mit und ohne Muster, Pfeilspitzen und Klingen aus Stein und Feuerstein, manchmal sogar Bruchstücke aus grünlicher Bronze, wohl einstmals Gebrauchsgegenstände. Dieser Knochen konnte noch nicht so alt sein, dachte Steffi und legte ihn trotzdem hinein.

Das Riedhaus lag am Rand des Leinetals zwischen Hannover und Neustadt am Rübenberge. Die Leine hatte man bei den vielen Maßnahmen von Flussbegradigungen oft ausgenommen, so konnte sie nach ihrer Laune mäandern wie sie wollte, ihren Lauf verändern, Altarme erschaffen, Gegenden formen und Besiedlung erzeugen, so auch in Neustadt, Rettorf, Rickdorf und der Gegend, in der die Ururgroßeltern der Kinder das Riedhaus erbaut hatten. Irgendwie war die Leine ein konsequenter Fluss: sie sammelte sich zwar aus einer Vielzahl von Quellen in Thüringen und schob sich zunächst von Ost nach West, um sich dann aber strikt zu entscheiden, dem Norden zuzustreben. Weil die Leine flach ist, also schwer schiffbar, hat sie das Glück gehabt, dass sie weniger als andere Flüsse durch Schleusen und Deiche vergewaltigt wurde. Doch sie ist ein breites Gewässer und ihre Altarme sind überaus zahlreich und schufen über Jahrhunderte ein Landschaftsbild, welches von sandigen Böden, Streifen von Riedgras, sauren Wiesen und mit Kiefern bestandenen Höhenrücken geprägt ist. Trotz allem hat das Land seit alter Zeit den Menschen etwas bedeutet. Der Reichtum an Fischen, Muscheln und Krebsen des Flusses und an Wild der großen Wälder um ihn herum muss sie wohl angezogen haben und die Möglichkeit, sich im Bereich des Hochlandes der Schleifen des Flusses anzusiedeln, brachte ein Stück Sicherheit.

Die Kinder machten sich einen Spaß daraus, die Sandböden zu durchwühlen und ihre Fantasie schweifen zu lassen, welche der vielen kleinen Stücke, die sie ausgruben, von Menschenhand stammen könnten. Eine Fundgrube von vielen war das Gelände des Noltehofes, denn die Familie Nolte war in der Vergangenheit ständig damit beschäftigt gewesen, Baupläne für neue Gebäude in die Tat umzusetzen, weil die alten Gebäude nicht mehr zu retten waren. So gab es eine Vielzahl von Kuhlen um den Hof herum. Zur Ausführung gelangten alle diese Pläne nicht. Ein paar Fundamentstreifen zeugten noch von diesen Absichten. Den Kindern war es egal; die verlassenen Baugruben im Sand waren ein perfekter Abenteuerspielplatz.

Als am frühen Abend Tante Else kam, hatten sie den Knochen vergessen.

Für die Aufsicht und Betreuung der Kinder genügte den Eltern Else Löbmann, eine üppige Witwe, die sich während der Wohnungsnot der vierziger Jahre, als Hannover zerstört war, im Haus eingerichtet hatte. Nach dem Tod ihres Mannes lebte sie von einer kleinen Rente und den Erträgen ihres Gartens, ihres Ackers und der Mast ihres einzigen Schweines. Sie besaß eine Alterslosigkeit, wie sie manchen Frauen zwischen vierzig und sechzig Jahren zu eigen ist.

Else hatte auch einen Hund, eine weiße Spitzhündin mit Namen „Hexe", ihr absoluter Liebling, ihr fast genauso wichtig wie die Kinder. Der Spitz machte seinem Namen alle Ehre und bellte mit spitzen Lauten, wenn jemand weniger als hundert Meter dem Riedhaus nahe kam. Hanno hatte ihn mit Leckerlis abgerichtet. Auf das Kommando: „Hexe, wie machen die schlimmen Mädchen?" legte der Hund sich sofort auf den Rücken und streckte die Beine in die Höhe. Else bekam das einmal mit und schimpfte die Kinder aus. „Der arme Hund! Wat mokt ihr da für Döneken mit dem? Will ich nicht nochmal sehen!"

Das Lieblingsgericht der Kinder war Elses Kartoffelsalat. Dazu verwendete sie ihre schon lange eingekellerten Kartoffeln, aus denen manchmal Keime schossen, wie ein Ausdruck des sich nähernden Frühlings. Deren Geschmack hatte sich bereits vom erdigen, frischen zum halbsüßen, trüffelartigen Aroma gewandelt, die Kinder liebten ihn so. Else zerdrückte die gekochten Kartoffeln, sodass ein Brei mit eingestreuten Kartoffelstücken übrig blieb, fügte Brühe, ein paar Tropfen Essig und Zucker bei, das Gericht war fertig und die Kinder leckten sich die Lippen. Dazu gab es hartgekochte Eier und Scheiben von Elses Mettwurst.

„Hab euch Kartoffelsalat mitgebracht", sagte Else.

„Danke!" Die Kinder jubelten und machten sich über die Schüssel her.

Es wurde langsam dunkel, Kälte zog ein. Der April merkte an, dass es jetzt noch ratsam sei, abends zu heizen. Die Kinder packten Zeitungspapier und Anmachholz in die Öfen und überschichteten alles mit Holzscheiten und ein paar Kohlebriketts. Sie hatten zwei Öfen zu heizen, für das Jungen- und das Mädchenzimmer. Es waren Verrichtungen, die gleichsam automatisch funktionierten, denn sie hatten sich über die Jahre daran gewöhnt.

Die Öfen zündeten; das frische Kiefernholz warf Funken, Harz platzte, es roch nach winterlichem Holzfeuer, doch die Briketts mischten einen petroligen Geruch bei, der Steffi die Nase rümpfen ließ.

Später saßen sie noch im größeren Zimmer, dem Mädchenzimmer im Erdgeschoss. Die Jungen saßen auf Hockern, die Mädchen mit gekreuzten Beinen auf Kissen, die sie am Boden zu einem Oval platziert hatten. Sie erzählten durcheinander, wie eine Runde von Spatzen und ließen die Sonne als orangeroten Ball über der Leine untergehen.

Das Riedhaus hatte nur eine kurze Geschichte.

Die Ururgroßeltern der Kinder kamen aus Familien, die sich während der Wandervogelbewegung vor dem Ersten Weltkrieg zusammengetan hatten, um ihre Träume von Romantik und Weltabgeschiedenheit zu verwirklichen. Es war eine bunte Mischung verschiedener Stände, sehr ungewöhnlich zu dieser Zeit. Alle kamen aus Hannover und zu ihnen gehörten Arbeiter, Angestellte, auch Beamte und Freiberufler, eine Verquickung der Unterschicht mit dem Mittelstand. Nach oben hatte diese Verbrüderung ihre Grenzen; richtig Reiche gehörten nicht dazu, denn eines der Probleme des Reichtums ist, dass er den von ihm geschlagenen Menschen die Sehnsucht nach einfachen Dingen raubt. Im Fall des Riedhauses gestaltete es sich als Glücksfall, dass zwei Familien, die der Rechtsanwälte Bertram und Bartels, zeitgleich zur Wandervogelbewegung ihre Sehnsucht nach einer Landschaft mit weitgehend intakt erhaltener Gestalt entwickeln konnten. In dieser Zeit machten sie sich oft gemeinsam mit ihren Freunden auf, um in der Natur zu sein, zu Fuß oder zu Fahrrad und suchten nach einer solchen. Die Leineniederung bei Rettorf in ihrer herben Romantik muss ihnen wohl aufgefallen sein. Irgendwann ist auch der Wunsch entstanden, dort ein Stück Land für ein Haus zu erwerben und damit die Nähe zu dieser Landschaft zu verfestigen und an die Nachkommen weiterzugeben, eine etwas dynastische Denkweise, doch durchaus wohlmeinend. Also hatte Friedrich Bertram, der Ururgroßvater von Steffi, im Jahr 1910 zehn Hektar Land, bezeichnet als „Weideland" und „Wald" von einem Schäfer namens Gerhard Harms erworben, so wies es das Grundbuch aus.

Auf diesem Land entstand das Riedhaus.

Es lag auf einer mit Büschen und Kiefern bewachsenen Anhöhe, die ein alter Arm der Leine wohl vor Jahrhunderten durch Sandaufschüttung geschaffen haben mochte.

Es war ein einfaches, doch stilvolles Haus. Die Wände hatte man außen und innen weiß gekalkt, so leuchtete es inmitten grüner Kiefern, Ginsterbüschen und Rasenflächen als ein freundliches Signal hervor. Weil es in die Jahre gekommen war, überzog es ein leichter Hauch von Moos.

Innen verteilten sich auf zwei Stockwerken die Wohn- und Schlafräume, im Erdgeschoss gab es noch eine Küche. Zwei mächtige, nebeneinanderliegende Waschbecken dienten gleichzeitig zum Waschen und zum Spülen der Töpfe und des Geschirrs. Das Wasser gewann man aus einer Handpumpe, welche die beiden Becken mit einem Holzstiel überragte. Gekocht wurde auf einem Eisenherd, den man mit Holz und Briketts beheizte.

Zum Haus kamen später Anbauten hinzu. In einem der Anbauten wohnte Else Löbmann, deren Küche ähnlich eingerichtet war wie die im Haupthaus und in einem zweiten Anbau befanden sich ein Keller, eine Dusche, deren Wasser man mit Propangas aufwärmen konnte und zwei Plumpsklos, eines für das Haupthaus und eines für Else. Die Räume des Riedhauses waren nicht sehr hoch, nur etwas mehr als zwei Meter. Um Platz zu sparen, hatte man die Treppe zum Obergeschoss sehr schmal und steil gehalten, sodass sich bei ihrer Benutzung das Gefühl einstellte, eine Leiter zu erklimmen. Gerade das machte den Kindern Spaß. und so konnte man ab dem späten Nachmittag stets das Gejuchze und Gepolter wahrnehmen, wenn sie die Treppe hinauf und hinunter liefen. Dieser Zuschnitt der Räume erzeugte eine gewisse Heimeligkeit, welche die Kinder schätzten, denn auf diese Weise hatten sie das Gefühl, sich in einer Höhle zu befinden. Dagegen hatten die Erbauer die Fenster der Räume, die genau in südwestliche Richtung zeigten, sehr großflächig bemessen, um Licht und Sonne hinein zu geleiten, ganz im Sinne der damaligen Lebensreformbewegungen, den Anthroposophen und vielen anderen Gemeinschaften, zu denen in gewisser Weise auch der Wandervogel zählte. Allen war gemein, dass sie den Wunsch hatten, die plüschige Wohnkultur und die geistige Dunkelheit des wilhelminischen Zeitalters zu überwinden.

Die Betten in den Zimmern, sehr einfach, doch in einem Stil gehalten, der ihre selbst gezimmerte Herkunft freundlich betonte, waren zum Teil übereinander angeordnet und gruppierten sich so, dass sie mit Sicherheitsabstand zu den knisternden und dampfenden Öfen standen.

Doch gerade die Lage der Fenster ließ Christoph nicht einschlafen. Ein üppiger und mit seinem Schein die Wolken umarmender Vollmond stahl sich herein. Seine Helligkeit schickte sich an, seine Träume zu verjagen, und so zog er die Vorhänge zu. Eine Weile lag er noch wach und überlegte. Merkwürdig war, dass alle hier im Haus fast das gleiche

Alter hatten, der größte Altersunterschied betrug drei Jahre. Hanno war mit seinen fünfzehn Jahren der Älteste. Vielleicht lag das daran, dass auch die Urgroßeltern, die das Riedhaus erbaut hatten, damals ungefähr gleichaltrig gewesen waren, und dies hatte sich zufällig über die Generationen fortgesetzt. Mit diesen Gedanken schlief er ein.

Als am nächsten Tag die Sonnenstrahlen die dämmrige Morgenfrische durchbrachen, entwickelte sich ein leuchtender Frühlingstag, der in seiner milden Freundlichkeit die Kinder früh nach draußen trieb. Das einfache Frühstück, Tee und mit Marmelade belegte Graubrotschnitten, war schnell verschlungen und Friederike rief:

„Es ist warm, vielleicht finden wir schon Waldmeister und Bärlauch! Wir sollten die Waldrunde entlang der Leine machen."

„Ist noch zu früh, wir haben doch noch April!", gab Hanno zu bedenken.

„Aber in einer Woche ist schon der erste Mai, und es ist für den April ziemlich warm gewesen", warf Christoph ein.

Sie einigten sich auf Friederikes Vorschlag und zogen los, zunächst nach Rettorf hinein. Der Kiefernwald verlor sich, sie gingen nun auf den von Stoppelfeldern begrenzten Sandwegen.

Das Bauerndorf, ursprünglich eine Ansammlung behäbiger niedersächsischer Langhäuser mit Wänden aus Fachwerk und Ziegeln, die sich um eine gewundene Dorfstraße gruppierten, hatte sich seine malerische Ursprünglichkeit nicht mehr bewahren können. Längst hatten es Neubauviertel mit ihren weißen Einfamilienhäusern eingekreist, inmitten derer sich Schulen und Supermärkte als ihre Sachwalter verstanden. Am Abend klapperte es überall, die Häuser klimperten mit ihren Fensteraugen, ließen die Jalousien dominohaft herabfallen und präsentierten nun ihre biederen

Eingangsbereiche mit den brav getöpferten Namensschildern.

Die paar alten Dorfläden, Bäckerei, Schlachterei und Lebensmittelgeschäft, starben langsam vor sich hin. Ihre alten Besitzer standen missmutig in ihren weißen Kitteln hinter den Theken, wissend, dass nach einer ununterbrochenen Kette von Vorfahren irgendwann unwiderruflich Schluss sein würde. Auch den beiden Gaststätten ging es nicht anders.

Martin kam ihnen auf der Dorfstraße entgegen. Stefanie lief hüpfend auf ihn zu, wobei ihre dunklen, fast schwarzen Haare, ein Erbe ihrer jüdischen Großmutter, ihren Kopf umwehten.

„Kommst du mit, Martin? Wir wollen Waldmeister und Bärlauch sammeln!" Martin lachte Stefanie zu. Sie mochten sich.

„Da musst du großes Glück haben, Steffi. Wir haben noch April! Ich komme aber mit, ich kenne ein paar Stellen, wo Bärlauch wachsen könnte."

Martin mit seinen blonden Haaren, dem breiten Gesicht und den ebenso breiten Schultern schien der Kontrapunkt zu Stefanies quirligem Wesen und ihrer feingliedrigen Figur zu sein. Seine Familie lebte seit vielen Generationen in Rettorf auf einem alten Bauernhof, den sie über Jahrhunderte bewirtschaftet hatten. Übrig geblieben waren nur seine Mutter und die Großmutter; beide Frauen waren nicht sonderlich einander zugetan, so wuchs Martin stets mit dem Gefühl eines Zwiespaltes auf. Männer gab es nicht auf dem Hof.

Heinrich, Martins Großvater, war schon lange verstorben und den Vater kannte er nicht, denn Marianne, seine Mutter, hatte sich seit seiner Geburt beharrlich geweigert, den Namen des Vaters zu nennen. Vorher hatte sie eine Weile in

München gelebt und war mit Martin als Säugling zurückgekehrt. Dies und die Tatsache, dass sie das Land des Hofes, ihre Erbschaft, sofort nach dem Tod des Vaters an die Großbauern von Rettorf verpachtet hatte, erklärte allein die Distanz zwischen ihr und ihrer Mutter.

Als die Kinder das Dorf durchquert hatten, erreichten sie einen Kiefernwald, der sich an der Leine entlang streckte. Sie machten nun einen Abstecher zu einem kleinen See, der still in der Sonne lag. Ein Graureiher am Ufer fühlte sich gestört, flog auf und verschwand. Eine Reihe von Senken begrenzte das Seeufer und Klaus rief:

„Da könnte Bärlauch stehen, es ist feucht!" Martin war skeptisch.

„Bärlauch braucht Laubbäume, weil er auf einer Decke von vermodertem Laub wächst. Hier gibt es nur Kiefern."

So war es auch. Sie fanden weder Bärlauch noch Waldmeister und zogen weiter. Der Wald weitete sich zur Rechten, während die Leine immer mehr an den Weg rückte, sodass er sich auf der Höhe des Ufers schlängelte. Neben der Leine standen beschnittene Kopfweiden, deren grünende Zweige sprießten und frühlingshafte Stimmung verbreiteten. Sie reihten sich an unordentliche Stacheldrahtzäune mit fast umgefallenen, krummen Pfosten, welche die wirren Drahtreihen hielten und die vermatschten Wiesen begrenzten. Ein einziges Mal sahen sie Rinder auf einer der Weiden, klein, braun und zottelig, irgendwelche schottischen Hochlandrinder mussten es sein, dachten sie. Ab und an geleitete sie der Weg zu einem Platz mit Bank, von der aus sie über den Fluss schauen konnten. An einer Stelle konnten sie beobachten, wie er sich jugendlich gebärdete, über Findlinge schwallte und mit Plätschern und Schaum in sein Bett zurückkehrte.

„Da ist ja ein kleiner Wasserfall!", staunte Hanno.

„Der ist nur da, weil die Leine so flach ist", sagte Martin. „Sonst wäre sie ein Gebirgsfluss und wir müssten mit Lederhosen und Filzhüten herumlaufen."

Ganz in der Ferne konnten sie auf dem linken Leineufer die Silhouette von Neustadt erkennen. Ein Schloss erhob sich über die Reihen der Dächer, als wolle es den Ort beschützen. Dies schien auch einmal der Fall gewesen zu sein, denn sein Name lautete „Landestrost".

Der Weg führte sie jetzt etwas mehr in den Wald hinein, der sich jetzt aufhellte, denn der dichte Kiefernbestand wich einer Mischbewaldung mit Buchen und Erlen, deren Blattwerk sich noch unter den Knospen verkroch. Fast überraschend stießen sie auf eine rote Mauer aus ungepflegten Backsteinen. Steffi, die Übermütige, Lebhafte, die durch den Tag purzelte und keinen Spaß ausließ, wurde ungewohnt still.

„Hier ist der Judenfriedhof von Neustadt", flüsterte sie, „und hier liegt meine Großmutter begraben. Sie ist nicht alt geworden."

Die Mauer umgrenzte einen quadratischen Bezirk von etwa dreitausend Quadratmetern. Auf der Hälfte des Geländes standen Gräber, die andere Hälfte war leer und von Gras und Unkraut bedeckt, bis auf drei jüngere Gräber. Die einzelnen Grabstellen ähnelten in ihrer Anordnung christlichen Gräbern. Ein kleines Grabfeld ohne Bepflanzung stand jeweils unterhalb eines Gedenksteines. Auf den Grabsteinen waren Namen mit Geburts- und Todesdaten eingemeißelt. Teilweise befanden sich hebräische Schriftzeichen darauf. Es waren meistens sehr alte Gräber, wie man den manchmal nur schwer lesbaren Daten entnehmen konnte. Auf einigen der Grabsteine lagen kleine Kiesel. Doch Blumenschmuck gab es nicht; die Grabfelder waren meistens mit Efeu überwuchert, sodass zusammen mit den von Flechten und Moos überzogenen Steinen ein finsterer Eindruck entstand.

„Die kleinen Steine auf den Grabsteinen haben Angehörige zum Andenken an die Toten darauf gelegt", sagte Steffi, „Blumenschmuck, wie bei uns üblich, gibt es nicht auf jüdischen Gräbern. Die Gräber werden auch nicht eingeebnet. Sie sind für die Ewigkeit gedacht."

Die Kinder steuerten jetzt die drei neueren Gräber unterhalb des alten Feldes an. Stefanie blieb beim mittleren Grab stehen, auf dem sich auch ein Gedenkstein befand, jedoch viel kleiner als die auf den alten Gräbern. Sie lasen eine kurze Inschrift:

Esther Bertram geb. Stein
geb. 12. 07. 1916
gest. 22. 12. 1948

Stefanie suchte einen Stein und legte ihn auf das Grab. Sie wandte sich an die anderen Kinder.

„In Neustadt gab es sehr lange eine ganze Menge Juden. Sie arbeiteten als Handwerker, Selbständige und Händler. Nach dem Krieg waren sie verschwunden, viele sind ausgewandert oder in den Konzentrationslagern umgekommen. Meine Großmutter ist die einzige Jüdin aus Neustadt, welche die Nazizeit in Deutschland überstanden hat, obwohl sie geblieben ist."

Sie gingen hinaus, durch die verrostete Eingangstür, die sich zum Leineufer hin öffnete. In der Nähe des Friedhofes wurden sie fündig. Zwischen den Buchen war die Sonne durchgekommen und beschien einen rundlichen Bodenfleck, von dem es hellgrün leuchtete. Ein niedriger Pflanzenteppich hatte sich auf ihm ausgebreitet, die breiten Blätter der Windröschen und die gelappten Blätter der Leberblümchen ließen Platz für eine Kolonie hellgrüner Waldmeisterpflanzen. Claudia lief auf die Pflanzeninsel zu und frohlockte. „Hier steht genug Waldmeister für den ganzen Monat."

„Der riecht doch gar nicht", meckerte Hanno.

„Kann er auch nicht", sagte Christoph. „Waldmeister entwickelt erst dann seinen Geruch und sein Aroma, wenn man ihn wärmt."

Sie probierten es aus, indem sie den Waldmeister in ihren geschlossenen Händen erwärmten, es stimmte. Nachdem sie mehrere Büschel gepflückt hatten, untersuchten sie auf Martins Anraten ein paar Senken in der Nähe. Und hier fanden sie auch Bärlauch, der sich mit seinen lanzettförmigen, glänzenden Blättern durch den Boden schlich, die Frühlingssonne erwartend. Es dauerte keine zehn Minuten, bis der Korb voll war. Die Kinder machten sich auf den Weg nach Hause.

In Rettorf kehrten sie beim Krämer Scharmann ein. Er stand allein hinter der Theke, in seinem weißen offenen Kittel, unter dem eine Krawatte hervorguckte. Ganz wie im Krankenhaus, dachte Klaus, dessen Onkel in der Medizinischen Hochschule Hannover als Oberarzt arbeitete.

Es roch nach Muskat und Lorbeer, überlagert von einem muffig-mehligen Geruch, dem sich ein zweiter Geruch nach alten Schränken beigesellte. Scharmann schaute interessiert in ihre Körbe.

„Ihr habt ja Bärlauch und Waldmeister gesammelt! Was wollt ihr damit machen?"

„Bärlauchsuppe kochen! Wir brauchen die Zutaten!", rief Friederike.

„Und was gibt's dazu?"

„Elses Mettwurst und Brote. Sonst nichts."

„Dann braucht ihr Mehl, ein Stück Speck, Sahne, Butter und Milch", murmelte Scharmann und ging zum Kühlregal.

Die Kinder stritten sich untereinander um das Geld zum Bezahlen. Christoph meisterte es souverän.

„Ich lege es aus und zuhause wird Kasse gemacht!"

Friederike zeigte Bemühen um Sparsamkeit.

„Mehl brauchen wir nicht, Herr Scharmann, haben wir da!"

Nebenan, im Bäckerladen von Scharmanns Bruder, kauften sie noch ein großes Graubrot. Es hatte eine brandige, knusprige Kruste, innen war es noch weich, sodass man von dem Inhalt Kugeln drehen konnte, um mit ihnen herum zu schnippen, ganz so, wie es die Kinder liebten.

Als sie nach Hause gekommen waren, verteilten sie den Waldmeister in Sträußchen auf den Zimmern.

Friederike war ihre Köchin. Sie hatte oft ihrer Mutter beim Kochen zugesehen. Sie gab einen großen Flocken Butter in einen Topf, fügte Mehl hinzu und erhitzte beides. Nebenbei schnitten die Kinder den Bärlauch und den Speck in kleine Stücke. Als die Mehlschwitze hellgelb brodelte, fügte Friederike Milch hinzu, bis eine dickliche Suppe entstand. Inzwischen hatte Hanno die Speckstücke in einer Pfanne mit dem Rest der Butter so angeröstet, dass deren Fett sich aufgelöst hatte – „ich esse keinen labberigen Speck!", hatte Steffi vorher geschrien – und schob den Speck mit einem Holzlöffel in den Topf.

Friederike fügte den Bärlauch und die Sahne hinzu und schmeckte mit Brühwürfeln, Pfeffer, Muskat und Salz ab. Es roch nach Knoblauch.

Else Löbman kam mit einer Mettwurst.

„Et röch nach Bärlauch, Waldmeister und Frühjahr", lachte sie.

„Du bist eingeladen, Tante Else. Es gibt Bärlauchsuppe und frisches Brot vom Bäcker Scharmann."

„Danke. Ich heff noch eine Käsetorte gebacken, die kann ich gleich holen. Wegen des Suppengeruches braucht ihr euch keine Sorgen zu machen. Bärlauch mokt nich inne Atem gehn, im Gegensatz zu Knofel."

„Wollen wir es hoffen, morgen kommen die Eltern und holen uns ab", sagte Steffi und zog ihre Brauen hoch.

Es war heute so mild, dass sie die Öfen nicht anzünden mussten; der Herd in der Küche reichte, wenn man die Tür zum unteren Zimmer öffnete, das als Mädchenzimmer diente. Sie deckten den langen Tisch. Friederike kam mit dem Topf voller Bärlauchsuppe und füllte die Teller. Hanno hatte das ganze Brot von Scharmann in Scheiben geschnitten und stellte einen großen Brotkorb auf den Tisch, in dem sich die frischen Scheiben stapelten. Daneben lag die in Stücke geschnittene Mettwurst. Die Kinder schauten auf einen Knöchel von Hannos linken Mittelfinger, den er mit einem Pflaster umklebt hatte.

„Was ist mit deinem Finger passiert?"

„Ach nichts, der Knöchel ragte nur etwas weit hervor. Habe ihn an der Brotschneidemaschine geschrammt", grinste Hanno. Die Kinder und Else Löbmann setzten sich.

Sie aßen, schwatzten und lachten und tranken das Pumpenwasser vom Riedhaus dazu. An den leichten Eisengeschmack hatten sie sich längst gewöhnt; irgendwann später erfuhren sie von Hermann Behrens, einem der älteren „Riedhäuser", dass er davon herrühre, dass in der ganzen Gegend Raseneisenstein aufzufinden sei, ein Mineral, welches seit der frühen Eisenzeit verhüttet wurde. Die Käsetorte machte die Runde, ein mildes Abendrot bildete sich im Westen, es wurde dunkel, sie wurden müde, gingen zu Bett und schliefen fest, tief und glücklich.

Martin hatte die Gruppe in Rettorf verlassen und ging unwillig nach Hause. Nur wenige Außenlampen am Bauernhaus der Horstmeyers brannten, die beiden Frauen wollten sparen. Als er in die große Diele ging, sah er seine Mutter Marianne und die Großmutter in der von Fenstern umgebenen Erkerecke sitzen, dem Platz, wo sie die meiste Zeit des Tages verbrachten. Er wirkte wie eine beleuchtete Insel in der Großräumigkeit der Diele. Die Mutter und die Großmutter saßen sich an einem runden Tisch gegenüber.

Die Frauen waren beschäftigt; die Großmutter schälte Kartoffeln und Marianne arbeitete an ihren Stoffen, wie meistens. Vor ihr lagen ein Stapel bunter Stoffstücke, Schnittmusterbögen und weitere Utensilien wie Fadenrollen, Scheren und Nähnadeln. Gerade zog sie mit flinker Hand weißen Zwirn durch eine Stoffbahn.

Sie war eine schlanke, große Frau, die sich ihr Aussehen über die Jahre gut bewahrt hatte. Ihre Frisur, die zusammengebundenen dunkelblonden Locken, von denen eine über ihre Stirn fiel, wirkte zwar etwas altmodisch, doch es ließ sich noch keine Spur von Grau in ihren Haaren feststellen. Sophie, Mariannes Mutter, besaß bereits weiße Haare, die sie hinten zu einem Knoten gebunden hatte. Die Familie lebte von der Landverpachtung, etwas Landwirtschaft und Mariannes Schneiderarbeiten. Damit kamen sie einigermaßen durch, zumal Sophie sich um den Garten und das Vieh kümmerte, drei Schweine und Hühner. Auf diese Weise konnten sie die meisten Nahrungsmittel selbst produzieren.

Zum Schneidern war Marianne in München gekommen. Ursprünglich hatte sie auf einer Kunsthochschule Design studiert, sich aber allmählich der Mode zugewandt, die sie besonders interessierte. Als ihre Entwürfe immer besser wurden, sattelte sie ganz auf Modedesign um. Martin hatte manchmal ihre Fotos aus dieser Zeit angesehen. Sie war meistens in lange, bunte Kleider gehüllt und trug ihre langen Haare offen, oft mit einem Stirnband oder mit einem um den Kopf geschlungenem Tuch versehen. Irgendwann hatte sie ihm erklärt, dass es sich dabei um die damals übliche Hippie-Mode handele. Auch heute noch fertigte Marianne eigene Entwürfe an, die sie umsetzen konnte. Ihre Mode war begehrt; viele ihrer Kundinnen kamen von Hannover nach Rettorf, um sich Kleidungsstücke schneidern zu lassen.

Als Martin eintrat, drehte sich die Großmutter zu ihm.

„Du bist wohl wieder mit den Kindern aus dem Riedhaus zusammen gewesen? Du weißt doch, dass mir das nicht passt!" Martin murrte.

„Das sind doch meine Freunde! Was hast du nur dagegen, wenn ich mich mit ihnen treffe?"

„Eines Tages wirst du es erfahren." Sie wandte sich wieder ihrer Arbeit zu. Martin ging hinauf in sein Zimmer. Sophie schaute Marianne über den Tisch herüber prüfend an. Marianne erwiderte den Blick nicht, ließ aber das Nähzeug liegen, streckte sich zurück und schaute zur Decke, sehr nachdenklich.

Der nächste Tag im Riedhaus gehörte dem Aufräumen, Putzen und Zusammenpacken. Die meiste Mühe machten die Öfen; es staubte und qualmte, wenn man sie säuberte und die Aschenreste entfernte, sodass es hinterher manchmal schwierig war, die Zimmer auszufegen. Gegen Mittag kamen in kurzen Abständen drei Autos von den Familien Bartels, Bertram und Behrens und holten die Kinder ab. In der letzten Fuhre kam Steffi mit. Als Else ihnen zuwinkte, kurbelte sie das Fenster herunter und lachte ihr zu.

Sobald die Kinder fort waren, überzog ein Hauch von Ernsthaftigkeit Elses Gesicht. Sie ging zum Riedhaus und schloss die Tür ab. Auch Steffi wurde nachdenklich, als ihr der Judenfriedhof in den Sinn kam. Na egal dachte sie, zwar sind die Osterferien vorbei, wir müssen wieder zur Schule, doch der Frühling kommt. Und der macht alles wieder besser.

Stefanie saß am Küchentisch der Wohnung in Hannover Bothfeld, gegenüber saß ihre Mutter Gabriele Bertram. Gabriele hatte noch einen weißen Hosenanzug an, denn sie kam gerade aus der Praxis, ihrem Arbeitsplatz.

Sie sprachen über das vergangene Vierteljahr, sehr turbulent war es gewesen, denn die Abiturprüfung von Steffi lag noch nicht lange zurück. Auch Heike Schrader, Claudia Bödeke, Klaus Behrens, Christoph Bartels und Nils Bertram, Steffis Cousin, hatten dem gleichen Abiturjahrgang angehört. Nur Friederike Bartels, Christophs Schwester, stand noch auf der Warteliste, denn sie war eineinhalb Jahre jünger als Christoph.

Hanno Großklaus hatten sie etwas aus den Augen verloren, denn er war drei Jahre älter als die anderen und studierte jetzt in Kiel. Nach den üblichen wilden Abiturfeiern war Ruhe eingekehrt und Steffi hatte die verbliebene Zeit dafür genutzt, in den USA in einer Zahnarztpraxis ein Praktikum zu machen, denn sie wünschte, den Beruf einer Zahnarzthelferin zu erlernen. Ihre Mutter war zunächst dagegen, doch Steffi hatte sie schließlich überzeugt.

„Ich habe die Nase voll vom Lernen, Mama. Ich will endlich etwas Praktisches tun, darauf freue ich mich!"

„Aber du verschenkst doch dein Abitur! Du hast gute Noten! Du könntest doch gleich Zahnmedizin studieren!"

„Das kann ich hinterher immer noch! Ich kann auch zur Zahntechnik überwechseln, mal sehen, was kommt. In der Praxis lerne ich von Anfang an alles, was eine Zahnärztin im Studium nicht mitbekommt, Praxisführung, Umgang mit den Patienten und solche Dinge. Du hast mir doch selbst immer erzählt, wie oft fachlich gute Ärzte daran gescheitert sind, dass sie keine Ahnung von Wirtschaftlichkeit hatten.

Außerdem verdiene ich sofort und verbrauche dein Geld nicht."

„Wenn du anschließend studieren willst, sind das drei verlorene Jahre!"

„Dass es keine verlorenen Jahre sind, habe ich gerade versucht, dir klar zu machen. Im Übrigen sind es nur zwei Jahre. Wenn ich in der Ausbildung sehr gute Noten habe, werde ich früher zur Prüfung zugelassen." Gabrieles Widerstand hatte sich schließlich aufgelöst.

Gabriele Bertram war Arzthelferin. Sie arbeitete in einer Großpraxis, die sich mehrere Hannoveraner Internisten teilten und hatte sich durch ihre Kenntnisse und Fertigkeiten in Abrechnung und Praxisorganisation seit einigen Jahren fast unentbehrlich gemacht. Mutter und Tochter sahen sich sehr ähnlich; sie hatten die gleichen schwarzen, langen Haare, welche ein freundliches Gesicht mit großen braunen Augen umrandeten und eine schlanke, lange Figur, bei Steffi etwas runder ausgeprägt, während ihre Mutter fast dünn erschien. Gabriele hatte in den sechziger Jahren in einer Hannoveraner Praxis gearbeitet, wo sie auch ihren späteren Ehemann, Stefanies Vater, kennengelernt hatte, einen jungen Arzt, der dort ein Praktikum ableistete. Als Gabriele schwanger wurde, heirateten sie sofort, zogen in eine Kleinstadt in der Nähe von Hamburg und machten eine eigene Praxis auf. Doch die Ehe scheiterte. Karsten, Steffis Vater, begann ein Verhältnis mit einer Kollegin. Gabriele packte sofort ihre Koffer, als sie davon erfuhr, zog nach Hannover zurück und arbeitete wieder in der internistischen Praxis, in der sie vorher beschäftigt gewesen war. Nach der Scheidung nahm sie wieder ihren Familiennamen an und konnte erreichen, dass auch Steffi ihn erhielt.

Später hatte Steffis Vater seinen Scheidungsgrund geheiratet. Beide zogen nach Hamburg und es gelang ihnen, eine

Edelpraxis aufzumachen, die vom Hamburger Klüngel aufgesucht wurde. Kinder entstanden nicht aus dieser Ehe, Steffi hatte also keine Halbgeschwister. Sie besuchte ihren Vater selten; sie mochte ihn nicht besonders und das geckenhafte Getue des überheblichen Ärztehepaares ging ihr auf die Nerven. Ihre Mutter dagegen hatte sie mit ihrer liebevollen Zuwendung verwöhnt; sie war eine ideale, alleinerziehende Mutter, verschonte ihre Tochter mit irgendwelchen plötzlich auftauchenden Liebhabern, und das heimliche Verhältnis, das sie mit ihrem Chef seit Jahren unterhielt, störte keineswegs ihr Zusammenleben.

„Ich habe mich mit meinen Freundinnen und Freunden vom Riedhaus abgesprochen", sagte Steffi plötzlich. Wir wollen in der nächsten Woche noch einmal Urlaub im Riedhaus machen, bevor wir auseinander gehen."

„Das ist eine gute Idee", bemerkte Gabriele. „Für euch geht eine Ära vorüber, wenn man so will. Ihr seid ja fast in jeden Schulferien zusammen gewesen." Die Frauen dachten eine Weile nach. Steffi kam auf einmal der Judenfriedhof bei Neustadt in den Sinn.

„Mama, kannst du mir mehr über meine Großmutter sagen? Warum liegt ihr Grab auf dem Judenfriedhof?"

Gabriele wurde ernst.

„Ich habe meine Mutter selbst nie kennengelernt, Steffi. Sie starb, als ich zwei Jahre alt war und alles, was ich über sie weiß, haben mir andere erzählt.

Esther Bertrams Mann, also dein Großvater, hieß Wilhelm und ist im letzten Kriegsjahr im Osten gefallen. Esther lebte zu dieser Zeit im Riedhaus, denn sie musste sich verstecken, weil sie Jüdin war. Bis 1943 war sie vor Verfolgung einigermaßen sicher. Die Bertrams als angesehene Rechtsanwaltsfamilie in Hannover, die viel mit den Behörden zu tun hatte, konnten sie schützen. Doch als man 1943 Esthers Eltern aus

Neustadt deportierte, wusste sie, dass auch sie auf der Liste der Gestapo stand. Die Familien Bertram und Bartels brachten sie dann zum Riedhaus und versteckten sie. Das Haus eignete sich hervorragend für diesen Zweck durch seine Abgelegenheit; der Noltehof war der einzige Nachbar und die Noltes würden dichthalten. Ab und zu brachten ihr Mitglieder der Familien Bertram und Bartels Nahrungsmittel.

Es ging alles gut bis 1945. Doch im Februar 1945 erhielt Esther die Nachricht, dass ihr Mann Wilhelm gefallen sei. Erst zuvor war er bei ihr auf Heimaturlaub gewesen. Im Frühjahr stellte sie fest, dass sie schwanger war. In dieser Zeit muss etwas passiert sein, was keiner weiß, denn Rudolph Bertram, dein Großonkel, der ihr manchmal Lebensmittel brachte, kam von einem dieser Gänge nicht mehr zurück. Man hat ihn niemals wieder gesehen. Im Mai, bei Kriegsende, war es dann soweit, dass Esther wieder nach Hannover zurückkehren konnte. Sie wohnte fortan bei ihren Schwiegereltern, Curt und Auguste Bertram, weil die Wohnung, die sie mit Wilhelm früher bewohnte, im Bombenhagel zerstört worden war. Anfang Dezember bin ich dort zur Welt gekommen.

Deine Großmutter lebte noch zwei Jahre, bevor sie an einer Herzkrankheit starb. Doch sie soll sich damals sehr verändert haben. Ursprünglich war sie ein Temperamentsbolzen, stürmisch und leidenschaftlich, jetzt blieb sie still und sprach kaum noch ein Wort. Mir fällt gerade ein, ihre Gene hat sie wahrscheinlich an uns weitergegeben." Sie lächelten sich an.

„Über ihre Zeit im Riedhaus konnte ihr niemand ein Wort entlocken; sie weigerte sich, darüber zu sprechen, wenn die Rede darauf kam. Nach ihrem Tod war ich Vollwaise. Meine Großeltern konnten mich wegen ihres Alters nicht bei sich behalten. Schließlich kam ich zu meiner Tante Vera, der Schwester meines Vaters und ihrem Mann Herbert, den beiden Personen, die für dich deine Großeltern sind. Sie haben mich adoptiert, als feststand, dass Tante Vera keine Kinder bekommen konnte. Später nahmen sie noch Rolf Bertram, meinen Cousin, als Pflegekind bei sich auf. Er hatte seine Eltern durch einen Autounfall verloren. Mit ihm bin ich eine Weile aufgewachsen."

„Und warum liegt meine Großmutter auf dem Judenfriedhof begraben?"

„Ach ja, das habe ich vergessen. Es war ihr Wunsch. Neben ihrem Mann Wilhelm konnte sie ohnehin nicht beerdigt werden; sein Grab befand sich im heutigen Polen und war unerreichbar. Sie muss sich in ihren letzten Jahren sehr heimatlos gefühlt haben, deswegen wollte sie wohl auf den Friedhof kommen, auf dem ihre Vorfahren lagen."

Die Frauen blieben eine Weile still.

Ein paar Tage später packte Steffi ihre Sachen. Als sie vor dem Haus ein Hupen hörte, verabschiedete sie sich von ihrer Mutter und stürzte nach unten. Vor der Tür warteten Friederike und Christoph Bartels auf sie, mit dem neuen VW Polo, den Christoph zum Abitur von seinen Eltern bekommen hatte. Sie fuhren zum Riedhaus. Unterwegs nahmen sie Heike und Claudia auf. Es war ein feuchter Spätsommertag, während der Fahrt kam leichter Nieselregen auf und das Auto schlingerte über die Sandwege, die zum Riedhaus führten. Doch es war warm; erleichtert stellte Steffi fest:

„Heizen müssen wir nicht, die Schweinerei bleibt uns erspart."

Als sie in das Riedhaus eintrafen, erblickten sie die Motorroller von Klaus und Nils. Sie schauten sich um. Das Riedhaus erschien ihnen wie eine neblige Insel, umhüllt von milchiger Dämmrigkeit. Die Leine war nicht zu sehen, doch ein paar vereinzelte Weiden zeigten ihren Verlauf an. Es war jetzt etwas Wind aufgekommen. Die Kiefern wiegten sich und gaben ächzende Geräusche von sich.

Sie packten aus, Bierkisten, Mineralwasser, Wein, Sekt, Brot, Päckchen mit Wurst und Käse und vorbereitete Speisen wie Ragout, Bratenscheiben, Schinken, gegrillte Hähnchenschenkel und Salate. Es sollte ein Fest werden und wurde es auch.

Die Frauen, angetörnt durch ein paar Gläser Sekt, schnappten sich die Männer und tanzten wild mit ihnen umher, zu der Musik, die aus Christophs Ghettoblaster kam, den er wohlweislich mitgenommen hatte – im Riedhaus gab es immer noch keinen Strom. Steffi, ganz in ihrer Haut, lachte, spottete, fühlte sich übermütig und knutschte mit Christoph herum, als wäre es der letzte Tag in ihrem Leben.

Irgendwann kam auch Martin hinzu; sie hörten ihn schon von weitem kommen, weil der Auspuff seines Mercedes kaputt war. Martin hatte vorher noch nichts getrunken, blieb still und schaute sich das Treiben an. Zwischendurch gingen sie in die Küche, aßen, rauchten und fühlten sich wohl. Manchmal gingen sie nach draußen, schöpften die frische, feuchte Luft und schauten auf den Himmel, über den schnelle Wolken zogen.

„Mond ist nicht", sagte Nils, der Naturwissenschaftler und Biologe unter ihnen. „Ein paar Sternschnuppen hättet ihr vielleicht sehen können, doch es ist zu diesig. Aber die Pilze! Die sprießen jetzt, und wenn wir uns morgen Mühe geben, können wir richtig viele sammeln." Nils wirkte immer etwas versonnen, wenn er so etwas sagte und sie durch seine Brille anschaute.

„Scheißpilze", schrie Steffi, umfasste den langen Nils von hinten und zog ihn ins Haus hinein. „Wir machen jetzt Party!"

Die Frauen hatten das ehemalige Mädchenzimmer im Untergeschoss zum Partyraum umfunktioniert. Bald zogen Schwaden von Zigarettenrauch durch den Raum, sodass die Fenster geöffnet werden mussten. Martin, der sich etwas abseits hielt, ging nach draußen und setzte sich auf einen Baumstumpf. Das Riedhaus, sonst still und verlassen liegend, schien an diesem Abend vor Leben zu bersten. Aus den erleuchteten Fenstern quoll Rauch und Musik in die Leineniederung heraus. Er dachte an Steffi und beobachtete sie, wie sie lachte, sich drehte. Ihr Lachen schien ihn zu verhöhnen. Er redete sich ein, es mache ihm nichts aus, wenn sie mit Christoph herummache. Er ging wieder hinein. Sie jetzt nur zu sehen, reichte ihm.

Es wurde sehr spät. Mitten in der Nacht verteilten sie sich auf die Zimmer und Betten, schliefen durcheinander wie müde Hundewelpen. Das breite Klappsofa im Obergeschoss gehörte Steffi, Christoph und Martin. Steffi lag in der Mitte, Martin und Christoph an ihren Seiten.

Martin war zuerst wach. Sein erster Blick galt Steffi. Sie lag zusammengekrümmt auf der Seite, den Kopf zu Christoph gerichtet. Irgendwann geschah es, dass sie sich nach einem Seufzer drehte und sich ihm zuwendete. Ihre Faust hatte sie an ihr Gesicht gelehnt, sodass sie aussah wie ein nuckelndes Kind. Die schwarzen Haare fielen auf ein buntes, schmuddeliges Sofakissen. Martin konnte ihren Geruch wahrnehmen, der den muffigen Geruch des Kissens überdeckte, vielleicht suchte er nach ihm, ohne dass er es wusste.

Er stand auf und schaute aus dem Fenster.

Die Leineniederung lag vor seinen Augen, der Fluss versteckte sich wie immer in seiner Böschung, sodass der Eindruck entstand, endlos nach Westen laufen zu können. Die Landschaft verträumte sich irgendwo in der Ferne.

An den Rändern der weiten Wiesen standen einsam ein paar Kopfweiden. Am jenseitigen Leineufer konnte man einzelne Pappeln erkennen, deren Silhouetten im Morgennebel verschwammen.

Martin ging nach unten und fing an, das Frühstück zu machen. Nach und nach kamen die anderen hinzu; ihren verschlafenen Augen sah man die durchfeierte Nacht an. Sie machten sich daran, aufzuräumen und die Spuren von gestern zu beseitigen. Der Kaffeeduft zog durch das Haus und wirkte wie ein Weckmittel. Als letzte kam Steffi. Sie lächelte Martin zu und half ihm, den Tisch zu decken. Sie waren bis auf Martin alle noch müde, und so kamen die Gespräche nur langsam in Gang.

„Es geht uns wohl wie der Sonne, die wird heute auch nur langsam wach", merkte Martin an.

Steffi schaute kurz zu ihm hin, wendete sich zu Christoph, stahl ihm von seinem Teller eine Tomatenscheibe, legte sie auf ihr Käsebrot und biss hinein. Der Kaffee hatte Klaus offensichtlich aufgemuntert und die Gesichtszüge in seinem runden, gutmütigen Gesicht nahmen jene Verschmitztheit an, die sich stets einstellte, wenn er jemanden aus seiner Umgebung aufs Korn nehmen wollte. Das war eine Angewohnheit, die sich entwickelt hatte, weil er wohl insgeheim unter seiner angeblich niederen Herkunft litt und meinte, als Sohn eines städtischen Beamten könne er mit den Anwaltssöhnen nicht mithalten, deren Väter eine renommierte Praxis betrieben. Also versuchte er ständig, irgendein Gegenüber zum Kasper zu machen, je mehr zuhörten, desto besser.

Er drehte sich zu Martin, der wusste, er war dran.

„Hast ja gestern ein ganz schönes Getöse gemacht, als du mit deiner Limousine hier eingetrudelt bist!"

„War nur der kaputte Auspuff."

„Jaja. Ihr Reichen aus der Landwirtschaft. Macht Gold aus euren Böden, kassiert Geld vom Staat und kauft euch Daimlers. Unsereiner muss als armer Beamtensohn mit dem Fahrrad fahren", grinste Klaus.

Sachlich war das alles Unsinn. Marianne Horstmeyer musste permanent um das finanzielle Auskommen der Familie kämpfen und war in keiner Weise abgesichert. Der Vater von Klaus arbeitete dagegen als Abteilungsleiter in irgendeiner Behörde, verdiente ordentlich und bekam seine Daseinsfürsorge umsonst. Den Mercedes, ein uraltes Modell, hatte sich Martin durch Ferienjobs verdient. Er wusste sich zu wehren.

„Weißt du, was unser Problem ist, Klaus?" „Nein."

„Bauernhöfe haben keine Keller. Wir wissen also nicht, wo wir unser Geld umschaufeln können. Weil wir die Kühe abgeschafft haben, überlegen wir, ob wir nicht den Kuhstall dazu umfunktionieren könnten."

Heike und Claudia kicherten. Martin hatte gewonnen.

Als sie nach draußen gingen, hatte die Sonne ihre volle Kraft entwickelt. Die feinen Tröpfchen des Morgentaues auf den Gräsern lösten sich auf und ließen eine schwach dampfende Dunstschicht auf dem Boden entstehen.

„Futter für die Pilze!", rief Nils.

„Pilze sammelt man in Körben", sagte Friederike, „und wir haben keine Körbe dabei."

Doch die Plastiktüten vom Einkauf taten es auch. Also zogen sie los, Heike, Claudia und Friederike mit Lidl und Rewe, Nils, Klaus, Martin und Christoph mit zweimal Edeka. Vor dem Riedhaus gabelte sich der Sandweg, rechts ging es nach Rickdorf und links nach Rettorf. Martin, der sich mit Pilzen auskannte, schlug den Weg nach Rickdorf vor. Über dem Sand lag ein bräunlicher dünner Teppich, Produkt des Taues und der aufgewehten kleinen Pflanzenteilchen. Bei jedem Schritt schoben sie die Deckschicht weg und legten den reinen, dunkelgelben Sand frei. Nach einer Weile traten sie auf freies Feld; hier standen die Maispflanzen und zeigten ihnen halbreife, üppige Kolben, mit braunen Haarbüscheln verhangen. Weiter ging es nach rechts, der Kiefernwald erschien wieder, durchsetzt mit Lärchen und einzelnen Eschen.

Die Kiefer ist doch ein freundlicher Baum, dachte Martin, sie lässt dem Bodenbewuchs Licht und Luft, erlaubt dem Gras, zu wachsen und den Pilzen, zu sprießen. Anders die Fichte. Sie verdunkelt den Boden, nimmt ihm die Sonne und lässt nichts mehr durch ihren Nadelteppich wachsen, Totenruhe. Die Tiere mögen den Fichtenwald auch nicht; die Rehe ziehen höchstens durch ihn hindurch, um auf ihre Waldwiesen zu kommen und die Sauen meiden ihn, weil es nur wenige Würmer in seinem Boden gibt. Ab und zu verirrt sich ein einsamer Eichelhäher im Fichtenwald und erschrickt sich rätschend, wenn ein Wanderer ihn betritt.

Doch hier gab es keine Fichten. Sandhügel, zum Teil mit Heidekraut bewachsen, säumten den Weg. Das Heidekraut stand in Blüte; es leuchtete flammend und zeigte ihnen seine rötlichviolette Farbe, die an ein Bischofsornat erinnerte. An den Rändern der Wege, da, wo dünnes Gras wuchs, spähten sie und wurden fündig. Die blondlockige Friederike hatte den ersten Pilz entdeckt und schrie:

„Ein Steinpilz!"

Der Pilz war auch nicht zu übersehen, mächtig stand er da mit seinem Hut am Rande eines Kiefernbestandes, wie ein Wachtmeister. Sie schwärmten aus. Maronen – hier die häufigste Art – gab es, manchmal Butterpilze, Rotfußröhrlinge und Steinpilze. Von allem, was Lamellen, aber keine Röhren hatte, ließen sie die Finger. Wenn sie auf eine Lärche trafen, schauten sie besonders hin. Manchmal waren Lärchen von goldenen Pilzen umgeben, als habe die Waldfee den Menschen einen Schatz geschenkt. Das waren die Goldröhrlinge, die sich nur in der Nähe von Lärchen aufhalten. Doch der König der Pilze war der Steinpilz, riesengroß konnte er manchmal sein. Oft war er nur schwer zu entdecken, weil er sich noch nicht durch das dünne Gras geschoben hatte. In einem solchen Fall war der dunkelbraune Hut von dem grünen Grasgespinst umgeben, welches seine Oberfläche einkerbte. Es gab so viele Pilze, dass es im Wald nach ihnen roch.

Zwischendurch trafen sie auf Helmut Nolte. Der alte Bauer saß auf seinem Trecker, dessen Fahrerkabine von seinem kräftigen, schweren Körper fast ausgefüllt wurde. Als er ratternd an ihnen vorbeifuhr, lüftete er kurz seine grüne Mütze.

„Na, ihr Riedhäuser", rief er ihnen zu, „Pilze gibt's viele dieses Jahr!"

Als er fort war, grinste Nils. „Wenn sein Trecker nicht so nach Diesel stinken würde, hättet ihr Noltes Schnapsfahne zu spüren bekommen. Die umweht ihn eigentlich immer."

Die Tüten waren voll. Sie machten sich auf den Heimweg.

Als sie am Riedhaus ankamen, trafen sie auf Else.

„Ihr habt ja ordentlich gesammelt", sagte sie mit dem Blick auf die vollen Tüten.

„Wir laden dich zur Pilzmahlzeit ein, Tante Else", entgegnete Claudia.

„Dann stifte ich meine Kartoffeln dazu, die sind gerade frisch geerntet", bot Else an.

Sie schoben Holzscheite und Briketts in den Küchenherd und heizten ihn auf. Friederike machte sich an die Arbeit, ließ Butter und Öl in zwei Pfannen heiß werden und briet die zuvor geputzten Pilze mit hoher Temperatur an. Als sie am Herd stand, kam Nils von hinten auf sie hinzu und umfasste sie.

„Ich wollte immer eine schöne, blonde Frau haben, die gut kochen kann, Friede. Vielleicht heirate ich dich."

„Dann nimm bitte vorher die Hand von meinem Hintern", lachte Friederike. Sie würzte die Pilze mit Salz und Pfeffer und goss Sahne in die Pfannen. Als die Sauce brodelte, schichtete sie die Pilze in einer Pfanne übereinander und briet in der anderen Pfanne ein paar gerührte Eier. Else kam mit ihren abgepellten Kartoffeln und brachte Kräuter mit, die sie über das Pilzgericht streute. Alle zusammen saßen an dem langen Tisch im Untergeschoss und aßen. Es schmeckte köstlich.

„Mehr brauchen wir nicht", bemerkte Klaus, „Fett, Eiweiß und Kohlenhydrate, alles vorhanden. Wozu noch Fleisch?" Sie lachten und schwatzten, bis tief in die Nacht hinein. Die Kerzen brannten nieder, sie löschten sie und irgendwann verkrochen sie sich unter ihren Decken und Schlafsäcken.

Am nächsten Morgen räumten sie auf. Die Rückfahrt stand an. Klaus und Nils starteten als erste mit ihren Motorrollern. Als die anderen anfingen, die Zimmer mit dem Besen auszukehren, wurden Friederike, Heike und Claudia unruhig. Christoph warf ihnen einen fragenden Blick zu.

„Wir haben keine Zeit mehr. In einer Stunde fängt ein Tennisturnier bei unserem Verein an. Wir sind alle drei dafür eingeteilt."

„Macht euch keine Gedanken, ich fahre euch nach Hause. Steffi wird den Rest mit Martin schaffen."

„Falls er mitmacht", sagte Steffi, „und falls er mich nachher nach Hannover bringt."

Martin nickte. „Kein Problem."

Die drei Frauen und Christoph winkten ihnen zu, als sie in das Auto stiegen. Als sie fort waren, schauten sich Steffi und Martin eine Weile an. Sie waren nun für sich allein im Riedhaus.

„Lass uns erst mal frühstücken", sagte Martin, „ein Berg von Arbeit liegt noch vor uns."

Steffi ging in die Küche und machte Kaffee. Martin räumte das Brot und die übrigen Reste der letzten zwei Tage zusammen und deckte den Tisch. Sie aßen schweigend. Zwischendurch warfen sie sich Blicke zu. Plötzlich sagte Martin: „Hast ja vorgestern ganz schön mit Christoph geknutscht!"

Steffi wurde pampig.

„Ich knutsche solange, so oft und da, wo es mir Spaß macht und mit wem ich es möchte!"

Sie war überrascht und gleichzeitig angetan von Martins Bemerkung. Er konnte eifersüchtig sein, wie schön!

Dass sie in seinen Zügen jetzt nicht die Spur von Selbstmitleid erkennen konnte, eher Ironie, wunderte sie nicht, er war eben sehr männlich. Sie löffelte in ihrem Kaffee herum, den sie immer mit Zucker und Milch trank, und überlegte.

Mit Christoph und Martin war sie seit ihrer frühesten Kindheit zusammen gewesen. Von allen Jungen, die sie kannte, mochte sie diese beiden besonders. Sie waren grundverschieden. Martin erschien ihr immer wie ein Bauer, stämmig, blond und maskulin. Dagegen wirkte Christoph feingliedriger, eleganter, subtiler und auch eloquenter als der manchmal sehr einsilbige Martin. Das hatte nichts mit Intelligenz zu tun. Beide waren gute Schüler, würden studieren und Erfolg haben – jetzt kam sie sich fast schäbig vor mit ihrem Vorhaben, erst einmal mit einer Lehre anzufangen. Natürlich konnte sich Christoph in der Öffentlichkeit besser bewegen als Martin, schließlich kam er aus einer Juristenfamilie und Martin von einem Bauernhof.

Die Endreinigung des Riedhauses, die sie sich hatten aufdrücken lassen, mussten sie wohl in ihrem Umfang unterschätzt haben. Schließlich gab es keinen Staubsauger und das Spül- und Wischwasser war nur zu gewinnen, wenn man permanent heißes Wasser in Kesseln auf dem Kohleherd bereitete. Die Küche war irgendwann gesäubert, das Geschirr eingeräumt und die restlichen Lebensmittel und Getränke lagen zusammengepackt auf dem Flur. Martin fing jetzt an, die ausgefegten Böden zu wischen. Stefanie säuberte die Fenster und die Fensterbretter, auf denen sie wahre Insektenfriedhöfe entdeckte. Irgendwann verlor sie die Lust.

„Man kann machen, was man will, irgendwie ist das ganze Riedhaus immer pekig!"

„Kein Wunder", bemerkte Martin, „das liegt an dem fehlenden Licht. Wenn die einzigen Lichtquellen nur Kerzen und Petroleumlampen sind, kann man den Dreck gar nicht entdecken. Ein Glückstag, an dem man mit Hilfe der Sonne in jeden Winkel gucken kann, so wie heute, ist selten. Fragt sich nur, ob man ihn auch für uns als einen Glückstag bezeichnen kann." Steffi war die Arbeit jetzt leid.

„Wir gehen erst einmal nach oben und ruhen uns aus." Martin war einverstanden. Sie gingen zu dem Klappsofa, warfen die herumliegenden Kissen und Decken auf einen Haufen und legten sich hinein. Doch mehr als Dösigkeit wollte sich nicht einstellen. Das Bewusstsein ihrer Nähe zueinander ließ keinen richtigen Schlaf aufkommen. Irgendwann rückten sie dicht zusammen.

Sie spürten, wie sich ihre Gerüche in der letzten Zeit wohl verändert haben mussten. Vorher, als sie noch Kinder waren, dachten sie noch nicht an körperliche Gerüche. Die Gerüche, an die sie sich erinnern konnten, waren die Gerüche der Gräser und des Waldmeisters im Frühling, die des trockenen Laubes im Herbst oder die des Kerzenwachses, der Süßigkeiten und der Fichtennadeln zur Weihnachtszeit. Aber jetzt drang ein leichter Schweißgeruch zu Steffi, irgendwie maskulin, doch auch selbstbewusst und nicht unangenehm. Anders empfand er. Sie beide konnten sich hier nur wenig waschen, schon gar nicht gründlich. Steffis Kindergeruch, den er schon so lange kannte, hatte sich jetzt in einer eigenartigen Art und Weise um einige Aromen vermehrt. Ihm war es, als verspüre er zusätzlich einen gewissen Geruch nach Erdigkeit und Süße, der umso stärker war, je näher er ihrem Körper kam.

Steffi war unerfahren, wusste noch nicht, wohin sich ihre Sehnsüchte richteten. Das war ihr im Moment auch egal, es genügte ihr, dass sie merkte, wie sich in Martin ihre Sehnsüchte spiegelten.

Sie spürte ihn, seinen Körper mit dem fordernden Glied. Sie hatte noch nie mit einem Mann geschlafen. Jetzt war es wohl an der Zeit, kam es ihr in den Sinn. Doch sie konnte noch nachdenken, auch wenn sie etwas feucht wurde. Martin rückte näher zu ihr hin, als habe sie ihn gerufen, zog ihren Kopf zu sich hin und gab ihr einen langen Kuss. Steffi war es recht. Sie rückten wieder etwas auseinander. Dann blickten sie sich lange an. Steffi fragte Martin:

„Hast du was dabei?"

„Hier nicht. Aber es gibt was in meinem Auto."

„Dann hol es."

Martin verließ das Riedhaus. Er holte aus seinem Auto das, was Steffi wollte. Als er wieder nach oben ging, stand Steffi in der Tür, bekleidet mit einem weißem T-Shirt und Slip. Triumphierend hob er die Hand und zeigte ihr den Inhalt darin.

Sie lächelte ihn an, drehte sich um und ging ihm voraus in das Zimmer.

Steffi war zufrieden. Alles in allem war es lustvoll gewesen, wenn man von dem kleinen Schmerz am Anfang absah.

Vielleicht kann man sich nur so entspannen, wenn man mit einem Mann schläft, den man schon länger kennt, kam es ihr in den Sinn.

Sie fragte ihn: „Und was jetzt?"

„Wird nicht so ganz einfach sein." Er umschlang die nackte Steffi und streichelte ihre Augenbrauen. „Ich würde dich gern so oft wie möglich treffen, das kannst du dir ja vorstellen. Doch das wird nicht so einfach sein. Ich bin ab der nächsten Woche in Berlin, wo ich mit Mühe und Not einen Studienplatz für Tiermedizin abgestaubt habe. Das Zimmer in einer Wohngemeinschaft ist gebucht, es gibt kein Zurück mehr."

„Und warum studierst du nicht in Hannover? Gerade in Tiermedizin gibt es doch hier eine angesehene Hochschule?"

Martin löste sich von ihr. „Es geht nicht allein um meinen Studienplatz, Steffi. Ich möchte fort, fort aus Rettorf und fort aus Hannover. Kannst du dir vorstellen, was es bedeutet, in Rettorf aufzuwachsen?"

Darüber hatte sich Steffi nie Gedanken gemacht. Martin war ihr immer wie der Inbegriff von Bodenständigkeit erschienen.

„Mir geht es etwas anders, Martin, doch vielleicht auch so ähnlich wie dir. Ich habe einen Lehrvertrag zur Ausbildung als Zahnmedizinische Fachangestellte mit einer Praxis in Hannover geschlossen."

„Und was ist das für eine Praxis?"

„Soweit ich weiß, eine gute. Es ist eine große Hannoveraner Gemeinschaftspraxis in der List. Die Inhaber kommen aus der Hochschule, einer aus der Kieferchirurgie und einer aus der zahnärztlichen Prothetik. Die Einzelpraxen in der Innenstadt kannst du vergessen. Die machen nur Pillepalle mit ihren Privatpatienten, sonst könnten sie ihre teuren Mieten nicht bezahlen. Da lernst du nichts."

„Und wie war deine Bewerbung gelaufen?"

„Bestens. Ich habe meinen Chefs natürlich gesagt, dass ich nicht vorhabe, nach meiner Ausbildung in dem Beruf zu bleiben, sondern danach Zahnmedizin studieren will. Sie haben das nicht nur akzeptiert, sondern sie fanden es sogar gut. Ab der nächsten Woche fange ich an. Auch für mich gibt es kein Zurück mehr."

„Wenn es diesen Tag schon vorher gegeben hätte, wäre ich wahrscheinlich hiergeblieben und hätte in Hannover studiert, Steffi. Weißt du, dass ich dich atemberaubend finde, und das schon seit Jahren?"

„Hoffentlich, Martin". Sie schaute ihn an. „Lass uns den Tag nicht vergeuden."

Martin umfasste sie. Ihre Lippen begegneten sich.

Hinterher dauerte es noch zwei Stunden, bis sie das Riedhaus so aufgeräumt und gesäubert hatten, dass es für die nächsten Besucher einen annehmbaren Zustand bot. Beide setzten sich in das Auto und Martin fuhr Steffi nach Hannover.

Es ließ sich gut an für Steffi. Ihr erster Arbeitstag bestand darin, dass sie zu einem Sanitätsgeschäft geschickt wurde, welches die T-Shirts, Jeans und OP-Schürzen für die Praxis Dr. Krüger / Dr. Weigand vorrätig hielt. Sie probierte alles aus und konnte am nächsten Tag vier Garnituren in Empfang nehmen, die teilweise mit dem Logo der Praxis bestickt waren. Die helle und freundliche Atmosphäre der Praxis mit ihrem opulenten Empfang, ähnlich einer Hotelrezeption, gefiel ihr. Doch das änderte nichts am Eindruck der ungeduldigen Gehetzheit der Patienten, wie sie nach Aufnahme der Daten oft scheinbar unwillig im Wartezimmer verschwanden. Eine ebensolche Gehetzheit sah sie auch in den Gesichtern ihrer Chefs, jedenfalls außerhalb der Behandlungszimmer. Doch wenn die Patienten eines betraten – sozusagen ein Gang in die Öffentlichkeit – wandelte sich die Physiognomie der Chefs in die von lächelnden, emphatischen Gutmenschen, die ihren wirklich oder angeblich leidenden Patienten den Anschein und zugleich das Wohlgefühl gaben, sie seien auserkoren, im Zenit des Bewusstsein ihres Arztes zu stehen.

Das machten sie gut, dachte Steffi. Eine Schauspieltaktik ohne Bühnenausbildung, dafür nur eine einzelne Rolle, diese aber lange geübt und erprobt.

In der Praxis gab es vier ausgelernte Zahnarzthelferinnen und eine Putzkraft. Steffi war die einzige Helferin in der Ausbildung. Kerstin, die Älteste, arbeitete ausschließlich an der Rezeption und erledigte nebenbei die Verwaltungsarbeiten, wobei ihr je nach Bedarf eine der anderen Kolleginnen half. In der ersten Zeit wurde Steffi im Behandlungszimmer von Dr. Krüger, einem approbierten Kieferchirurgen, eingesetzt. In der Praxis wurden viele Zahnimplantate eingegliedert, ausschließlich von Krüger. Die anschließende Versorgung der Implantate mit Kronen und Brücken nahm dann Dr. Weigand vor. Beide Ärzte arbeiteten auf diese Weise Hand in Hand, schon bei der Planung. Diese Art der Zusammenarbeit brachte der Praxis in der Hauptsache den Erfolg. In jeder Woche war einmal nach der Sprechstunde eine halbe Stunde für die Fallbesprechungen vorgesehen. In dieser Zeit nahmen sie gemeinsam, manchmal im Beisein des Patienten und der Verwaltungshelferin Kerstin, die

Planung der jeweiligen Gesamtbehandlung vor. Im Anschluss daran erstellte Kerstin die Unterlagen und den Kostenplan für Krankenkassen und Versicherungen. Es lief wie am Schnürchen.

Die chirurgischen Eingriffe, auch das Setzen der Implantate, fanden ausschließlich vormittags statt. Das hatte Gründe in der Hygiene, denn zu Anfang der Sprechstunde war das Behandlungszimmer sorgfältig desinfiziert worden und die Instrumente lagen sterilisiert und eingetütet in ihren Fächern. Benutzte Instrumente kehrten dann nicht mehr in das Behandlungszimmer zurück, sondern wurden sofort in den Steriraum gebracht. Am Nachmittag führten beide Ärzte die normalen zahnärztlichen Eingriffe durch. Steffis Aufgabe war es zunächst, die von Dr. Krüger benötigten Instrumente und Materialien aus den Schränken zu holen und ihm zuzureichen, während eine andere Kollegin assistierte. Nach ein paar Wochen wurden die Rollen getauscht, Steffi assistierte und die andere Kollegin reichte zu. Das geschah auf Anordnung von Dr. Krüger, denn Steffi hatte blitzschnell gelernt.

Das machte sie bei den anderen Mitarbeiterinnen nicht beliebt. Noch nie war eine Lernhelferin nach so kurzer Zeit direkt an den Behandlungsplatz gelassen worden. Überhaupt begegneten ihr die anderen Helferinnen nicht besonders freundlich, eher misstrauisch, verständlich, weil Steffi die einzige Mitarbeiterin war, die Abitur hatte. Offensichtlich hielt man sie für überqualifiziert. Doch nach einiger Zeit besserte sich das, dafür sorgte Steffis lebhaftes und zugewandtes Wesen. Sie schaffte es, auch in schwierigen und stressigen Situationen mit einer Spur von Lächeln die Ruhe zu bewahren und damit zur Entspannung beizutragen.

Dr. Krüger war ein drahtiger, hochgewachsener Mann mit einem kantigen Gesicht, aus dem eine markante Nase und volle Augenbrauen ragten. Er sieht so aus, wie man sich einen Chirurgen vorstellt, dachte Steffi. Seine dunkelbraunen Haare begannen, sich mit grauen Haaren zu durchsetzen. Ein Teil seiner Patientinnen schwärmte von ihm und es kam nicht selten vor, dass er dezenter Anmache ausgesetzt war. Darauf reagierte er aber nicht, weil er es nicht merkte oder bewusst ignorierte. Im Allgemeinen war Krüger ein stiller, in sich gekehrter Mensch. Nur wenn etwas nicht so klappte, wie er wollte oder sogar schief ging, wurde er hektisch und nervös, dann konnte er sogar poltern.

Sein Partner Dr. Weigand, blond und etwas jünger, zeigte sich dagegen fast immer gelassen. Er war kleiner als Krüger und hatte ein rundes, gutmütiges Gesicht, in dem eine Spur Verschmitztheit zutage trat. Mit seinen Patienten redete er viel und gern, machte auch manchmal mit ihnen Witze. In dieser Weise ergänzten sich die beiden Chefs, was der Praxis zugutekam. Trotzdem gab es häufig Ärger. Meistens ging es um Wartezeiten und Termine. Die Notfallpatienten waren nicht das Problem; sie konnten ohne große Störung zum Ende des Vormittages oder Nachmittages behandelt oder sogar dazwischengeschoben werden, sondern die Terminvergabe. Regelmäßig kamen zwanzig bis dreißig Prozent der Patienten trotz Termin nicht oder sagten kurzfristig ab. Das zwang die Praxis dazu, mehr Patienten einzubestellen als in die Sprechstunde gepasst hätten, also zu überbuchen; man wollte eben nicht herumstehen, wenn ein Patient nicht kam. Das sahen aber die Patienten nicht ein und beschwerten sich, wenn sie einmal eine halbe Stunde warten mussten. Steffi tat manchmal Kerstin in der Rezeption leid, die das alles ausbaden musste.

Ein anderer übler Punkt waren die Besuche von Vertretern verschiedener Firmen und Organisationen. Ständig wurde die Praxis von Personen heimgesucht, die den Ablauf störten. Die Ämter schickten Mitarbeiter, welche Lohn-, Finanz- und Sozialabgabenprüfungen durchführten und dabei die Rezeption blockierten, weil sie die Praxiscomputer benutzten und die Akten durchblätterten. Auf solche Besuche musste die Praxis sich lange vorbereiten und währenddessen konnte der Praxisbetrieb nur eingeschränkt laufen, was wiederum die Patienten nicht einsahen.

Doch die Arbeitszeiten waren annehmbar. Um acht Uhr morgens begann der Praxisbetrieb mit den Vorbereitungen für die Behandlungen, um neun Uhr kamen die ersten Patienten, zwischen zwölf und fünfzehn Uhr wurde umschichtig eine längere Mittagspause eingelegt und um sechs Uhr abends schloss die Sprechstunde. Spätestens um neunzehn Uhr konnte Steffi die Praxis verlassen. Sie stieg dann auf ihr Fahrrad und fuhr nach Hause. Vorher löste sie ihre langen schwarzen Haare, die sie über den ganzen Tag zusammengebunden trug. Die Haare umwehten ihren Kopf, und wenn sie ihre Haut berührten, verspürte sie ein Gefühl von Leichtigkeit und Freiheit.

Meistens war ihre Mutter Gabriele noch nicht zuhause, wenn sie ankam. Steffi kümmerte sich um das Abendessen, bis Gabriele kam und ihr half. Nach dem Essen saßen die Frauen oft noch bei einem Glas Wein zusammen. Steffi sprach ihre Mutter auch auf die Bürokratieprobleme ihrer Praxis an.

„Läuft das bei euch auch so?"

„Was denkst du denn", lachte Gabriele, „bei uns ist das wahrscheinlich noch viel schlimmer! Wir müssen zusätzlich noch jede Menge Arztbriefe und Überweisungen abfassen und verschicken, Bescheinigungen ausstellen – häufigste Bescheinigung ist die für die Arbeitsunfähigkeit – und mit anderen Praxen und den Krankenhäusern kommunizieren. Bei denen müssen wir uns auch um die Terminvergabe für die Patienten kümmern. Ich schätze, wenn es hochkommt, sind höchstens zwanzig Prozent der Arbeit in einer Internistenpraxis für die Behandlung der Patienten da. Unsere Hauptsorge ist es, dass wir unseren Chefs dafür die notwendige Zeit schaffen und wir ihnen alles andere abnehmen. Davon ahnen die Patienten überhaupt nichts, sie glauben, das gesamte Praxisgeschehen diene ihrer persönlichen Betreuung, und das sollen sie auch."

In diesem Moment war Steffi froh, dass sie in einer Zahnarztpraxis arbeitete.

Abends besuchte sie oft ihre Freundinnen, darunter auch Claudia und Friederike. Heike war zum Studium nach Würzburg gezogen, Claudia studierte in Hannover Pädagogik. Friederike hatte gerade Abitur gemacht und setzte die Familientradition fort, indem sie wie ihr Bruder Christoph Jura studierte. Auch Nils Bertram hatte sich zögerlich für das Jurastudium anstelle des erst angepeilten Biologiestudiums entschieden. Früher mussten die Mitglieder der Familien Bertram und Bartels dies in Göttingen ableisten; seit einiger Zeit war das auch in Hannover an der neuen Universität möglich. Doch meistens blieb Steffi zuhause. Sie lernte für die Klausuren in der Berufsschule und hatte sich auch zwei Lehrbücher für das Zahnmedizinstudium angeschafft; schließlich sollte ihr Plan aufgehen, der vorzeitige Abschluss der Lehre und der anschließende Einstieg in das Studium der Zahnmedizin. Es sah ganz gut aus.

Doch am Wochenende war Party angesagt. Sie ging mit ihren Freundinnen und Kolleginnen ins Kino, anschließend in die Disko und feierte bis in die Nacht ab. Friederike war oft dabei und hatte meistens Nils Bertram im Schlepptau, der seinerseits Klaus und Christoph mitbrachte. Sogar Hanno kam manchmal mit, wenn er zu Besuch war. Friederike hatte sich mittlerweile zu einer Schönheit entwickelt, nach der sich die Männer umdrehten. Ihre goldblonden Locken und ihre schlanke Figur mit den langen Beinen waren ein kaum zu übersehender Blickfang und eine permanente Frustration für Nils, der immer mehr auf sie stand. Denn Friederike flirtete gern und grenzenlos und die Art und Weise, wie sie ihre Locken um den Kopf warf und die Männer mit ihren strahlenden blauen Augen anlachte, brachte ihn auf die Palme. Doch Friederike mochte sich nicht festlegen, offensichtlich fühlte sie sich prächtig und genoss alles so, wie es war. Nils musste sich gedulden, man merkte förmlich, wie er die Zähne zusammenbiss. Er tat Steffi leid, und sie sprach Friederike einmal darauf an.

„Der arme Nils! Er ist ganz versessen auf dich, wahrscheinlich liebt er dich sogar, Friede, und du lässt ihn ins Leere laufen!" Friederike sah sie verschmitzt an.

„Er braucht dir nicht leid zu tun. Von allen Männern, die ich kenne, gefällt er mir am meisten. Ich bin mir ziemlich sicher, dass wir irgendwann ein Paar werden. Nur jetzt möchte ich das noch nicht. Ich bin zu jung und will mehr Erfahrungen sammeln. Das ist mir alles auch zu schlüssig, eine Idealverbindung zwischen den Familien Bertram und Bartels? Womöglich Hochzeitskutsche und Brimbamborium, zwei Juristen aus alten Rechtsanwaltsfamilien heiraten einander, wie schön, wie perfekt? Passt mir alles nicht. Er soll mich erobern, ganz altmodisch, dann weiß er wenigstens, was er an mir hat und geht vielleicht später nicht fremd."

Steffi dachte, wahrscheinlich hat sie recht.

Manchmal fuhren sie auch zum Riedhaus und feierten, blieben aber nicht mehr über Nacht. Mit Martin hatte Steffi nur wenig Kontakt. Dann und wann telefonierten sie. Martin schrieb öfter, sodass Steffi hin und wieder Briefe bekam. Steffi schrieb nie, sie mochte das nicht. Das Studium der

Tiermedizin schien gerade in den ersten Semestern überaus anstrengend zu sein. Martin schrieb ihr:

„Du kannst dir nicht vorstellen, was hier in Berlin in den ersten Semestern los ist. Mit den naturkundlichen Fächern wie Physik oder Chemie geht es noch, doch in den weitergehenden Fächern wie Physiologie und Biochemie, aber besonders in der Anatomie, verlangt man uns viel mehr ab als den Humanmedizinern. Ich beneide die Humanmediziner, wie sie sich in der Anatomie nur mit dem Menschenkörper befassen müssen. Kannst du dir vorstellen, was das bedeutet, gleichzeitig alle Teile des Körpers von Hund, Schaf, Schwein, Pferd und Kaninchen kennen und benennen zu müssen? Wenn wir unseren Praktikumstag im Institut in der Koserstraße haben, fliegt regelmäßig eine Hälfte wegen schlechter Kenntnisse heraus. Dazu kommt, dass unsere Institute weit auseinander liegen, wir müssen also viel fahren, anders als in der Hochschule in Hannover. Wenn ich noch einmal zurück könnte, würde ich in Hannover studieren. Dafür gibt es auch noch einen zweiten Grund, du kennst ihn."

Steffi spürte Martin fast körperlich, als sie das las, sah seine Eigenarten. Martin hatte immer wenig geredet, wollte es wohl auch nicht, er schloss seinen Kopf ab, in dem sich wahrscheinlich viel bewegte. Wenn er seine Gedanken geordnet hatte, konnte es passieren, dass er sich öffnete, indem er schrieb. Sie hob diesen Brief auf. Selten kam Martin nach Hause. Dann sahen sie sich bei den Horstmeyers in Rettorf, manchmal gingen sie auch am Riedhaus oder an der Leine spazieren. Ein einziges Mal nahm Martin an einer Osterfeier im Riedhaus teil.

Dr. Joachim Bartels, Christophs Vater, hatte das Treffen zusammen mit seinem Partner Wolfgang, dem Vater von Nils, organisiert. Zuvor war das Riedhaus neu gestrichen worden. Der moosige Belag über dem Weiß war verschwunden, damit auch eine Spur dämmriger Romantik, doch es präsentierte sich jetzt aufgeräumt und festlich. Ein Anblick, der sich bestens mit den bunten Ostereiern vertrug, die man in Nestern aus grünem Holzgras rund um das Haus platziert hatte. Die Familien Bertram und Bartels konnten zurzeit nicht mit kleinen Kindern aufwarten, doch sie genossen es, wie die Nachkommenschaft anderer das Gelände durchstöberte, schreiend und jauchzend, und wie die Kinder mit triumphierender Stimme verkündeten, wenn ihnen ein besonderer Fund in die Hände geraten war. Traditionell eröffnete man im Riedhaus zu Ostern die Grillsaison; ursprünglich hatte man gehofft, den langen Tisch auf die Terrasse bringen zu können, doch dazu war es zu kalt. So musste das Mittagessen im großen Zimmer im Erdgeschoss stattfinden. Klaus, Nils und Christoph grillten auf der Terrasse, Claudia und Steffi deckten den Tisch und holten das Fleisch herein, wenn es gar war. Die Väter Herbert Bödeke und Holger Behrens kümmerten sich um die Getränke. Martin erschien um die Mittagszeit, Steffi hatte ihn eingeladen.

Während des Essens gab Steffi Martin heimlich mit den Augen einen Wink, indem sie den Kopf mit einer schnellen Bewegung nach oben drehte, wobei die Blickrichtung ihrer Augen nach draußen gerichtet war. Martin verstand. Nach dem Essen verschwanden sie.

Sie gingen zur Leine. An der Böschung machten sie Halt und schauten in den Fluss hinein. Das Wasser war um diese Zeit glasklar, strömte und wirbelte und schob viele kleine Holzstücke vor sich her, die sich manchmal am Ufer auftürmten, immer dann, wenn der Fluss sich wendete. Zwischen den aufgetürmten Holzstücken bildete sich giftig aussehender gelber Schaum. Martin beruhigte.

„Das ist Gerbsäure, ganz harmlos. Du findest diesen Gerbsäureschaum überall in Sümpfen und Mooren. Er ist dafür verantwortlich, dass wir im Moor noch alte organische Überreste von Menschen und Tieren finden können, weil er konserviert." Sie gingen noch eine Weile am Flussufer entlang und bogen dann irgendwann zum Riedhaus ab. Steffi lag eines allein auf der Zunge. Sie überwand sich.

„Hast du in Berlin eine Freundin, Martin?"

Er blieb stehen und schaute sie an.

„Nein. Ich habe wenig Zeit, ich kann nicht suchen." Er überlegte. „Ich glaube, der wahre Grund ist das nicht."

„Was ist es dann?" Er öffnete sein Gesicht, zog die Augenbrauen hoch und schaffte es, eine Spur von Lächeln seine Züge überfliegen zu lassen.

„Der Grund ist, Steffi, ich bin wahrscheinlich zu sehr verwöhnt."

Steffi fasste seine Hand, sie kam ihr warm und gesund vor. Im Moment war sie sehr glücklich, doch meistens war sie sowieso glücklich, fiel ihr ein. Als sie fast das Riedhaus erreicht hatten, beobachteten sie ein Storchenpaar, welches die Leineniederung überflog.

„Na ja", sagte Martin, „dem Storch haben wir wenigstens keinen Zugang zum Riedhaus erlaubt."

In diesem Moment hätte sich Steffi wieder ein leeres Riedhaus gewünscht, für sich und Martin allein.

Als sie ankamen, hatten Friederike und Claudia den Kaffeetisch gedeckt. Martin durchstreifte das Haus, an dem Schrank mit den Urnenscherben blieb er stehen. Er nahm den Knochen heraus, den Steffi vor mehr als zehn Jahren gefunden hatte. Steffi trat neben ihn.

„Interessiert dich der Schweineknochen, den ich damals am Noltehof gefunden habe?" Martin legte den Knochen beiseite und schaute Steffi an.

„Das ist kein Schweineknochen, Steffi. Das ist ein Menschenknochen, ein Teil vom Femur, also vom Oberschenkelknochen, um es genau zu sagen." Steffi erschrak. „Muss ich den jetzt zur Kripo bringen? Vielleicht ist hier ein Verbrechen passiert!"

Martin beschwichtigte.

„Der Knochen scheint sehr alt zu sein, Steffi. Wenn er mit einem Verbrechen im Zusammenhang stehen sollte, ist es bestimmt schon längst verjährt. Ich habe einen anderen Vorschlag. Ich nehme den Knochen mit nach Berlin. Es gibt eine Methode, das Alter solcher Knochen zu bestimmen, die Radiokarbonmethode. Ein Kollege aus meinem Semester hat vorher Geowissenschaften studiert. Er hat noch Beziehungen zu einem Kieler Institut, das öfter solche Untersuchungen durchführt. Vielleicht ist er bereit, eine solche Untersuchung auch an diesem Knochen zu veranlassen."

Steffi nickte. Sie packte den Knochen ein und gab ihn Martin mit.

Im Riedhaus fing man bereits an aufzuräumen. Dr. Joachim Bartels Frau Ingrid, die sich im Riedhaus nie besonders wohl fühlte, hatte zum Aufbruch gedrängt. Martin verabschiedete sich und fuhr weiter nach Berlin, denn sein Koffer lag schon im Mercedes. Weil alle anpackten, waren sie nach einer Stunde fertig. Die übrig gebliebenen Lebensmittel gaben sie Else Löbmann, die sich freute. Sie war jetzt fast siebzig Jahre alt und Steffi fragte sich, wie lange sie noch im Riedhaus ohne Strom und Wasserleitung und als Selbstversorgerin leben könne. Der Himmel begann nun, sich grau zu färben, es dämmerte, und sie fuhren nach Hause.

Im Winter gab es Zeiten, in denen Steffi ihr Fahrrad zu Hause ließ und lieber mit dem Bus fuhr.

Christoph Bartels bekam das mit und stand eines Tages nach der Sprechstunde vor der Praxis, um sie abzuholen.

Steffi war ihm seit dem Treffen im Riedhaus nach dem Abitur nicht mehr aus dem Sinn gekommen. Sie hatte sich in einer Weise, die er fast als unverschämt empfand, in sein Unterbewusstsein eingedrängt, etwas, gegen das man nichts machen kann.

Meistens betraf das seine Tagträume; so standen oft ihr Bild, ihr Lachen, ihre dunklen Haare, die sie um den Kopf warf, wie eine milchige, langsam verschwindende Silhouette im Raum, wenn er daraus erwachte. Ähnliches hatte er zuvor noch nie erlebt. Ein paar Beziehungen zu Mädchen hatte er schon hinter sich, keine besonders langen. Die Beziehung zu Annette hatte fast vier Monate gehalten und war daran gescheitert, dass seine damalige Freundin ihn dazu drängen wollte, die Partnerschaft zu verfestigen, sei es durch Zusammenziehen, Elternbesuch mit allem Drum und Dran oder durch gemeinsame Pläne. Das hatte er strikt von sich gewiesen. Er wollte sich nicht in Besitz nehmen lassen, in dieser Weise ähnelte er seiner Schwester Friederike. Es gab jedoch einen Unterschied: Friederike, gleichsam abgöttisch vereinnahmt von Nils Bertram, hielt ihre Beziehung zu Nils am Kochen, auch wenn sie sich weiter umsah. Eine solche Gratwanderung würde er nicht schaffen.

Das hatte er alles seiner Freundin auch deutlich gesagt und sich gewaltig in seiner Einschätzung ihr gegenüber geirrt.

Annette war in ihrer gegenseitigen Beziehung wohl viel weiter gewesen als er, was sich in einem Tränenregen zeigte, der ihm ein schlechtes Gewissen einbrachte. Vielleicht war daran Steffi und ihr Milchglasbild schuld; er musste unbedingt etwas tun, was geeignet war, das unklare Bild in ein klares Bild zu wandeln mit allem, was dazu gehört, auch und besonders körperlich. Es war eine Sehnsucht, die nach Vollendung strebte.

Steffi freute sich, als sie Christoph sah und stieg in sein Auto. Christoph berichtete ihr von seinem Jurastudium. So ganz glücklich war er nicht. Die Vorlesungen schilderte er als trocken und langweilig, lediglich die Seminare fand er interessant, weil sie ihm die Möglichkeit verschafften, sich selbst einzubringen. Steffi dagegen konnte sich nicht beklagen. Sie erzählte ihm, wie abwechslungsreich ihr Beruf sei und dass sie sich trotz der vielen Arbeit auf jeden Tag in der Praxis freue. Mittlerweile begleitete sie ständig Dr. Weigand bei der Behandlung und lernte eine Vielzahl von Materialien kennen, die es in der zahnärztlichen Chirurgie bei Dr. Krüger nicht gab. Natürlich kam die übliche Frage, warum sie nicht gleich Zahnmedizin studiere.

„Lieber Christoph, ich lerne nur das vorher, was ein Zahnarzt hinterher sowieso lernen muss. Ich kann dir auch nur raten, in der Kanzlei von Bertram und Bartels mal ein Praktikum zu machen, statt in Vorlesungen zu gehen, die dir nichts bringen." Christoph schnitt ein anderes Thema an.

„Der Winter in Hannover ist langweilig, Steffi. Wir sollten was unternehmen." Er hatte sich vorbereitet.

„Ich habe hier zwei Karten für ein Konzert von den Scorpions. Eine davon gehört dir. Vorher könnten wir essen gehen. Ich kenne einen spitzenmäßigen Spanier in Linden."

Steffi freute sich. Es machte sie froh, dass er mit ihr ausgehen wollte, und als sie ausstieg, gab sie ihm einen Abschiedskuss, einen von der längeren Sorte, den hatte er verdient, fand sie.

Ein paar Tage später genossen sie das Essen und das Konzert. Der Spanier verwöhnte sie mit Tintenfisch und Kaninchen in andalusischer Sauce und die Scorpions ließen ihre Finger über die Saiten fliegen. Als sie „Still Loving You" spielten, während sich die Bühne verdunkelte, rückte Steffi an Christoph, der seinen Arm um sie legte und mit ihrem Haar spielte. Hinterher gingen sie noch kurz in die Disko, wo sie auf Claudia, Friederike und Nils trafen.

Christoph holte jetzt oft Steffi von der Arbeit ab. Als der Maschsee im Winter zugefroren war, kauften sie Schlittschuhe und versuchten, damit zu laufen. Bei Steffi klappte das von Anfang an ganz gut und sie musste sogar ein paar Male Christoph auffangen, der etwas wackelig auf den Beinen stand. Doch nach einiger Zeit hatten sie den Bogen heraus und schafften es, sich zu schwingen und von einem Seeufer zum anderen zu laufen. Zwischendurch gingen sie zu einer der Buden an der Seepromenade und tranken Glühwein. Steffi schaute Christoph an, einen Blick fragender und zugleich rührender Unschuld zeigend, der dennoch im Hintergrund eine Ahnung ihres Temperamentes offenbarte. Die Kälte und der Glühwein hatten ihr Gesicht gerötet und das Bild, das sie abgab, die roten Wangen unter ihren großen braunen Augen mit den langen dunklen Wimpern und die üppigen schwarzen Haare, wie sie unter der Pudelmütze hervorguckten, machte Christoph sehr verliebt. Er drückte Steffi an sich und flüsterte:

„Diese Nacht ist Schneefall angesagt, und morgen ist Sonntag. Wir könnten zum Riedhaus fahren und schauen, wie es jetzt im Winter aussieht. Hast du Lust?" Steffi lächelte und nickte.

Als es dämmerte, fielen bereits dünne Flocken vom Himmel herab. Die Tage zuvor war es sehr kalt gewesen, und so war der Schnee grießig und trocken, die Sorte, welche auf dem gefrorenen Boden liegenbleibt. Es schneite ununterbrochen die ganze Nacht, ein ständiges Rieseln und Fallen, doch der Wind machte sich rar, sodass es ruhig blieb. Ein Vorhang aus Flocken hüllte die Welt ein, beleuchtet von einem matten silbrigen Mondlicht, welches es schwer hatte, die grauen Schneewolken zu durchdringen. Es war so, dass die Menschen in ihren warmen Zimmern und Betten jenes Wohlgefühl des Eingehülltseins verspürten, das übergangslos in Schläfrigkeit mündet. Steffi lag im Bett, halb grübelnd, halb träumend. Sie hatte die Gardine zurückgeschoben und schaute auf das gelbe Licht der Straßenlaterne, von Schneevorhängen umweht. Sie hätte jetzt gern einen männlichen Körper neben sich gehabt, aber sie wusste nicht, ob er zu Martin oder ob er zu Christoph gehören solle.

Als sich am nächsten Morgen die Dunkelheit lichtete, stand Christoph mit seinem Auto bereits vor der Tür. Gabriele hatte am Tag zuvor einen Blechkuchen gebacken, deren eine Hälfte Steffi jetzt in Stücke schnitt und in einen Korb packte. Ihre Mutter saß im Nachthemd am Küchentisch, trank Kaffee und guckte belustigt zu.

„Du bist ja ganz schön hektisch, Steffi. Man könnte meinen, du seiest verliebt." Steffi antwortete zornig.

„Du – du bist ja die Expertin, Mama. Man könnte auch meinen, du seiest dauerverliebt!" Sie spielte jetzt auf Gabrieles Chef an, mit dem Gabriele seit vielen Jahren eine Beziehung unterhielt.

„Hast du eine Ahnung! Verliebt war ich nur einmal in meinem Leben, und zwar in deinen Vater. Und das war ein Fehler. Aber die Erfahrung daraus saß. Und diese war: glücklich sein ist besser als Liebe. Und diese Erfahrung wirst auch du noch machen."

„Mama, du nervst. Sag mir lieber, wo die zwei Thermoskannen sind. Ich möchte noch Kaffee mitnehmen." Gabriele stand auf und half Steffi beim Zusammenpacken.

Steffi und Christoph fuhren entlang der Bundesstraße, welche von Hannover nach Nienburg führte. Es war ein mühsames Vorankommen, weil sie immer wieder auf

Räummaschinen trafen, die ihnen die Spur versperrten und zudem gab es auf der Gegenseite Streufahrzeuge, die Christophs VW Salz ins Gesicht bliesen. Als sie in die Landstraße nach Neustadt abbogen, kam Erleichterung. Einen Teil der Strecke fuhren sie durch Wald. Jemand musste schon früh geräumt haben, es war kein Problem durchzukommen. In der Nähe von Rettorf mussten sie nach links abbiegen, um das Riedhaus zu erreichen. Auch hier war frisch geräumt; Christoph zeigte sich erstaunt.

„Das kann nur Helmut Nolte gewesen sein, alle Achtung!"

Auf den letzten zweihundert Metern wurde es schwierig, denn hier war die Schneedecke noch jungfräulich. Christoph schaltete den dritten Gang ein und quälte sich langsam hindurch. Auf diese Weise schaffte er eine Spur zum Riedhaus. Später würden sie die Spur mit Asche bestreuen, von der es im Riedhaus reichlich gab. Der Weg zurück dürfte also kein Problem sein.

Über das Riedhaus hatte sich der Winter gelegt. Weil es im letzten Frühjahr neu angestrichen worden war, sah es in seinem Weiß so aus, als habe es sich ein Kommunionkleid angezogen. In der Schneelandschaft der Leineniederung wirkte es also nicht mehr wie ein Signal für den grünen Frühling, sondern eher wie eine Königstochter inmitten ihrer Untertanen, der beschneiten Kiefern und Büsche und der zu ihm aufblickenden weißblendenden Wiesen. Nur die sich kräuselnde dunkelgraue Rauchwolke aus Else Löbmanns Schornstein und der etwas beißende Geruch nach Briketts zeigten an, dass es bewohnt war. Steffi und Christoph stiegen aus und versuchten, die Tür aufzuschließen. Es gelang nicht, weil das Schloss zugefroren war, sodass Christoph die kleine Spraydose mit dem Türschlossenteiser aus dem Auto holen musste. Als sie die Haustür endlich aufbekommen hatte, gingen sie in eine kalte Verlassenheit; es war ihnen so, als ob die Zimmer sie anschwiegen. Doch die Sonne durchstrahlte hell die Räume und brachte eine Schar von Eiskristallen zum Glitzern, die sich auf den weißen Wänden niedergeschlagen hatte. Es war jämmerlich kalt. Christoph schlug vor:

„Wir zünden einen der Öfen an und warten, bis er durchgezogen ist. Dann machen wir erst mal einen Winterspaziergang. Wenn wir zurückgekommen sind, wird es wohl warm sein."

Als er nach draußen ging, um Holz zu holen, hörte Steffi die Stimme von Else Löbmann:

„Das klappt nie, Kinder. Kommt erst mal her." Sie stand vor dem Riedhaus, auf ihren Stock gelehnt.

Else war alt geworden. Seit ein paar Jahren plagte sie das Rheuma, kein Wunder, dachte Steffi, wenn man über Jahrzehnte in einem Haus lebt, welches nur teilweise beheizt wird. Sie hatte Schwierigkeiten mit dem Gehen und musste ihren Stock zu Hilfe nehmen, um ihren mächtigen alten Körper zu bewegen.

„Kann euch verstehen, dass ihr gern im Haus allein sein wollt, war auch mal jung", schmunzelte Else, „aber wenn ihr jetzt anfangt zu heizen, wird es erst morgen warm sein. Die Wände sind ganz ausgekühlt. Am besten, ihr kommt zu mir. Nachher gibt es Kartoffelsuppe." Ihre Kartoffelsuppe mit dem Speck und den Wurstscheiben war eine berühmte Spezialität. Steffi schaute zum Himmel. Er war wolkenlos und eine klare Wintersonne stand niedrig am Firmament.

„Dann gehen wir erst einmal spazieren, Tante Else. Das Wetter ist gerade schön, wer weiß, wie es später ist. Wenn wir wiederkommen, essen wir deine Kartoffelsuppe, schönen Dank für die Einladung. Zum Nachtisch gibt es Kaffee und Butterkuchen, den haben wir mitgebracht."

„So mokt wi dat, Kinners." Else humpelte in ihre Wohnung zurück. Manchmal fiel sie ins Plattdeutsche, wenn sie sich unterhielt. Mit ihren Kindern und den Nachbarn sprach sie ausschließlich Platt.

Steffi und Christoph zogen sich warm an und gingen in den Wald. Das Wetter hatte sich beruhigt, eine leuchtende Stille umfing sie und es kam so gut wie kein Wind auf. Wenn der staubfeine Schnee manchmal von den Kieferzapfen hinab rieselte, konnte man das Geräusch schon von weitem hören. Als es über den Wipfeln klatschte, schauten sie nach oben. Sie hatten offensichtlich zwei Ringeltauben aufgescheucht, die jetzt über ihre Köpfe hinweg flogen. Christoph machte Steffi auf ein paar feine Spuren aufmerksam, die manchmal ihren Weg kreuzten. Sie schienen frisch zu sein, aber sie wirkten wegen des trockenen Schnees nicht sehr deutlich. Doch Christoph kannte sich aus.

„Die Spur, bei der die Pfotenabdrücke fast gleichmäßig hintereinander laufen, stammt von einem Fuchs. Und die Spur, wo die Abdrücke versetzt nebeneinander angeordnet sind, ist vom Marder. Die suchen jetzt unter dem frischen Schnee nach Mäusen." Als sie beim Noltehof ankamen, bogen sie nach rechts ab, um auf die Leinewiesen zu kommen, die sie nach kurzer Zeit erreichten. Ein einsamer Bussard saß auf einem Zaunpfahl und strich hinweg, als sie näher kamen. Auf dem Weg zur Leine mussten sie ein paar Stacheldrahtzäune überwinden. Sie fassten sich an den behandschuhten Händen und halfen sich gegenseitig. Auf einmal lag die Flussböschung vor ihnen, wie aus dem Boden gezaubert.

Bedeutend und mächtig floss die Leine an ihnen vorüber, mit einer enormen Fließgeschwindigkeit, so kam es ihnen vor. Das Wasser war glasklar und bildete manchmal strudelnde Wirbel. Sie standen jetzt am Rand der Böschung, schauten auf den Fluss hinab und hielten ein paar Sekunden inne. Dann fassten sie sich an den Händen und gingen zurück über die verschneiten Wiesen zum Riedhaus.

Der Anbau, in dem Else Löbmann wohnte, bestand aus vier kleinen Zimmern: einer Wohnküche und einer Stube im Erdgeschoss und zwei Mansardenzimmern im Obergeschoss, die als Schlafkammern dienten. Darüber befand sich noch ein Spitzboden. Hier hatte Else in einer Ecke auch ihre geräucherten Mettwürste, Speckseiten und Schinken an Holzlatten aufgehängt. Außer dem Küchenherd, der im Winter ständig brannte, gab es noch in der Stube einen kleinen Ofen, der aber selten in Betrieb war. Die oberen Zimmer waren nicht beheizbar. Ein Badezimmer gab es nicht, Else benutzte die Dusche und das Plumpsklo im Nebengebäude.

In dieser Umgebung hatte Else bis in die späten fünfziger Jahre hinein mit ihrem Mann und ihren zwei Kindern gelebt. Als ihr Mann verstorben war, blieben die Kinder noch eine Weile im Haus, bis sie nach Rettorf zogen. Seither wohnte Else allein im Haus. Die Kinder hatten ihr vor ein paar Jahren angeboten, sie bei sich aufzunehmen, doch Else wollte das nicht. Sie war es gewohnt, allein zu sein und brauchte es wahrscheinlich auch so. Noch nie hatte sie sich weiter als dreißig Kilometer vom Riedhaus entfernt. Selbst in Hannover war sie nur ein paarmal gewesen, und auch nur dann, wenn bei den Bertrams oder Bartels eine Beerdigung oder eine größere Familienfeier anlag.

Christoph klopfte kurz an Elses Haustür, machte sie sofort auf und sie traten hinein. Die Tür zur Küche war offen, wie immer, wenn geheizt wurde, denn die warme Luft sollte nach oben steigen und die Schlafzimmer frostfrei halten. Die Küche war eng. Sie nahm den Küchenherd mit der Bratröhre und den Kochplatten, das große Waschbecken mit dem

Pumpenschwengel, den alten Küchenschrank und einen Küchentisch mit vier Stühlen auf. Die Küchenmöbel waren einmal weiß gewesen; jetzt hatten sie ein gelbliches Aussehen und teilweise war die Farbe abgeblättert. Es roch nach Else, Briketts und Kartoffelsuppe. Else hatte einen gepolsterten Lehnstuhl neben den Herd gestellt, in dem sie fast den ganzen Tag saß, wie jetzt auch. Auf diese Weise konnte sie über die Leinewiesen schauen und die Bauern mit ihren Kühen durch ihre dicken Brillengläser beobachten, ebenso die Wildtiere, Hasen, Enten und Reiher, wenn sie sich auf diesen Flächen bewegten. Ihre dunkelbraunen Haare, mit nur wenigen grauen Strähnen durchsetzt, hatte sie zu einem Knoten gebunden, der mitten auf ihrem Hinterkopf saß. Nils Bertram spottete immer, bestimmt habe sie einen Topfputzer darin. Die Küche war überall da mit Nippes vollgestellt, wo sich noch Platz fand. Es gab Porzellanfiguren, wie eine Flamencotänzerin und einen Clown, Aschenbecher mit Figuren darauf, einen Nussknacker, eine Pfeffermühle in Form einer Meerjungfrau und bunte, gehäkelte Deckchen und Eierwärmer. Die fleckige, vom Küchenrauch dunkel verfärbte Tapete konnte man nur an manchen Stellen sehen, denn überall an den Wänden hingen mit Reißzwecken angepinnte Ansichtskarten, die Else aus aller Herren Länder erhalten hatte.

Sie erhob sich jetzt ächzend und deckte den Tisch mit tiefen Tellern und Löffeln. Steffi lief zum Herd, holte den Topf mit der heißen Kartoffelsuppe und stellte ihn auf ein Holzbrett in der Mitte des Tisches, das Else auf die Wachstuchdecke gelegt hatte. Sie setzten sich. Else schenkte Suppe ein.

„Nicht so viel Dickes", sagte Steffi.

„Ach, Mäken, bist doch dünne, kannst noch viel vertragen. Aber hübsch biste geworden, siehst aus, wie deine Grootmodder früher."

„Du kennst sie?"

„Kennen ist zu viel gesagt. Sie hatte vor unserer Zeit im Riedhaus gewohnt. Ich heff sie ein paarmol bei deinen Verwandten in Hannover getroffen. In das Riedhaus is sie nie wieder gekommen, dahin wollte sie wohl nich mehr."

„Warum?"

„Ach, gab viel Gerede in Rettorf. Als sie im Haus wohnte, wusste das damals keiner. Sie war Jüdin und hielt sich da versteckt. Später hat Hinrich Nolte, Helmuts Vater, geschnackt, sie habe öfter Besuch von Mannens gehabt."

„Von wem?"

„Angeblich von einem Großonkel von Nils Bertram, den Namen weiß ich nich mehr. Und von Fritz Horstmeyer, den heb ich kannt, der war ein Nazi und der Onkel von Marianne Horstmeyer. Beide sind am Kriegsende weg, verschwunden. Man hat niemals wieder etwas von ihnen gehört, et jifft nur Gerüchte. Und jetzt langt zu, ich hab Schmacht."

Elses Kartoffelsuppe war so köstlich, dass Christoph noch einen vollen zweiten Teller aß. Else hatte über den Sommer eine Menge Kräuter angepflanzt wie Majoran, Petersilie, Thymian, Borretsch und Kerbel. Das Beet für die Kräuter hatte in der vollen Sonne vor dem Südfenster gestanden und es schien so, als habe sie den Sonnenschein konserviert, indem sie die Kräuter trocknete und büschelweise ihren Wintergerichten beigab. Nach dem Essen ging Else nach oben.

„Muss meinen Mittagsschlaf machen, Kinners. Ich lass euch jetzt allein, habt ihr sowieso lieber."

Steffi und Christoph war es nach der Kartoffelsuppe warm geworden, die überheizte Küche machte sich jetzt zusätzlich spürbar. Sie zogen ihre Pullover aus und rückten ihre Stühle zusammen. Steffi wunderte sich über sich selbst, irgendwie fand sie es in Elses Küche gemütlich. Normalerweise hätte sie die Küche als pekig abgetan und sich nicht länger als notwendig in ihr aufgehalten. Sie dachte an die Praxis und ihre automatisch antrainierte Empfindlichkeit in Bezug auf Sauberkeit und Hygiene. Aber heute war alles anders. Der leise bullernde Küchenherd und das klare Winterlicht, das durch die Fenster fiel, taten ihr wohl; sie wurde plötzlich schläfrig, lehnte ihren Kopf an Christophs Schulter und schloss die Augen. Christoph reagierte, legte seinen Arm um sie und streichelte ihre Schulter. Sofort musste Steffi an Martin denken, sein brennendes Ungestüm und hinterher diese zärtlichen Minuten, wie er sie nur still hielt und ihre Augenbrauen mit den Fingern streichelte. Innerhalb ihrer Schlummrigkeit erstaunte sie. Wie kann man nur gleichzeitig die Erinnerung an einen Mann und die Berührung mit einem anderen Mann genießen?

Das plumpe Dröhnen von Schritten schnitt ihre Gedanken ab. Else betrat die Küche. Ach ja, sie hatten noch den Kuchen.

„Brauchst keinen Kaffee zu machen, Tante Else", sagte Christoph, „wir haben zwei volle Thermoskannen Kaffee dabei!" Else reagierte gereizt.

„Nur frischer Kaffee ist guter Kaffee. Und solange ihr bei mir seid, jifft es frischen Kaffee", maulte sie.

Eine halbe Stunde später war der Butterkuchen aufgegessen und Elses gefürchteter Kaffee – ein hellbraunes, dünnes, urintreibendes Gesöff – ausgetrunken.

Als sie nach Hause fuhren, blieben sie zunächst still. Plötzlich sagte Christoph, während er geradeaus guckte:

„Hast du Lust, mit mir in die Oper zu gehen? Ich kann Karten für den „Rigoletto" am nächsten Sonnabend besorgen."

Steffi kannte sich nur in der Popmusik aus und eine Opernaufführung hatte sie noch nie besucht. Ihr fiel aber ein, dass ihre Mutter am Freitag und Sonnabend nicht zuhause sein würde, denn sie hatte angekündigt, ihren Chef auf einer Fortbildungsveranstaltung zu begleiten.

„Ich hab keine Ahnung von Opern, bin noch nie bei einer Aufführung gewesen. Ist das nicht alles langweilig?" Christoph belehrte sie.

„Du wirst dich wundern! Giuseppe Verdi hat mit dem „Rigoletto" ein Kriminalstück vertont, mit einem Kostümwirbel und einer Leiche im Sack. Probier doch mal aus, ob es dir gefällt."

„Ich probier es aus", sagte Steffi eilig, „und hinterher lade ich dich zu mir ein, ich mache uns etwas zu essen." Als Christoph ihr den Abschiedskuss gab, meinte er, in ihrem Lächeln eine Spur von Verheißung zu entdecken.

Die Aufführung in der Hannoveraner Staatsoper wurde Verdi in jedem Detail gerecht. Die bunten Kostüme, die kräftigen Stimmen und das prächtige Bühnenbild zeigten jenen Pomp, wie er sich für eine italienische Oper gehört. Steffi war bewegt. Sie hatte ein schulterfreies Kleid angezogen, das ihre Haare genial zur Geltung brachte; davon war Christoph überrascht und beeindruckt. Als sie nach der Vorstellung in Steffis Wohnung ankamen, war es bereits elf Uhr abends.

Steffi hatte sich in Unkosten gestürzt. In einem Feinkostgeschäft in der Königstraße hatte sie eine gekochte Languste mit Beilagen und Champagner besorgt. Bevor alles aufgegessen war, hatten sie die Champagnerflasche geleert und gingen zu Weißwein über. Später setzten sie sich im Wohnzimmer auf das Sofa und sahen sich noch einen Videofilm an. Steffi rückte zu Christoph, der ihren Nacken streichelte. Sein Mund suchte ihren Hals, um dann zu ihrem Mund zu wandern. Sie ließ es geschehen. Als der Film zu Ende war, sagte Christoph:

„Ich werde jetzt eine Taxe rufen müssen, nach Hause fahren kann ich nicht mehr. Ich habe eine halbe Flasche Champagner und drei Gläser Wein getrunken." Steffi schaute ihn eine Weile an, mit einer Mischung aus Zuwendung und Ironie. Dann legte sie ihre Arme um seinen Hals und flüsterte ihm ins Ohr:

„Du kannst auch über Nacht hier bleiben, wenn du es möchtest, Christoph. Morgen früh wirst du bestimmt wieder fahren können."

Sie schliefen am nächsten Morgen sehr lange. Stefanie war zuerst in der Frühe aufgewacht, lag im Dämmerschlaf und ließ den vergangenen Tag noch einmal durch ihr Gedächtnis gehen. Sie fühlte sich gut und war darüber hinaus froh, dass ihr erstes Mal mit Christoph zu Hause passiert war. Im Riedhaus wäre die Erinnerung an Martin noch zu stark gewesen.

Irgendwann wurde auch Christoph wach und berührte sie, danach war es noch einmal heiß her gegangen. Anschließend schliefen sie wieder für eine halbe Stunde fest ein. Dann stand Christoph auf, zog sich an, ging in die Küche und stellte die Kaffeemaschine an. Er kannte sich in Gabriele Bertrams Küche gut aus, weil er auch früher schon öfter bei den Bertrams gewesen war. Als Steffi das Plätschern des Kaffees hörte, stand sie auf und folgte. Während sie in ihrem Nachthemd mit verschlafenen Augen in der Küche stand, umarmte Christoph sie und gab ihr einen langen Kuss. Er spürte ihre Weichheit und Bettwärme.

Steffi blickte zu ihm, in einer ungewohnten Verlegenheit. Es ging ihr nicht um sich selbst, sie hatte alles genossen, doch sie wusste nicht einzuordnen, wie es Christoph empfunden hatte. Bei Martin war es anders gewesen, sie hatte etwas wie eine Explosion gespürt, nicht nur körperlich. Christoph bemerkte ihre Unsicherheit.

„Es war ein Fest gestern, Steffi, die Musik, der Abend, das Essen. Doch das größte Fest warst du", sagte er zu ihr, wobei er versuchte, seine Stimme zu dämpfen.

Steffi lächelte, machte sich sanft los und deckte den Frühstückstisch, Christoph half. Als sie zusammen beim Kaffee saßen und sich über die Opernaufführung unterhielten, hörten sie, wie die Wohnungstür aufgeschlossen wurde. Steffis Mutter Gabriele war gekommen. Als sie die beiden in der Küche sah – Steffi hatte noch ihr Nachthemd an – wusste sie augenblicklich Bescheid und schaute sie freundlich und zugleich belustigt an.

„Guten Morgen, Gabriele", sagte Christoph. „Guten Morgen, Mama", sagte Steffi, stand auf und nahm ihre Mutter in den Arm.

„Wir war es bei uns, Christoph? Hast du gut geschlafen?", fragte Gabriele und bemühte sich, jegliche Ironie in der Stimme zu vermeiden. Die Frage machte Christoph verlegen, was Gabriele rührte. „Könnte nicht besser gewesen sein", antwortete er.

Gabriele setzte sich und trank mit Steffi und Christoph Kaffee. Gabriele erzählte von Hamburg, der Stadt, in der sie die Praxisfortbildung mit ihrem Chef besucht hatte, dem Gang durch die Kneipen und Bars, der dem offiziellen Programm folgte, um dann schließlich zum Riedhaus und speziell zu den gegenseitigen Beziehungen der Familien Bertram und Bartels überzugehen, die sich im Verlauf der Generationen wie die Teilstränge eines gedrehten Strickes ineinander verwunden hatten. Christoph hörte halbwegs zu und verschwand irgendwann, denn beim Blick auf die Uhr hatte er festgestellt, dass es schon später Mittag war.

Als er fort war, lächelte Gabriele Steffi an.

„Wie war es?" Steffi lächelte zurück und wurde nur eine Spur rot.

„Ich fühle mich wohl mit Christoph. Ich bin froh, dass er für mich da ist. Ich möchte es mit ihm probieren." Über diese Antwort hatte Steffi vorher lange nachgedacht.

„Das ist eine gute Voraussetzung für euch", sagte Gabriele, „hättest du jetzt so etwas gesagt wie „es war überwältigend", hätte ich es nicht ernst genommen, höchstens als eine verbale Verirrung oder als maßlose Euphorie gewertet. Ein bisschen fehlt mir der Hinweis auf Verliebtheit, die habe ich eher in Christophs Augen gesehen. Doch das ist nicht schlimm. Auch ich habe mich erst in deinen Vater verliebt, nachdem ich ein paar Male mit ihm zusammen gewesen war."

„Ich bin doch verliebt, Mama!"

„Will ich dir glauben. Ich bin nicht sehr romantisch, jedenfalls nicht mehr heute. Verliebtheit ist ein strahlender Traum, jedoch nichts anderes als ein Einstieg, entweder ins Glück oder ins Unglück, das gilt für beide Seiten, ob Frau oder Mann. Christoph kenne ich wie du von Kindesbeinen an, er ist nett, ehrlich und gutaussehend und ich begrüße es natürlich, wenn du mit ihm zusammen sein möchtest. Selbstverständlich kannst ihn mit zu uns nach Hause nehmen, so oft, wie du willst."

Steffi dachte nach. Ihre Mutter hatte ein Verhältnis zu ihrem Chef, scheinbar schon ewig. Doch er hatte selten in ihrer Wohnung übernachtet, sie konnte es an den Fingern abzählen.

„Und was ist das für eine Beziehung, die du zu Ralph hast, Mama?" Ralph war der Vorname von Gabrieles Chef. Steffi hatte vorher ihre Mutter nie danach gefragt.

„Sie ist auf den ersten Blick kompliziert, aber auf den zweiten Blick sehr einfach. Wir haben nämlich außer unserer Beziehung noch zwei andere Beziehungen, Ralph zu seiner Familie und ich zu dir und meiner Freiheit. Ralphs Frau und

Ralphs Kinder wissen von uns und tolerieren es, obwohl sie es sicher nicht gutheißen. Das ist der einzige wunde Punkt in unserem Verhältnis. Sonst sind wir beide glücklich. Wenn man die Zeit bedenkt, während der wir uns sehen, dürfte Ralph mehr Zeit mit mir verbringen als mit seiner Familie, denn wir kommen erst sehr spät aus der Praxis heraus, du weißt es. Ralph verbringt natürlich die meisten Abende zu Hause, das ist seine Pflicht, und er will das auch. Das tue ich genauso, denn wir beide sind ebenfalls eine Familie. Ich wollte auch nie, dass Ralph bei uns übernachtet, deswegen ist es nur dann passiert, wenn es nicht zu vermeiden war. Das hat nichts mit dir zu tun. Ich brauche hier in dieser Wohnung meine Freiheit, also habe ich sozusagen einen Schutzwall um unsere Wohnung gezogen. Wenn Ralph und ich allein sein wollen, machen wir uns zusammen einen schönen Abend, gehen ins Theater oder in die Oper, essen in einem guten Restaurant und lassen den Abend im Hotel enden. Oder ich komme mit zu den Fortbildungen, die an anderen Orten stattfinden. Auf diese Weise habe ich Europa ganz gut kennengelernt!

Unsere Treffen, die gar nicht besonders heimlich sind, genießen wir als Höhepunkte in unserer Beziehung. Weitergehende Absichten, beispielsweise Trennung Ralphs von seiner Familie und Zusammenziehen mit mir, wollen wir beide nicht. Ralph liebt seine Familie und ich dich und meine Freiheit. Ob wir beide uns auf irgendeine Art lieben, wissen wir nicht, es ist uns ziemlich egal. Wichtig ist allein, dass wir uns wohl fühlen, und das klappt nun schon seit über zehn Jahren.

Als ich dich vorhin nach deiner Beziehung zu Christoph fragte, sagtest auch du an erster Stelle, du fühlest dich wohl mit ihm. Das ist das Wichtigste vor allem anderen, darin hast du recht! Was aus euch beiden wird, das kann niemand voraussagen, wartet ab, was geschieht. Das ist mein einziger Rat für dich, denn in Beziehungsdingen gebe ich sonst niemanden einen Rat, noch nicht einmal meiner Tochter. Das habe ich mir vor langer Zeit abgewöhnt."

Steffi dachte plötzlich an Martin.

„Und was ist, wenn es noch andere Männer gibt, die besser zu mir passen als Christoph?"

„Das kann natürlich sein. Soll das heißen, du willst wie eine Biene fliegen, von Blüte zu Blüte, und probieren, wo dir der Nektar am besten schmeckt? Das lass lieber sein, du wirst feststellen, dass sich die Blüten mehr gleichen als du denkst. Ganz wichtig ist es, dass dein Partner ehrlich ist. Egal was passiert. Christoph halte ich für einen sehr ehrlichen Menschen, keine Ahnung, ob sich das irgendwann ändert, doch ich glaube, im Moment kannst du zufrieden sein."

„Bin ich, Mama."

Steffi und Christoph trafen sich jetzt regelmäßig. Oft gingen sie mit Friederike und Nils aus, die gefühlt schon eine Ewigkeit zusammen waren. Friederike wurde zu Steffis bester Freundin, beide Frauen hatten schon immer gut zusammengepasst, denn sie waren ähnlich temperamentvoll und hatten schon früher oft Spaß miteinander gehabt.

Die Ausbildung von Steffi machte Fortschritte und die Klausuren in der Berufsschule bestand sie fast immer mit voller Punktzahl, sodass die Rechnung aufzugehen schien, dass sie ihre Prüfung vorzeitig ablegen könne. Ihre beiden Chefs hatten sie jetzt in der Rezeption eingesetzt, denn Steffis Kollegin Kerstin war schwanger und würde erst später wieder einsatzbereit sein. Die Arbeit in der Rezeption machte Steffi keinen Spaß, doch an diesem Ort liefen die Fäden der Praxis zusammen und sie sah ein, dass sie gerade hier den Überblick gewinnen würde, den sie für später gebrauchen könnte. Ihre Chefs nahmen sie auch zu den wöchentlichen Fallbesprechungen mit, was wiederum böses Blut brachte, denn noch nie war eine Auszubildende dazu mitgenommen worden. Das Ausarbeiten und die Abrechnung der Kostenpläne für die einzelnen Behandlungen war für Steffi eine Herausforderung, die sie nur bewältigen konnte, indem sie Kerstin zu Hause aufsuchte, die ihr half.

Für den Sommerurlaub hatten die Eltern von Christoph und Friederike Bartels ein Ferienhaus auf Sardinien gemietet und fragten ihre Kinder, ob sie mit Steffi und Nils mitkommen wollten. Sie waren begeistert und sagten sofort zu, auch Steffi und Nils hatten keine Einwände. Die Planung sah vor, dass die Kinder mit ihren Partnern den Audi der Familie nach Sardinien überführen sollten, damit ein Auto für Ausflüge am Ort war. Dr. Joachim und Ingrid Bartels würden ein paar Tage später mit dem Flieger nachkommen, weil ihre Urlaubszeit begrenzt war; die Kinder hatten Semesterferien und für Steffi war es der Jahresurlaub.

An einem Tag im August starteten sie mitten in der Nacht, um am nächsten Abend die Fähre in Genua zu erreichen. Alle waren noch müde. Christoph und Nils saßen vorn und wechselten sich beim Fahren ab, Steffi und Friederike saßen hinten. Steffi schlief sofort ein und legte ihren Kopf auf den Schoß von Friederike, die nach kurzer Zeit zur Seite sank und selbst einschlief. Sie fuhren in die Morgendämmerung hinein, die sich erst verlor, als sie Bayern erreichten. Bislang war die Autobahn ziemlich leer gewesen, doch langsam nahm der Verkehr zu. Zum Sonnenaufgang erreichten sie bei Bregenz den Bodensee. Wie eine blaue, schimmernde Wanne lag er vor ihnen. Die Alpen mit ihren beschneiten Gipfeln zogen sich wie ein behütendes Band um die Landschaft, während der Bregenzer Wald, links von ihnen, im

Gegenlicht dunkelgrün und düster erschien. Steffi war aufgewacht und schaute sich mit großen Augen die Gegend an, während Friederike noch schlief. Nach kurzem Gespräch mit Nils bog Christoph von der Autobahn ab und fuhr auf die Bodenseeinsel, auf der Lindau lag.

Als das Auto hielt, rief Nils: „Friede, aufwachen, wir wollen frühstücken!" Friederike rieb sich den Schlaf aus den Augen und schüttelte ihre Locken; sie stiegen aus. Nach einem kurzen Gang durch die malerische Altstadt Lindaus erreichten sie den Hafen; in einem Café gab es noch genügend freie Plätze. Den heißen, starken Kaffee, der den letzten Rest von Müdigkeit vertrieb, tranken sie mit Blick auf den steinernen bayerischen Löwen, der die Hafeneinfahrt bewachte.

Es folgte eine Berg- und Talfahrt durch die Schweizer Alpen. Unweit von Lugano öffnete sich plötzlich die oberitalienische Tiefebene, sie umfuhren Mailand und erreichten am späten Nachmittag Genua. In Kehren ging die Straße zum Hafen hinunter; sie konnten schon von weitem die Fähre der Reederei „Tirrenia" sehen, die vertäut am Kai lag. Vor der Einfahrt in den Bauch der Fähre hatte sich bereits eine Schlange von Fahrzeugen gebildet, in die sie sich einordneten. Doch es ging nicht weiter, das Schiff sperrte sich und ließ keinen in sich hinein. Sie stiegen aus und schauten sich um. Die Stadt Genua, wie die Sitzreihen eines Amphitheaters über dem Hafen liegend, zeigte sich von ihrer hässlichen Seite. Reihen von Straßen mit hupenden und stinkenden Autos wechselten sich ab mit Galerien von grauen Hochhäusern, die den Hafen schäbig umkränzten. Durch das Geschrei der Hafenarbeiter und Autoinsassen hindurch klang immer mehr das Wort „Sciopero" zu ihnen. Nils fragte laut in die Menge, was „Sciopero" bedeute?

„Sciopero heißt Streik", sagte ein deutscher Autofahrer zu ihnen, „die Hafenarbeiter streiken mal wieder."

„Heißt das etwa, dass wir die Nacht im Auto verbringen müssen?"

„Ach wo", grinste ihr Informant, „das kommt alle paar Tage vor. Ihr werdet sehen, in ein paar Stunden geht es los. Dann ist das Ritual beendet."

Um halb zehn Uhr sollte die Fähre eigentlich starten. Um halb zwölf öffnete sich der Bauch des Schiffes und begann, die Fahrzeuge zu schlucken. Mittlerweile war es stockdunkel. Christoph hatte für alle die einfachsten Tickets gebucht, nämlich ohne Kabine und dafür mit „Poltrone", dem Schlafsessel, der in Sälen aufgereiht stand. Ursprünglich wollten sie auf dem Schiff noch etwas essen, doch als Friederike und Steffi die schlaffen Pizzen und matschigen Nudeln im Restaurant sahen, beschlossen sie, lieber hungrig zu bleiben, Christoph und Nils schlossen sich an. Später nahmen sie ihre Decken, machten sich auf den Bänken lang, schauten auf den Sternenhimmel und schliefen ein.

Irgendwann fingen sie an zu frieren und wachten auf. Mittlerweile dämmerte es wieder. Das Schiff zog ruhig seine Bahnen auf der glatten See, und man konnte schemenhaft die Insel Korsika erkennen. Bald darauf erschien Sardinien vor ihren Augen, grünhügelig und von Buchten durchzogen; die weißen Häuser an den Hängen der Costa Smeralda zogen vorbei und das Schiff legte schließlich in Olbia an.

Von da aus ging es mit dem Auto auf der Küstenstraße nach Süden weiter. Es wurde jetzt sehr warm, sodass die Klimaanlage des Autos auf Hochtouren lief. Nach einer halben Stunde hatten sie ihr Ziel fast erreicht. Bei dem kleinen Ort Agrustos bogen sie in die Berge ab. Die schmale Straße schlängelte sich in abenteuerlichen Kehren hinauf, und Nils, der gerade fuhr, musste manchmal abbremsen, wenn ein herabfahrendes Auto ihnen Platz machte. Jenseits eines trockenen Tales sahen sie zum ersten Mal ihr Ferienhaus. Es thronte mit Blick auf das Meer auf einem Sockel, der von einer Natursteinmauer begrenzt war. Um es herum gab es einen Garten mit immergrünen Büschen und Gewürzpflanzen. Als sie ausstiegen, spürten sie den Geruch von Thymian, Rosmarin und Myrte; Grillen und Heuschrecken zirpten um die Wette. Christoph lief auf den Terrasseneingang zu, suchte den Schlüssel und holte ihn unter einem Stein heraus. Sie traten ein und fanden die Räume aufgeräumt und sauber vor. Jenseits der Terrasse befand sich ein großes Wohnzimmer mit Kamin, einem Esstisch mit zehn Stühlen und einer Küchenecke. Zur Rechten und Linken öffnete sich der Raum hin zu je einem Schlaftrakt mit zwei Schlafzimmern und dem dazugehörigen Bad. Das Haus war mit wenigen einfachen Möbeln ausgestattet, es gab Regale und Kleiderstangen statt Schränke, doch alles, was man brauchte, war da.

„Ein Sommerhaus", sagte Steffi, „leicht aufzuräumen und sauber zu halten, anders als das Riedhaus."

Sie warfen ihre Koffer und Taschen in zwei der Schlafzimmer, zogen sich die durchgeschwitzten Kleider vom Leib und ihre Badesachen an und sprangen zum Auto zurück, das sie mit offenen Türen stehen gelassen hatten. Christoph fuhr zum Strand. Mit rutschenden, nackten Füßen liefen sie durch den Sand, die kleinen distelartigen Pflanzen missachtend, die manchmal ihre Köpfe aus dem Boden reckten. Nils nahm Friederike auf den Arm, Steffi fasste Christoph an der Hand und sie rannten platschend in das Meer hinein, während die Sonne von der Seite auf sie herab glühte. Sie lachten, spritzten sich an, schmissen ihre Leiber in das Wasser und schwammen um die Wette. Nachher warfen sie sich in den Sand, rollten umher, umarmten sich, wurden müde und schliefen fast ein, den Kopf auf die sonnenbeschienene Bucht von Agrustos gerichtet.

Nachher kauften sie in einem kleinen Supermarkt Wein, Mineralwasser, Käse, Salami, Tomaten, Zwiebeln und Brot ein; später deckten Steffi und Christoph den Tisch, während Friederike und Nils Brot und die anderen Lebensmittel schnitten und auftrugen. Dass Wein und Wasser noch nicht kalt waren, störte sie nicht. Sie tranken, aßen, lachten und schwatzten, bis die Sonne längst untergegangen war, um dann in die Betten zu fallen.

Am nächsten Morgen überschliefen sie den Sonnenaufgang, bis die Strahlen grell in die Schlafzimmer leuchteten. Steffi, in Christophs Armen liegend, spürte, wie eine Gestalt vom Nachbarzimmer her neben sie in ihr Bett kroch. Es war Friederike im Nachthemd.

„Hast Glück, dass Christoph dein Bruder ist", sagte Steffi. „Sonst käme Nils noch auf den Gedanken, wir machen einen flotten Dreier!"

„Gar nicht schade", grinste Friederike, „es törnt mich an, wenn er eifersüchtig ist."

„Es gibt doch nichts Schöneres als Friede im Bett", warf Christoph ein. Nils kam. Friederike schaute ihn an. „Komm du doch auch mit herein!" Nils zog die Stirn kraus und setzte sich vor ihnen im Schneidersitz auf den Boden.

„Ihr spinnt doch", sagte er. „Lasst uns lieber überlegen, was wir heute machen wollen."

Ein paar Tage später holten sie Joachim und Ingrid Bartels vom Flughafen Olbia ab. Für den Abend war ein opulentes Abendessen mit den Eltern geplant. Friederike, ihre Köchin, hatte mit Nils als Beikoch ein Menü mit sardischen Zutaten vorbereitet, Steffi und Christoph hatten vom nahen Weingut dazu zwei Kartons mit Cannonau, dem sardischen Rotwein und eine Flasche Mirto, den sardischen Kräuterlikör, besorgt. Sie setzten sich um den langen Tisch auf der Terrasse, tranken Wein und genossen den weiten Ausblick auf die Bucht. Vor ihnen lagen der Hafen und das Inselchen von Ottiolu in der blauen Wasserfläche und in der Ferne konnte man die Umrisse des Capo Coda Cavallo und der Isola Molara erkennen. Sie beobachteten, wie ein Schäfer mit seiner Herde den bebuschten Hang hinab stieg, die Schafe verstreuten sich auf den dünnen Pfaden und sie hörten, wie er nach seinem Hund pfiff. In der weichen, abgekühlten Dämmerung schallte sein Pfiff echohaft.

Nach dem Abendessen schauten sie satt und zufrieden in die Weite. Kurz nach Sonnenuntergang hörte das Konzert der Grillen und Heuschrecken auf, Geckos huschten an der Hauswand entlang. Sie tranken zum Wein einen Mirto und unterhielten sich. Nils erzählte, wie er gestern Mittag auf der Straße vor dem Haus eine tellergroße Landschildkröte vor dem Überfahren gerettet hatte. Später, in der Dunkelheit, schauten sie den vorbei fliegenden Fledermäusen zu, beschienen vom Abendlicht. Als sie spät nach Mitternacht zu Bett gingen, fanden sie alle, dass es ihnen sehr gut gehe.

Als Steffi wieder zu Hause war, gab ihr ihre Mutter Gabriele ein mit Packpapier umklebtes Paket mit einem Brief.

„Ich habe mir erlaubt, auf den Absender zu gucken, Steffi. Es kommt von Martin Horstmeyer. Martin hatte einmal bei uns angerufen, als du in Sardinien warst."

Steffi machte es auf. Sie entnahm ihm den Menschenknochen aus dem Riedhaus, den Martin mehrfach mit Zeitungspapier umwickelt hatte. Steffi las den Brief. Martin schrieb:

Liebe Steffi,

ich habe mich lange nicht mehr bei dir gemeldet, das war nicht gut, ich weiß. Letzte Woche war ich in Rettorf und wollte zu dir kommen, doch ich habe von deiner Mutter erfahren, dass du mit Christoph und Friederike nach Sardinien gereist bist. Mein Studium in Berlin lässt sich ganz ordentlich an, immer noch viel Arbeit, man gewöhnt sich. Es geht um deinen Knochen, ich schicke ihn dir zurück.

Aber – es hat alles geklappt. Ich habe ein kleines Teil abgesägt und Oliver, mein Studienkamerad, hat es seinem Freund in der Paläontologie gegeben. Die C14-Untersuchung dauert lange und ist schweineteuer, wir mussten das Teil einem Satz anderer Proben unterjubeln, die das Institut nach Kiel geschickt hat, da gibt es ein zentrales Labor, das auf die Radiokarbonmethode spezialisiert ist. Seit zwei Wochen kenne ich das Ergebnis.

Also: der Knochen stammt von einem Menschen, der in der ersten Hälfte des 17. Jahrhunderts gestorben ist. Wenn man in die Geschichtsbücher schaut, stellt man fest, dass das einschneidende Ereignis in Deutschland um diese Zeit der Dreißigjährige Krieg war. Das passt.

Wahrscheinlich würdest du mich jetzt nach etwas fragen, wir wissen beide, nach was, nämlich, ob ich noch solo bin.

Meine Antwort ist ein dickes, fettes Ja. Weil ich nicht lügen möchte, gestehe ich, dahinter stecken noch nein, nein, nein, klein und unbedeutend. Dich frage ich nicht, Steffi, das trau ich mich nicht. Übrigens: meine Mutter scheint plötzlich die Reiselust zu packen; als wir uns verabschiedet haben, sagte sie mir, sie sei jetzt für mindestens vier Wochen unterwegs. Oma Sophie hat sie mit ihren Blicken fast ermordet.

Alles Liebe,
Martin

Als Steffi den Brief las, kam es ihr vor, als spüre sie Martin körperlich zwischen den Zeilen. Sie faltete ihn zusammen und legte ihn schnell weg.

Behäbig und ausladend stand das riedbedeckte Bauernhaus in der durchsonnten Leineniederung, wie eine Trutzburg, die sich gleichwohl ihre Heimeligkeit erhalten hatte. Sein Rieddach zog sich bis auf Mannshöhe hinunter und der mächtige Giebel an der Vorderfront strahlte Wohlstand und Zuversicht aus. Seine aus dicken Eichenbalken gefügten Fächer waren ausgefüllt mit Ziegelsteinen, die man aus einem nahen Lehmvorkommen gefertigt hatte.

Arnold, der Bauer, stand vor dem Tor und schaute auf seine Felder und Wiesen in der Leineniederung. Zum Glück waren die Äcker schon abgeerntet, sodass die Landsknechte, die wie die Heuschrecken über seinen Hof hergefallen waren, wenigstens dort nichts mehr verwüsten konnten. Was heißt, zum Glück, der größte Teil der Ernte an Buchweizen und Roggen war hin, verschwunden in den Mägen dieser Spitzbuben – allein der Gedanke daran ließ seinen Magen zusammenziehen.

Neben dem Bauernhaus standen zwei weitere Gebäude, ebenfalls mit Ried gedeckt. Eines der Gebäude barg einen Pferdestall zum Ausspannen und eine Gaststube. Der Hof lag unweit der Leine zwischen Hannover und Neustadt in einer wenig besiedelten Gegend und so hatte er sich zu einer Rast für Fuhrleute und Reisende entwickelt, die auf der Landstraße unterwegs waren. Die Gastwirtschaft brachte Arnold einen wichtigen Nebenerwerb, denn von der Ackerwirtschaft konnte die Familie wegen der schlechten Böden kaum leben.

Das zweite Gebäude diente als Schweine- und Schafstall sowie Speicher für landwirtschaftliche Geräte und die Ackerwagen. Die Kühe und die eigenen Pferde hatten ihren

Stall im Haupthaus, ebenso ein Teil des Geflügels. Man betrat das Haupthaus meistens durch das Haupttor; der Mittelgang, an dem sich seitlich die Stallboxen anschlossen, führte geradewegs auf die Feuerstelle zu, einen mächtigen offenen Kamin, dem Wohn- und Arbeitsmittelpunkt des Hauses. Über dem Kamin hingen die Würste, Speckseiten und Schinken. Auf diese Weise wurde der reichlich anfallende Rauch dazu genutzt, diese Lebensmittel haltbar zu machen. Sonst war der Rauch eher eine Qual, durchzog das ganze Haus mit seinen Schwaden und drang durch die kleinsten Ritzen. Besonders die Knechte und Mägde, die ihre Kammern über den Ställen hatten, litten darunter; aus diesem Grund hatte Arnold hinter dem Kamin einen Abzug durch das Dach eingebaut, den man nach Belieben öffnen konnte.

Links neben der Feuerstelle war eine Ecke für die Küche eingerichtet, deren Einrichtung sich auf einen steinernen Waschtisch, zwei Schränke für das Geschirr und ein Regal für die Töpfe beschränkte. Unter diesem Regal hing eine Reihe von Kellen, Pfannen und Löffeln an eisernen Haken. Hier gab es auch noch eine kleine Tür, die zur Seite auf den Hof führte. Der Boden im Bereich der Küche war mit runden Feldsteinen gepflastert, im Gegensatz zu den übrigen Flächen des Hauses, deren Untergrund aus gestampftem Lehm bestand. Die rechte Seite der Feuerstelle diente als Ess- und Wohnecke. Ein langer Esstisch mit vierzehn hölzernen Hockern nahm die Hälfte des Platzes ein. Der Rest wurde ausgefüllt mit dem Webstuhl, einer Haspel und zwei Spinnrädern.

Hinter der Feuerstelle ging es ein paar Stufen hinauf zu den beiden Schlafkammern. Sie waren allein Arnold und seiner Familie vorbehalten, einzige Zuflucht und Intimität inmitten eines Haushalts, dessen Mitglieder von Sonnenaufgang bis Sonnenuntergang damit beschäftigt waren, gemeinsam gegen alle Widrigkeiten um den täglichen Lebensunterhalt zu kämpfen. Weil die Kammern höher lagen als der Fußboden im Haus, waren sie mit Dielenbrettern ausgelegt, die beim Gehen einen hohlen Klang erzeugten. Im Hohlraum darunter konnte man manchmal Ratten huschen und wispern hören. An den Wänden waren Alkoven eingelassen, die man mit Vorhängen zuziehen konnte, hier standen auch ein Schrank für die wenigen Kleidungsstücke der Familie und eine Wiege, die in Gebrauch genommen wurde, wenn Arnolds Frau Katharine niederkam, was häufig passierte.

Unter den mächtigen Giebeln der Hofgebäude breiteten sich außer den Kammern für die Mägde und Knechte derb gezimmerte Dachböden aus. Hier lagerten die Vorräte des Hofes, Heu und Stroh für das Vieh und ein Notvorrat an Holz für die Menschen im Winter.

Arnolds Blick wanderte zu den Landsknechtszelten, die jenseits des Hofes zwischen ein paar Eichen und Buchen standen. Sie waren zu einem Halbrund angeordnet, mit den Stirnseiten zu einem mit Findlingen befestigten Feuerplatz gerichtet. Es hatte Arnold viel Überredungskunst abgenötigt, die Landsknechte zu überzeugen, das Lager in einiger Entfernung zu den Hofgebäuden aufzuschlagen. Ihn trieb die Furcht, der Funkenflug vom Lager könne die Rieddächer in Brand setzten; er wusste, dass so etwas in der Vergangenheit woanders schon öfter der Fall gewesen war.

Zu verdanken war die ganze Misere den Landesherren von Neustadt, deren Bürger bereits lange vorher ihre Last mit den beiden Erichen hatten, unter deren Regentschaft das Städtchen stand. Erich I. von Calenberg befestigte es mit Bastionen und Mauern, sein Sohn errichtete ein Schloss.

Natürlich waren es die Untertanen, welche diese Arbeiten erledigen mussten, meist durch Fronarbeit. Wer das nicht mehr konnte, wurde mit Steuern zur Kasse gebeten; die Braunschweigischen Silbertaler verschwanden im Bauch der Fürsten, die damit ihre Bauten finanzierten. Erich II benannte das Schloss wie auch den Ort in einer großmütigen Weise, deren Sarkasmus ihm überhaupt nicht bewusst war, „Landestrost". Doch die Untertanen muckten, Namensgebrauch lässt sich nicht erzwingen, auch nicht mit Strafen, und so hieß der Ort später wieder „Neustadt" und der Name blieb allein für das Schloss übrig, das sie am liebsten in „Erichstrost" umbenannt hätten.

Der zweite Erich hatte keinen legitimen Erben, und so fiel das Fürstentum Calenberg nach seinem Ableben zu seinem Zähneknirschen an seinen Neffen Julius von Braunschweig-Wolfenbüttel. Der Misserfolg seines ehelichen Paarungsbemühens hatte ihm offensichtlich schwer zu schaffen gemacht, sodass er sich von Hexen verfolgt fühlte. Zu allererst verdächtigte er in simpler Folgerichtigkeit seine Frau Sidonie, geboren aus dem Hause Sachsen, die er wegen Hexerei zu verbrennen trachtete, weil sie trockenen Schoßes geblieben war. Doch für eine Angehörige des Hochadels konnte man nicht so einfach etwas Derartiges anordnen, diese Erfahrung blieb ihm nicht erspart. Sidonie floh und stellte sich unter den Schutz des Kaisers. Seine Restwut befriedigte er damit, dass er die Gerichte mit Hexenprozessen überzog und dem Land Furcht und Schrecken bereitete. Das einzige, was er fertigbrachte, war die Fertigstellung des Schlosses in Neustadt. Was die Religionszugehörigkeit betraf, so hatten die beiden Eriche offenbar ihre Schwierigkeiten. Mal war das Calenberger Land katholisch, dann wieder lutherisch, ganz so, wie es dem momentanen politischen Kalkül entsprach.

Arnold interessierte es kein bisschen, welchen Glauben er in der Kirche nachplappern musste. Seine Eltern hatten erlebt, wie lutherische Prediger, schwarz und mit Beffchen, fortgejagt wurden, um irgendeinem Papisten in seinem bunten Messgewand Platz zu machen, und umgekehrt. Nach dem Tod des Hexen-Erich hatte sich das Calenberger Volk zunächst Hoffnung gemacht, Julius von Braunschweig-Wolfenbüttel würde ihnen eine bessere Zukunft bescheren. Doch die Braunschweiger Welfen interessierten sich kaum für das ihnen durch Erbschaft zugeflossene Fürstentum Calenberg, höchstens, wenn es um die Erhebung von Steuern ging. Der spätere Nachfolger von Julius, Friedrich Ulrich, der seit 1613 auf dem Thron saß, hatte zum Regieren sowieso keine Lust und machte es sich lieber im Schloss Wolfenbüttel mit seinen Mätressen und dem Alkohol bequem. Stattdessen bekamen sie etwas Neuartiges, Finsteres: den Regenten Anton von der Streithorst, einfacher Adliger, doch von Julius mit einer Machtfülle ausgestattet, die es ihm als Drost erlaubte, noch dem letzten Untertanen im Herzogtum Braunschweig-Wolfenbüttel die Tasche zu leeren. Zumindest hatten sich die Fürsten vom „Niedersächsischen Reichskreis", zu denen auch Braunschweig-Wolfenbüttel gehörte, entschieden, endgültig den lutherischen Glauben anzunehmen, wenigstens ein Stück Sicherheit, dachte Arnold.

Vielleicht wäre alles irgendwann friedvoll verlaufen, hätten nicht die norddeutschen Fürsten über die Siege der Kaiserlichen in Böhmen und Süddeutschland so derartig die Fassung verloren. Folglich zog der niedersächsische Kreis gegen den Kaiser in den Krieg, unter der Führung von Christian IV. von Dänemark. Dieser war der Onkel von Friedrich Ulrich, dessen jüngerer Bruder auch Christian hieß. Den Braunschweiger Christian nannte man den „tollen

Halberstädter", er war ein Haudegen, der ständig Krieg führte, gegen wen auch immer. Der des Treibens unwillige Friedrich Ulrich hatte ihm zeitweilig die Führung des Herzogtums übergeben. Die beiden Christians sorgten dafür, dass das Land nicht zur Ruhe kam. Im Moment zogen sie von überall her Truppen zusammen, denn sie hatten bei Lutter am Barenberg gegen das Heer des kaiserlichen Generals Tilly eine entscheidende Schlacht verloren und es ging das Gerücht um, dass Tilly mit seinen Truppen nach Westen ziehe und zum Sturm auf Neustadt rüste. Allerdings war der braunschweigische Christian vor ein paar Monaten plötzlich gestorben, sodass die Landsknechte einen ihrer Führer verloren.

Zu allem Ungemach wütete seit einem Jahr die Pest im Lande. Davon war Arnold mit seiner Familie und seinem Gesinde zum Glück weniger betroffen, weil der Hof abgelegen war und die Pest meistens in Städten auftrat.

So war es keine Überraschung für Arnold, als vor einer Woche plötzlich um die vierzig Landsknechte, bis an die Zähne bewaffnet, vor seiner Tür standen.

Der Krieg ernährt sich selbst, diese bittere Erfahrung machte er notgedrungen. Schwein für Schwein und Huhn für Huhn schlachteten ihm die Soldaten weg und der Backofen rauchte ständig, denn seine Frau Katherine und die beiden Mägde mussten pausenlos Brot für die Soldaten backen. Die Landsknechte hatten sich seine Hofstelle mit Bedacht ausgesucht. Weil er einen Ausspann und eine Gaststube betrieb, hielt er größere Mengen an Bier und Branntwein vorrätig, auf welche sie sofort zugriffen. Jeden Abend schütteten die Männer sich voll, und wenn sie betrunken waren, wurde es unangenehm, dann begannen sie zu randalieren, strömten aus und richteten Unheil an. Arnold war gezwungen, sich mit seiner Frau und den beiden

Töchtern Gesche und Dorothea in die Schlafkammern zurückzuziehen und die Türen mit dicken Riegeln zu verschließen. Die beiden Knechte Cord und Jacob passten auf und versuchten, sie zu schützen, so gut es ging, wenn die grölenden Männer in das Haupthaus eindrangen. Trotzdem konnten sie nicht alles verhindern, was die Soldaten anrichteten.

Grete, eine der Mägde, kam eines Tages weinend zu Arnold und teilte ihm mit, einer der Landsknechte habe sie bei ihrer Stallarbeit in die Enge getrieben und missbraucht. Jakob, der ein Auge auf die Magd geworfen hatte, war außer sich vor Wut. Arnold konnte ihn nur mit Mühe zurückhalten, sich auf den Mann zu stürzen. Bei dem Soldaten handelte sich um einen baumlangen Dänen, der einen „Bidenhänder" führte, ein langes Schwert, welches wegen seines Gewichtes mit beiden Händen gefasst werden musste.

Der September brach herein und die Hofbewohner verzweifelten immer mehr, denn die Nahrungsvorräte schwanden hin; im Winter würden sie unter Hunger zu leiden haben.

Doch die Landsknechte wurden von Tag zu Tag nervöser. Arnold wusste nicht, ob das ein gutes oder schlechtes Zeichen war .Eines Tages, früh am Morgen, meinten sie, aus der Ferne Kanonendonner zu hören.

„Das könnte Tilly mit seinen Truppen sein, der nach Neustadt vorrückt", flüsterte Arnold zu seiner Frau.

Kurze Zeit später kam ein weiterer Trupp Landsknechte zum Hof.

Die beiden Hauptleute riefen sich etwas zu, der zweite Trupp verschwand wieder. Kommandos ertönten, die Soldaten bauten die Zelte ab, packten zusammen, beluden ihre beiden Fuhrwerke, die sie mitgebracht hatten und verließen in voller Bewaffnung den Hof. Arnold rief seine Familie und das Gesinde zusammen.

„Lasst uns Gott danken, dass diese Heimsuchung vorerst vorbei ist. Und lasst uns beten, dass sie nicht noch einmal zurückkommen!"

Ein paar Stunden später wollte Grete, die Magd, nach den Schweinen gucken und betrat den Schweinestall. Eine kräftige Septembersonne schien durch die beiden kleinen Fenster und sendete zwei scharf begrenzte Strahlen in den Raum, die glitzerten und funkelten, von Schwebteilchen gesättigt. Ein Geräusch ließ sie aufhorchen. Es kam aus der Dämmerung im Hintergrund. Eine lange, männliche Gestalt erhob sich schwankend von einem Strohhaufen und wankte auf sie zu.

Es war der Däne, der sie vor einer Woche vergewaltigt hatte.

Seine Augen, von wässrigblauer Dänenfarbe, schienen geradezu aus ihren Höhlen zu springen, sodass sie in seinem aufgequollenen Gesicht überhaupt erst sichtbar wurden. Ein heillos dummer Ausdruck lag in ihnen; gierig griff er nach Grete. Grete schrie.

Jakob war gerade damit beschäftigt, die ausgegrabenen Futterrüben zu köpfen, ihnen mit der scharfen Rübenhacke das Kraut abzuschlagen. Er nahm die Hacke und lief in den Schweinestall. Als er den Dänen sah, schlug er ihm mit voller Kraft die Hacke in den Kopf hinein. Die Nase des Dänen flog aus dem Gesicht und ein Blutschwall ergoss sich über seinen Körper. Von der anderen Seite kam Cord. Der Knecht hatte sich mit einem Dreschflegel bewaffnet, den er jetzt dem Dänen über den Schädel hieb. Es gab ein knackendes Geräusch. Der Däne fiel um wie ein Baum, mausetot.

Arnold eilte herbei und sah auf den ersten Blick, was los war.

„Ihr habt den Dänen umgebracht! Der muss gestern Abend so voll gewesen sein, dass er den Aufbruch seiner Kameraden verschlafen hat. Wehe uns, wenn sie das merken und wiederkommen." Aus der Ferne wurde der Kanonendonner lauter hörbar.

„Die haben jetzt ganz andere Sorgen", bemerkte Jakob, „das ist jetzt die Strafe für das, was sie uns angetan haben."

„Dann müssen wir ihn so schnell wie möglich begraben", sagte Arnold. „Und zwar so, dass niemand sein Grab findet."

„Und was ist mit dem Blut im Stall?", fragte Grete. „Wir machen die Boxen auf und lassen die Schweine los", antwortete Arnold. „Das dauert nur einen Augenblick, dann haben sie das Blut aufgeleckt."

Sie luden den toten Körper auf einen Karren und schafften ihn zu einer Gruppe von Kiefern inmitten von Heidekraut, keine hundert Meter vom Hof entfernt. Der Sandboden machte ihnen die Arbeit leicht und es dauerte nicht lange, bis sie eine Grube ausgehoben hatten, in die sie den Körper des Dänen warfen. Als sie alles wieder zugeschaufelt hatte, meldete Jakob Bedenken an.

„Das ist hier ein frisches Grab, das sieht man doch auch! Wenn die Landsknechte zurückkommen, werden sie sofort an dieser Stelle suchen!"

„Werden sie nicht", schmunzelte Arnold. „Wir stechen jetzt in der Nähe des Hofes ein paar Plaggen vom Heidekraut ab und pflanzen sie hierhin. Wenn sie suchen, werden sie da suchen, wo wir die Heide entnommen haben."

General Tilly belagerte wochenlang die Festung Neustadt, bis sie sich ergab. Die Landsknechte der Braunschweiger hatten sich in ihr verschanzt, und diejenigen, die nicht im Kampf gefallen waren, verstreuten sich in alle Winde.

Arnolds Hof wurde für eine Weile verschont. Es kamen zunächst keine Landsknechte mehr. Ein paar Generationen später, als man Arnolds Hof den „Noltehof" nannte, sollte sich niemand mehr an das Unheil erinnern, das der Dreißigjährige Krieg dem Hof zugefügt hatte, schon gar nicht an einen in der Wut erschlagenen und begrabenen Dänen.

Marianne Horstmeyer saß im Zug nach München. Als sie losgefahren war, hatte Hannover noch schönstes Sommerwetter gezeigt, doch unterwegs trübte es sich ein und ab Würzburg begann es zu nieseln. Die Zeitungen, die sie mitgebracht hatte, waren ausgelesen, sie steckte sie in ihre Reisetasche, lehnte sich zurück und begann zu überlegen.

Sie musste sich eingestehen, dass sie nach dieser langen Zeit noch immer an Rolf Bertram dachte. Das Riedhaus fiel ihr ein und ihre gemeinsame Zeit in München. Es war alles eine Ewigkeit her. In ihren ersten Erinnerungen erschien er ihr zwischen Kindern, die vor dem Riedhaus im Sand spielten. Sie hörte noch den Ruf von Erika Bertram, Rolfs Mutter, wie sie mahnte:

„Kinder, bleibt auf dem Grundstück und geht nicht über die Wiesen! Im Nu kommt ihr an die Leine, da könntet ihr hinein fallen!"

Solange sie klein waren, hatten sie gehorcht, doch als sie älter waren, ließen sie sich nicht mehr abhalten. Sie selbst kannte die Leine schon aus Rettorf, aber sie konnte sich noch gut erinnern, wie Gabriele und Rolf Bertram und die Kinder von Behrens und Großklaus und Joachim Bartels an der Böschung standen und verzückt auf den schäumenden Fluss schauten. Er war damals schon nicht mehr ganz sauber und der Schaum auf seiner Oberfläche eher der Verschmutzung und weniger der Strömung zuzuordnen. Besonders Rolf hatte der Fluss fasziniert, und er versuchte, die Bewegung des Flusses mit seinen Buntstiften festzuhalten, denn er malte schon damals gerne.

Sie fingen Frösche und Molche auf den nassen Wiesen vor der Leine und setzten sie später wieder aus. Nach Hochwasser suchten sie die Wiesen nach Fundstücken ab, wobei die absonderlichsten Dinge zutage traten. Oft kam es vor, dass Kondome an den Gräsern hingen, was ein Rätselraten nach deren Verwendung entfachte. Hier konnte Marianne, das Dorfkind, helfen und den ahnungslosen Stadtkindern flüsternd Auskunft geben, was diesen höchstes Erstaunen abnötigte.

Als sie älter wurden, gestaltete sich ihr Verhältnis komplizierter. Die Mädchen sonderten sich ab und kicherten um die Wette, die Köpfe zusammensteckend, und auch die Jungen schienen in einer Zeit der Wettkämpfe zu leben, wobei ein spielerisches Ausprobieren der Rangfolge sie beschäftigte. Doch es war so, dass gerade die Distanz dafür sorgte, dass man sich viel sorgfältiger als früher beobachtete. Allein Rolf zog sich meist zurück. Gerade das hatte ihr an ihm gefallen, und in der Rückschau vermeinte sie, damals erste Spuren von Verliebtheit in sich gespürt zu haben. Sie beide hatten etwas gemeinsam: sie waren Einzelkinder. Marianne vermutete, dass es in ihrem Fall daran liegen könne, dass ihre Eltern geheiratet hatten, als ihr Vater Heinrich Horstmeyer schon älter und bereits gestorben war, als sie noch zur Volksschule ging. Mit der Mutter hatte sie schon immer ihre Probleme gehabt; ihr herber, witwenhafter Fatalismus nervte sie und deren vergeblichen Versuche, sie ins Haus zu sperren, mussten schon aus Selbsterhaltungsgründen durchkreuzt werden.

Für Rolf war es schlimmer gekommen. Er hatte seine Eltern verloren, als er in die Pubertät gekommen war. Sein Vater Harald, Diplomingenieur bei der Continental AG in Hannover, kam zusammen mit seiner Frau Erika bei einem Autounfall ums Leben. In der Folgezeit wuchs er zusammen mit Gabriele Bertram bei Onkel und Tante Herbert und Vera Bertram in Hannover auf.

Marianne hatte sich in dieser Zeit etwas abgesondert – jedenfalls kam es ihr in der Erinnerung so vor –, doch dies lag vor allem daran, dass die Mutter ihre ständigen Besuche im Riedhaus mit Argwohn beobachtete. Welche Gründe das hatte, wusste sie nicht; eine gewisse Abschätzigkeit im Ton ihrer Mutter fiel ihr ein, wenn sie „von denen im Riedhaus" sprach. Es änderte sich nichts daran, dass Marianne und Rolf später immer mehr zusammenrückten, zunächst in einer Art Geschwisterhaftigkeit, die sich später in eine Beziehung wandelte, die vom Ausprobieren von Zärtlichkeiten und von frühem Sex bestimmt wurde.

Die Freude am kreativen Gestalten verband sie in besonderer Weise. Rolf begann mit Zeichnen und fing dann später mit dem Aquarellieren an; versonnen saß er an der Leineböschung und ließ den Fluss in alles einfließen, was er zu Papier brachte. Sie selbst neigte eher dem Bäuerlichen, Praktischen zu; aus groben, derben Zeichnungen wurden Muster, die sie versuchte, mit textilen Handarbeiten in Form zu bringen. Es war eine der wenigen Tätigkeiten, die sie gern mit ihrer Mutter verrichtete, vielleicht deswegen, weil sie sich währenddessen anschwiegen. Doch eine gewisse Unzertrennlichkeit zwischen ihr und Rolf stellte sich ein, so wurde es wahrscheinlich auch von außen gesehen.

Als für beide der Zeitpunkt ihres Schulabschlusses näher rückte und Rolf davon sprach, nach München zu ziehen und Kunst zu studieren, war es für sie klar gewesen, dass sie mitkam. Ihre Mutter versuchte zunächst, sie davon abzubringen, hatte damit aber keinen Erfolg. Rolf schrieb sich an der Akademie der Bildenden Künste und Marianne an der Deutschen Meisterschule für Mode ein. Gemeinsam zogen sie im Jahr 1963 in eine Münchener Wohngemeinschaft. Es wurde eine turbulente Zeit, die sie miteinander verbrachten. In den USA entstand die Hippie-Bewegung, die nach Europa wanderte und auch im vorher eher beschaulichen München ihre Wurzeln schlug.

Tagsüber gingen sie regelmäßig ihrem Studium nach; ihre Leidenschaft für das bildnerische Gestalten fand Bestätigung. Rolf konnte verschiedene Zeichen- und Maltechniken erlernen und nach und nach seinen eigenen Stil formen. Nebenbei beschäftigte er sich mit Bildhauerei. Marianne, die zunächst allgemeines Design studierte, konzentrierte sich immer mehr auf das Modefach. Zum Teil war das aus dem Mangel geboren, denn ihre finanziellen Mittel waren begrenzt, sodass sie auf einen Nebenverdienst angewiesen war und im Bereich Mode ergaben sich in dieser Hinsicht gute Möglichkeiten. Rolf dagegen besaß genug. Seine Eltern hatten hohe Lebens- und Unfallversicherungen abgeschlossen, mit denen er seine Waisenrente aufstocken konnte und ihm war zudem ein beträchtliches Erbe zugefallen. Die Hippie-Bewegung inspirierte beide und schlug sich kreativ in ihren Arbeiten nieder, bei Rolf in der Malerei und bei Marianne in ihren Modeentwürfen. Marianne kleidete sich auch dementsprechend, trug die wallenden, bunten Gewänder und die Stirnbänder der Blumenkinder, während Rolf meist in löchrigen Jeans und einfachen Baumwollhemden herumlief. Die Abende und Nächte verbrachten sie meist in Schwabinger Kneipen, rauchend, trinkend und diskutierend.

Die Turbulenzen dieser Zeit veränderten auch ihre Beziehung. Die klettenhafte Anhänglichkeit aus ihrer Riedhauszeit wich und machte einer neuen Experimentierfreudigkeit Platz. Sie probierten sich mit anderen Partnern aus und durchlebten sinnenfroh die neuen Möglichkeiten, die ihnen ihre Zeit in München bot. Rolf entwickelte einen Lebensstil, in dem prallstes Miteinander mit seinen Künstlerkollegen mit Phasen wechselte, in denen er sich zeitweilig vor allem abschloss, auch vor Marianne. Marianne dagegen lebte stetiger; doch es war eine Stetigkeit im Unstetigen, ein ewiges Fest, eine Kettenschnur von Events, Vernissagen, verrückten Beziehungen, Drogen und nächtlichem Durchsumpfen. Beide wussten, dass solches Verhalten seine Endlichkeit haben musste.

Rolf stieg als erster aus. Er verließ die Akademie und die Münchener Wohngemeinschaft, um nach San Francisco, dem Zentrum der Hippiekultur, zu ziehen. Marianne war an seiner Entscheidung nicht beteiligt; sie nahm sie mit einem Achselzucken zur Kenntnis.

Kurz vor Rolfs Abreise verbrachten sie noch einmal eine Nacht miteinander.

„War es nun Nostalgie oder Lust?", fragte Marianne, als sie neben ihm lag, denn von Rolf war der Anstoß dazu gekommen. Er lächelte sie an, mit einer winzigen Portion Schmerzlichkeit.

„Eigentlich schade um uns, Marianne. Wir sind wohl zu früh zusammengekommen. Sonst hätte ich mir mit dir eine dauerhafte Beziehung vorstellen können. Jedenfalls fällt mir keine Frau außer dir ein, mit der ich mir das vorstellen könnte." Kurz darauf war er weg.

Ein paar Wochen später wusste Marianne, dass sie schwanger war.

Das erste, was sie bewegte, war Verwunderung, und dabei blieb es auch eine ganze Zeit. Das Kind nicht auszutragen, war ein Gedanke, der ihr niemals kam. Es gab auch keinen Grund dafür: Konventionen, wenn es überhaupt jemals solche bei ihr gegeben hatte, waren in ihrer Münchener Zeit restlos verschwunden und das bisschen Philosophie, welches sich in ihrem Hippietum versteckte, signalisierte ihr eine Abscheu vor Tötungen, auch der eigenen Leibesfrucht.

Zudem kam sie aus einer bäuerlichen Umgebung, die Fruchtbarkeit immer zunächst als Gewinn verstand. Während das Kind wuchs, beendete sie ihr Studium erfolgreich. Kurz vor dem Ende ihrer Schwangerschaft erhielt sie einen Brief von Rolf aus Haight Ashbury, einem Stadtteil von San Francisco, der sich zu einem der Zentren der amerikanischen Hippiekultur entwickelt hatte. Er schrieb ihr, er sei glücklich, vermisse nichts und wünsche, es gehe ihr ebenso. Sie war in Versuchung, den Brief wegzuwerfen, doch etwas in ihr erweckte ein Gefühl von Sünde, so hob sie ihn auf. Ihrer Mutter Sophie Horstmeyer hatte sie am Telefon mitgeteilt, dass sie schwanger sei und vorhabe, das Kind in München zu entbinden. Sophies Reaktion war nur ein kurzes Stutzen, dann Übergang zu Selbstverständlichkeiten. Sie wusste, dass ihre Mutter niemals nach München kommen würde, um ihr zur Seite zu stehen, denn noch nie in ihrem Leben hatte diese Rettorf verlassen, höchstens mal zu einer Hochzeit oder zu einer Beerdigung im Nachbardorf.

Martin wurde in einem Münchner Krankenhaus geboren; den Namen gab sie ihm nach kurzem Überlegen, weil ihr während der Geburt Martina, eine Freundin aus der Wohngemeinschaft, zur Seite stand. Die Erfahrung des Geburtsvorganges ließ sie daran zweifeln, ob sie sich das in ihrem Leben noch einmal zumuten würde; obwohl die Geburt nach Aussage der Hebamme völlig komplikationslos verlief, hatte sie so starke Schmerzen in Erinnerung, dass sie zum Schluss einiges für einen Joint gegeben hätte. Von Anfang an, als sie Martin im Arm hatte, keimte etwas Animalisches in ihr auf, etwas zugleich besitzhaft Mütterliches und Archaisches, das sich noch verstärkte, als sie dem Säugling die Brust gab. Es stand neben der Weichheit ihrer Mutterliebe, die sie ebenso gefangen nahm, wenn sie ihr Kind betrachtete, das mit den Händchen nach ihr griff. Doch das erste Gefühl empfand sie als stärker. Sie vermutete, dass es ein Ausgleich für die väterlichen Gefühle sein könne, deren Wahrnehmung dem Säugling versagt blieb. Um diesen Zustand nicht zu gefährden, machte sie auch keine Anstalten, Rolf über seine Vaterschaft zu informieren, was möglich gewesen wäre, denn er hatte ihr in seinem Brief seine Adresse hinterlassen.

Irgendwann beschloss sie, nach Rettorf zurückzukehren. In ihr stiegen Bilder auf, von der bäuerlichen Behäbigkeit ihres Elternhauses, von den grasenden Kühen auf der Wiese, deren Fruchtbarkeit, die sie jedes Jahr Kälber mit ihrem sanft bittenden Muhen in die Welt setzen ließ und von der mächtig dahinfließenden Leine, zu der sich die Kopfweiden in andächtiger Verehrung neigten. Diese Umgebung würde ihr Kind natürlicher aufwachsen lassen als die Großstadt mit ihrem Hetzen und Fliehen.

Marianne packte ihre Sachen – wenige waren es, nur zwei vollgefüllte Taschen –, schnallte sich den Säugling auf den Rücken und fuhr mit dem Zug zurück nach Rettorf. In ihren Münchener Jahren hatte sie nicht ein einziges Mal ihr Elternhaus besucht. Als sie vor seiner Tür stand und Sophie Horstmeyer öffnete, sahen sich Mutter und Tochter lange schweigend an. Marianne reichte ihrer Mutter das Baby. Als Sophie es in den Arm nahm, verirrte sich ein Lächeln in ihr Gesicht.

„Wer ist der Vater?", fragte sie. Marianne schüttelte den Kopf.

Es war das einzige Mal, dass Sophie Horstmeyer ihre Tochter nach dem Vater ihres Kindes fragte, und es blieb dabei. Sophie drehte sich mit dem Kind im Arm um und ging in die Küche. Marianne folgte ihr.

Eine Arbeit zu finden, war kein Problem. Marianne konnte im nahen Hannover in einem Modeatelier als Schneiderin anfangen. Ein paar Jahre arbeitete sie dort, beriet Kundinnen und präsentierte bald eigene Entwürfe, bevor sie sich in ihrem Elternhaus selbständig machte.

Martin wuchs heran. Als Kleinkind wirkte er etwas pummelig, weil sein Kopf und sein Rumpf sich überdurchschnittlich breit entwickelt hatten. Marianne ahnte, dass er sich einmal zu einem kompakten, muskulösen Mann auswachsen würde, was sich während der Pubertät bestätigen sollte. Paradoxerweise war das eher ein Erbe seines Vaters, denn die Horstmeyers, obwohl seit Generationen Bauern, wirkten in ihrem Erscheinungsbild meistens schmächtig, wenngleich sehnig und zäh.

Als Martin anfing, nach seinem Vater zu fragen, erhielt er von Marianne zur Antwort:

„Er lebt nicht bei uns. Irgendwann wirst du ihn kennenlernen."

Damit war Martin für das erste zufrieden, konnte er doch seinen Schulkameraden auf ihre Fragen nach seinem Vater ebenfalls mitteilen:

„Er lebt nicht bei uns."

Das reichte, alleinerziehende Mütter waren keine Seltenheit. Den Zeitpunkt, zu dem sie ihren Sohn über seinen Vater hätte Auskunft geben sollen, hatte sie immer wieder aufgeschoben, in einer nachlässigen Weise, das musste Marianne sich eingestehen. Zum einen lag es daran, dass sie zwischendurch ein paar kurzfristige Beziehungen zu Männern eingegangen war, in der vergeblichen Hoffnung, daraus könne sich etwas von Dauer entwickeln. In diesem Fall hätte Martin einen Stiefvater bekommen, sodass die Frage nach seinem wirklichen Vater in den Hintergrund getreten wäre.

Zum anderen fragte Martin selten danach. Je älter er wurde, desto mehr nahm er auch das Wesen seines Vaters an, stellte Marianne fest. Phasen lebhaften Kommunikationsbedürfnisses wechselten sich scheinbar zufällig ab mit Phasen gewollten Abgeschlossenseins. Doch dies war kein depressives Abgeschlossensein, sondern ein sich selbst Genügen. Martin konnte stundenlang an der Leine entlang gehen und auf das Wasser starren, um dann fröhlich pfeifend zurückzukehren, ähnlich wie Rolf es früher tat.

Die Suche nach Rolf war der Grund, warum Marianne jetzt nach München fuhr. In ihr hatte sich etwas verändert. Wenn sie während ihrer Arbeit über etwas nachdachte, kam es immer öfter vor, dass ihre Gedanken in der Vergangenheit versanken. Sophie, die ihr manchmal gegenüber saß, merkte das.

„Du wirst älter, Marianne", sagte sie zu ihr, „wenn unsere Gedanken unsere Augen wären, würden sie nur in der Jugend nach vorn blicken. Später würden sie zur Seite und zum Schluss an den Hinterkopf wandern. Man schaut in der Jugend in die Zukunft, in der Mitte des Lebens in die Gegenwart und am Ende des Lebens in die Vergangenheit."

Ihre Mutter hatte recht, fand Marianne. Der Wunsch, Rolf noch einmal zu begegnen, trieb sie immer mehr. Außerdem hatte Martin das Recht, endlich zu erfahren, wer sein Vater war.

Sie hatte zunächst den alten Brief hervorgeholt und versucht, ihn über seine alte Adresse in San Francisco zu erreichen. Natürlich kam der Brief zurück, sie hätte es nicht anders erwartet. Nun also München. Vielleicht würde sich irgendwo eine Spur finden, die sie zu Rolf Bertram führen könnte.

Als der Zug in München einfuhr, hatte sich das Wetter geändert. Der Nieselregen war langsam tröpfelnd eingeschlafen und ein scheckiges Himmelsbild lag über München. Umherstreifende Lämmerwölkchen versuchten, sich in der Bläue aneinander zu hakeln, auf der Flucht vor dem blasenden Fön.

Die Reisenden stiegen jetzt aus, sodass eine Schlange aus schwitzenden Leibern aus der Tür quoll, sich fächernd verstreute und zu den anderen Bahnsteigen und Ausgängen hastete. Marianne schwamm sich aus dem Pulk hinaus und ging zur U-Bahn, die nach kurzer Zeit grollend und donnernd daher kam und scheinbar zögernd und unwillig ihre Türen öffnete. Sie stieg hinein und ließ sich von ihr zur Station „Münchener Freiheit" bringen. Ein paar Straßen weiter in der Nähe lag ihre Unterkunft, ein Hotel garni.

Als sie aus der Dunkelheit der U-Bahn in die Schwabinger Helligkeit eintrat, schien es ihr, als habe sich ein Zeittor geöffnet. Sie verließ den Platz und tauchte ein in die ordentliche Quadratur verzierter Münchener Bürgerhäuser aus der Gründerzeit, die für sie das Gesicht Schwabings, sogar Münchens, ausmachte. Hier hatte sie gewohnt und in den Souterrainkneipen der Gegend den Geruch nach Bier, Nikotin und Cannabis eingeatmet, während das Leben der Bürger ein paar Stockwerke höher in ihren Wohnungen bei ihrem allabendlichen Ritual vor dem Fernseher mit Tagesschau, Kulenkampff, Caterina Valente und Fußball verstrich, bei Salzstangen und süßem Weißwein. Sie schaute sich um.

Ihr kam es eigenartig vor, wie sie jetzt durch die Straßen Münchens ging. Seit fast zwanzig Jahren war sie nicht mehr in der Stadt gewesen. Die Erinnerung an die Fassaden der Häuser verschmolz mit dem real Erlebten zu undeutlichen Konturen, sodass sie beim Gehen das Gefühl hatte, durch eine Stadtlandschaft aus Watte zu schweben. Die Überschriften der Läden und Kneipen schienen ihr größer und bunter zu sein als in ihrer Studienzeit, doch es war eine künstliche Buntheit, touristisch und kommerziell ausgerichtet, hinter deren Fassade sich vermutlich Banalität verbarg. Keine Buntheit, wie sie sie früher ausgekostet hatte und wie man sie erst erfuhr, wenn man ein paar Treppen hinab in ein Kellerloch stieg, in lärmende, rauchige Geselligkeit, wie in eine fröhliche Vorhölle.

In der Hohenzollernstraße fand sie ihr Ziel. Über dem Eingang eines behäbigen alten Münchener Bürgerhauses stand:

Hotel garni
Zur Münchener Freiheit

An der Rezeption wurde sie von einer jungen, hübschen Frau begrüßt, zierlich sah sie aus und brünett war sie. Ihr Willkommenslächeln hatte etwas Strahlendes an sich und machte gute Laune. Sie nahm Mariannes Personalien auf.

„Sie wollen eine Woche bleiben? Sie können gerne verlängern, wenn Sie wollen. Wenn das der Fall ist, bitte ich Sie, mir das spätestens zwei Tage vorher mitzuteilen. Wir sind zwar klein, aber begehrt." Sie lächelte wieder und gab ihr den Zimmerschlüssel. Das Zimmer lag im ersten Stock. Marianne dankte und nahm den Schlüssel an sich.

Die kleine Rezeption lag vor einem opulenten Treppenhaus mit großzügigen Fenstern, welches durch den an seinen weißen Wänden reflektierenden Sonnenschein einen lichten Charakter erfuhr. Eine mächtige Holztreppe mit einem dicken, verzierten Handlauf führte nach oben. Das musste mal ein Wohnhaus für die besseren Kreise gewesen sein, dachte Marianne. Neben der Treppe gab es einen winzigen Fahrstuhl. Marianne fuhr nach oben und schloss ihr Zimmer auf. Sie setzte ihre Reisetasche ab und blickte sich um.

Das Zimmer war groß und hoch, mit einem umlaufenden Fries aus Stuck an der Decke. Es besaß ein modernes Bad, nicht älter als vier bis fünf Jahre. Die Möbel, massiv und aus Eiche gefertigt, stammten offensichtlich aus den fünfziger Jahren, in einem Stil, den man als „Gelsenkirchener Barock" bezeichnet. Doch man hatte sie aufgearbeitet und die Sitzmöbel neu bezogen, in einer Art, die ihnen bewusst ein Stück freundlicher Schäbigkeit ließ. Die Farben der Wände und die Art der Graphiken, mit denen sie dekoriert waren, hatte man sehr geschmackvoll ausgewählt. Wahrscheinlich hatten hier junge Leute eine alte Pension umgebaut und dabei einen eigenen Stil gesucht und gefunden, nahm Marianne an. Sie beschloss, mit ihrer Unterkunft zufrieden zu sein.

Am nächsten Tag ging sie zu Fuß zur Akademie der Bildenden Künste. An dieser Hochschule, aus der viele berühmte Maler und Bildhauer hervorgegangen waren, hatte Rolf studiert. Das repräsentative Haus, im neunzehnten Jahrhundert von den bayerischen Königen erbaut, wirkte wie ein Palast in grüner Landschaft. Marianne fragte sich zur Verwaltung durch und gelangte in einen Raum mit hoher Decke, in dem zwei Schreibtische und eine Aktenwand standen. Sie fragte eine ältere Dame, die ein Kostüm trug, offensichtlich eine Art Sekretärin, nach Rolf. Die Sekretärin holte eine Akte heraus und schaute nach.

„Aha, wir haben ihn, Rolf Bertram. Er hat hier von 1963 bis 1968 studiert. Danach haben wir keine Aufzeichnungen mehr von ihm."

„Das wäre auch nur schwer möglich. Er ist danach in die USA gegangen. Meine Hoffnung ist, vielleicht kennen Sie jemanden, einen Lehrer oder Kollegen, der zu ihm Kontakt hat?" Die Sekretärin schüttelte bedauernd den Kopf. „Das ist möglich, dass Ihr Bekannter noch Kontakte zu jemandem im Haus hat. Doch darüber bin ich nicht informiert. Sie können aber einen Zettel mit einer Anfrage an das schwarze Brett heften." Sie schob Marianne ein Stück Papier und einen Stift zu. „Mein Rat ist, erkundigen Sie sich bei den Münchener Kunsthändlern nach ihm. Oft bestehen bei ihnen noch lange Kontakte zu Künstlern, die hier studiert haben." „Können Sie mir Namen nennen?" Die Sekretärin lächelte. „Wir haben sogar eine Liste von den Händlern, ich kann sie Ihnen geben."

Die nächsten Tage verbrachte Marianne damit, München kreuz und quer zu durchstreifen, um die Liste der Kunsthändler abzuarbeiten. Manche hatten einen Laden mit ausgestellten Bildern, andere residierten in repräsentativen Altbauten, in denen sie große Wohnungen besaßen oder gemietet hatten. Bei den Händlern handelte es sich fast ausnahmslos um ältere Herren, die immer korrekt und gepflegt gekleidet waren, mit teuren Anzügen und Krawatten. Doch die Suche brachte keine Ergebnisse. Zwei der Herren konnten sich noch an einen Rolf Bertram erinnern, aber sie wussten nicht, wo er sich aufhalten könne. Marianne eilte sich jedoch nicht, sondern genoss es, sich die Modegeschäfte Münchens anzuschauen; einmal besuchte sie sogar ein Modeatelier, in dem sie früher als Studentin nebenbei gearbeitet hatte. Zwei der Schneiderinnen konnten sich noch an sie erinnern.

An einem besonders schönen Tag hielt sie sich in der Innenstadt auf. Der Himmel zeigte reinstes Münchener Blau, es war warm und die Luft flimmerte. Sie schien einen Geruch nach Wald und Kräutern zu verströmen, wohl ein

Geschenk der nahen Alpen. Als Marianne langsam über den Viktualienmarkt ging, öffneten sich ihre Sinne bei der Wahrnehmung der bunten Stände und des freundlichen Geraunes der Marktfrauen. Sie beschloss, den Biergarten des Marktes aufzusuchen, um eine Kleinigkeit zu essen. Er war überfüllt, wie immer, sie entsann sich aus ihrer Münchener Zeit, doch irgendwann und irgendwo war ein Platz frei, sie setzte sich. Es tat es ihr gut, wieder einmal in München zu sein, ging es durch in den Kopf. Die Menschen im Süden trinken ihr Bier an langen Tischen und reden miteinander, auch wenn sie sich nicht kennen – im Norden verlassen die Menschen halbleere Gasthäuser, weil an jedem Tisch jemand sitzt und sie sich nicht dazu setzen wollen. Noch schlimmer: in manchen kleinen Bierkneipen in Hannover hat man als Fremder das Gefühl, aussätzig zu sein; öffnet sich die Tür, schaut der Wirt den unbekannten Gast über die Theke derart entgeistert an, dass dieser schnellstens das Lokal wieder verlässt.

Marianne saß keine zehn Minuten, als sie hinter sich eine Stimme hörte: „Marianne!" Sie drehte sich um. Zwei Tische hinter ihr saß Martina, ausgerechnet jene Martina, die ihr bei Martins Geburt zur Seite gestanden hatte.

„Das gibt's doch nicht!" Marianne ging zu ihr hin. Unverkennbar, es war Martina, mit ihrer kleinen zierlichen Figur und dem kecken, von dunklen Locken umrahmten Gesicht, ein paar Falten hatten sich in ihre Züge geschlichen, so wie bei ihr auch. Auf der Bank machte man Marianne Platz.

„Siehst gut aus", sagte Martina und umarmte sie, „was verschlägt dich nach München?"

„Erstens, das Kompliment gebe ich zurück. Zweitens, ich versuche, Rolf zu finden."

„Wie das? Ich kann mich noch gut an deinen Reproduktionsvorgang erinnern. Meistens hast du in Schmerzen geschmort. Wenn du mal einen lichten Moment hattest, hast du geschrien, ich will das Kind, nicht den Kindsvater!"

„Alles ändert sich, Martina." Martin – du weißt ja gar nicht, dass du so eine Art Patenkind hast – sollte langsam wissen, wer sein Vater ist."

„Danke der Ehre. Kommt etwas spät. Was Rolf betrifft, kann ich dir vielleicht helfen." Marianne holte es aus ihrer breiten Münchener Wohlfühldösigkeit in eine enge Kammer angestrengter Aufmerksamkeit.

„Also, so vor zwei Jahren lief bei mir was mit einem ehemaligen Künstlerkollegen von Rolf. Er hieß Boris und arbeitete in der Werbeindustrie. Irgendwann, in einer Zigarettenpause zwischen zwei Spielstunden, kamen wir auf Rolf. Boris erzählte mir, Rolf sei vor ein paar Jahren aus Amerika zurückgekehrt. Die Hippiekultur, an der er sich so lange Jahre festgehalten hatte, ginge ihm auf den Sender und nunmehr zöge er es vor, seine künstlerischen Ambitionen möglichst ohne äußere Einflüsse auszuleben, als Ichkunst sozusagen. Er war wohl in München nur auf der Durchreise. Einen Abend später erzählte er meinem Lover, er habe irgendwo in den Alpen eine Hütte gemietet, auf die würde er sich bis an das Ende seiner Tage zurückziehen."

Typisch Rolf, dachte Marianne.

„Die Alpen sind groß. Als er München verließ, sagte er noch zu Boris, die Hütte befände sich irgendwo in Österreich, im Salzburger Land. Er habe sich im Übrigen einen Künstlernamen zugelegt: Rolf Rettorf."

Marianne haute es um. Ausgerechnet Rettorf, ihr Heimatort?

Sie verbrachten den Rest des Tages miteinander. Martina hatte den Redefluss und Marianne, früher sonst der Wortlosigkeit ihrer Mutter Sophie ausgesetzt, hörte zu. Nachdem sie gemeinsam zu Abend gegessen hatten, zogen sie durch die Gegend, bist doch nicht so alt, dachte Marianne, erst fünfundvierzig Jahre, gluckste sie Martina an, als sie in einer Schwabinger Bar versackten. Es kehrte sich um, Marianne ließ ihre Gedanken überreichlich fließen und Martina lauschte.

Am nächsten Tag fiel Marianne der Redekater an. Ihn auszumerzen, dauerte über das Frühstück hinaus. Egal, dachte sie, die Möglichkeiten, Rolf zu finden, hatten sich potenziert. Sie telefonierte herum, fand einen Mietwagen, kündigte ihr Zimmer und machte sich auf nach Salzburg.

„Rolf Rettorf, sagen Sie? Können Sie haben."

Der Galerist, ein älterer Herr, führte Marianne zu einem Gemälde, groß, etwas chaotisch bemalt, ähnlich den Bildern, die Rolf schon früher gemalt hatte. Doch eine filigrane Linie hob sich im Bild heraus, durchkreuzte die Strukturen und brachte die Felder des Bildes zum Leuchten.

„Es ist mit dreißigtausend Schilling ausgezeichnet. Für fünfundzwanzigtausend könnten wir darüber reden." Marianne wurde direkt.

„Ich möchte den Künstler kennenlernen. Ich habe ihn in meiner Studienzeit in München einmal kurz getroffen. Könnten Sie mir seine Adresse geben?" Der Galerist zögerte zunächst.

„Er wohnt in Rauris." Er schrieb die Adresse auf einen Zettel und gab sie ihr.

Marianne zitterte vor Aufregung. Sollte sich das Zittern halten, bis sie Rolf gefunden hatte? Ihr Weg führte sie an der Salzach entlang über Hallein in die sich zur Linken aufbäumenden Tauern. Als sie die Autobahn bei Bischofshofen verließ, fuhr sie durch ein enges Tal mit Steilwänden und Wasserfällen. Kurz vor Gastein öffnete es sich wieder. Sie verließ es an dem Abzweig nach Rauris und traf auf die Rauriser Ache, die sich ihren Weg schäumend bahnte, von den Schneefeldern der Hohen Tauern über die Salzach bis hin zur Stadt Salzburg.

Bei Hundsdorf, kurz vor Rauris, verließ sie die Straße und bog in einen Schotterweg ein. Vor einer offenen Hütte, die offensichtlich der Aufbewahrung des Sommerheues diente, bemühte sich ein Mann, ein paar Heureste zusammenzukehren, alles, was die Maschinen übrig gelassen hatten. Sie sprach ihn an.

„Können Sie mir sagen, wie ich zu Rolf Rettorf komme?"

Der Mann, bekleidet mit blauer Arbeitskluft, ein Tirolerhütchen auf dem Kopf, ging langsam auf sie zu. Sie schaute in ein verdutztes Gesicht mit glubschigen Augen, sein Mund öffnete sich fragend zu einer Röhre, die an einen Vollmond erinnerte.

„Joa, der Rolf. Do müssens noch oa Stückerl fohren, nach dem Wold geht's rechts oab und dann ists nimmer weit."

Marianne dankte. Als sie durch den Wald fuhr, hielt sie an. Ein Stück Eitelkeit meldete sich, sie wollte nicht ihrem Jugendfreund und Vater ihres Kindes unvorbereitet gegenüber stehen. Sie parkte das Auto und zog sich aus, wechselte ihre Jeans mit einer Hose, die sie sich selbst auf den Leib geschneidert hatte und zog sich ihr Top vom Leib. In diesem Moment trat hinter den Büschen ein kapitaler Rehbock hervor, musterte sie entsetzt und verschwand bellend und schreckend, mit hohen Sprüngen.

Marianne holte aus ihrer Tasche eine Art Kreuzung zwischen T-Shirt und Bluse hervor, auch ihre Kreation. Das Teil erinnerte von Stoff und Muster her an ein kanadisches Holzfällerhemd, war aber auf Figur geschnitten. Sie zog es an. Dann öffnete sie die Haarklammer und ließ ihre Locken fallen. Merkwürdig, dachte sie, benimmst dich wie ein

Tanzstundenmädchen, dabei kannst du gar nicht zählen, wie oft du schon mit Rolf geschlafen hast.

Es ging jetzt den Berg hinauf über Wiesen. Kuhduft drang durch das offene Fenster des Autos, sie genoss ihn in vollen Zügen als Kindheitserinnerung, denn zuhause in Rettorf hatte man die Kühe abgeschafft. Schon von weitem konnte sie die Hütte von Rolf an einem Berghang erkennen, mehr wohl ein Haus, vielleicht eine ehemalige Sennerei. Sie lag behäbig eingebettet in eine Wiesenmulde und ein Glitzerfaden von Bach streifte sie. Neben dem Haus stand noch ein zweites Gebäude, eine Art Stall oder Schuppen. Eine seiner Wände und ein Teil des Daches waren verglast.

Marianne fuhr heran, parkte das Auto und ging auf das Haus zu. Auf einer Bank neben der Haustür saß Rolf.

Er hatte sich äußerlich wenig verändert, seine stämmige Figur war erhalten geblieben, ohne dass er an Gewicht zugenommen hatte. Auch die Haare, die er jetzt kurz trug, waren noch voll, wenn auch mit grauen Strähnen durchsetzt. Er blickte zu ihr hin.

„Rolf!", rief sie.

„Marianne!" Er sprang auf und kam auf sie zu.

Sie mussten sich lange umarmt haben. Als sie losließen, sah Marianne, dass seine Augen sich mit Tränen gefüllt hatten. Ihr selbst strömten die Tränen über das Gesicht.

„Komm, setzen wir uns, Marianne. Es ist schönes Wetter, wir können draußen bleiben", sagte Rolf und führte Marianne zu einem Gartentisch, der hinter einer Hecke stand. Marianne nahm Platz, während Rolf in das Haus ging und mit vier Gläsern und zwei Karaffen wiederkam, die er auf den Tisch stellte.

„Das ist Rotwein, ein einfacher Landwein. In der zweiten Karaffe ist köstliches Quellwasser, hier aus dem Bach. Wer Wein trinkt, muss auch Wasser trinken. In meinem Leben ist es auch so. Wein – das war die Zeit in München und später in Kalifornien. Irgendwann hatte ich die Nase voll von den vielen Menschen und dem ganzen Rummel da. Ich wollte Wasser, also allein sein und Stille. Die habe ich hier gefunden, nun schon sieben Jahre lang. Aber wer weiß, vielleicht kommt irgendwann wieder Wein." Er schaute Marianne an.

„Und wovon lebst du?", fragte Marianne.

„Läuft alles ganz gut. Ich kann meine Bilder verkaufen, wenn auch nur halbwegs ertragreich, aber es reicht. Und dann habe ich noch mein Erbe in Wohnungen in Hannover angelegt, es gibt also auch Mieteinkünfte. Und wie kommst du über die Runden?"

„Es geht einigermaßen. Ich habe mich mit einem kleinen Modeatelier selbständig gemacht. Und dann haben wir ja noch den Hof. Das meiste ist verpachtet und bringt Pacht ein."

„Lebt deine Mutter noch?" „Sie ist putzmunter." Rolf schaute Marianne lange in die Augen.

„Das bringt mich auf die P-Frage, Marianne."

„Du meinst, ob ich einen Partner habe? Hab ich versucht, hat aber nicht geklappt."

„Ist bei mir so ähnlich", sagte Rolf. „Nur, ich hab es erst gar nicht versucht."

„Eine Neuigkeit gibt es noch, Rolf. Ich habe ein Kind, einen Sohn."

„Herzlichen Glückwunsch."

„Beglückwünsche dich lieber selber. Du bist nämlich der Vater. Kannst du dich an unsere letzte Nacht erinnern?"

Rolf Bertram schrak zusammen und wirkte, als habe man ihm vor den Kopf geschlagen.

„Daran denke ich oft. Aber wie ist das möglich? Du hast doch ..."

„Ja, ich habe. Aber die Tage davor habe ich gesumpft. Die Einnahme ist da wohl nicht ganz regelmäßig vonstattengegangen, wie man sieht." Rolf sprang auf und nahm Marianne in den Arm.

„Ich freue mich, du kannst es dir nicht vorstellen! Warum hast du mir nichts gesagt? Ich hab dir doch aus San Francisco einen Brief mit meiner Adresse geschickt! Du hast nie geantwortet!"

„Ach, Rolf. Du wolltest unbedingt nach Kalifornien ziehen und warst gerade weg. Hätte ich dir von dem Kind geschrieben, hätte ich dich doch unter Druck gesetzt, zurückzukommen, und das wollte ich nicht. Deine späteren Adressen kannte ich nicht, so hat es sich erledigt. Außerdem habe ich mich auf das Kind gefreut und es machte mir nie etwas aus, es allein großzuziehen. Natürlich sollte es irgendwann wissen, wer sein Vater ist. Deswegen bin ich hier, und es war viel Glück dabei, dich zu finden."

„Wie heißt denn mein Sohn?"

„Martin. Soll ich dir erzählen, wie ich zu dem Namen gekommen bin?" Rolf Bertram nickte.

Marianne erzählte ihm von Martina, die Rolf noch aus der WG-Zeit kannte. Er lachte über die Art und Weise der Namensfindung, fand es aber in Ordnung. Marianne informierte ihn darüber, wie Martin aufgewachsen war und über sein Studium und seinen Umzug nach Berlin.

Später gingen sie zu dem Nebengebäude, Rolfs Atelier.

„Es ist ein umgebauter Stall. Einen Teil des Daches und der Wände habe ich verglasen lassen, wegen des Lichteinfalles. Hat mich viel Überredungskunst gekostet. Die Gemeinde wollte das erst nicht genehmigen, weil das nicht zum alpenländischen Stil passe. Es ist überhaupt schwer für einen Ausländer, in Österreich ein Grundstück zu kaufen. Eigentlich braucht man dafür eine Sondergenehmigung.

Geht aber trotzdem mit trickreichen Anwälten und Beziehungen, Österreich hat sich zum Glück noch seinen habsburgischen Schlendrian erhalten. Wenn das Land in die EU aufgenommen wird, was es will, müssen sie sowieso die Gesetze ändern."

In der Mitte des Raumes stach ein riesiger, eiserner Ofen hervor, der mit Holz betrieben wurde, wie aus einem Korb mit Scheiten zu schließen war. Ringsum an den Wänden hingen und standen fertige Gemälde und leere und halbleere Leinwände und Staffeleien.

„Ich zeichne traditionell vor und male mit Öl- oder Acrylfarben", erklärte Rolf.

„Merkwürdig, es kommt mir so vor, als habest du in jedes deiner Bilder einen Fluss hinein gemalt", kommentierte Marianne. Rolf schaute sie prüfend an.

„Das kann sein, ist aber noch niemandem aufgefallen."

Später zeigte er ihr sein Haus. Es war einfach eingerichtet, mit Möbeln aus Lärchen- und Fichtenholz. Außer einer großen Wohnküche, einem Wohnzimmer und Rolfs Schlafzimmer im ersten Stock gab es noch zwei kleine Schlafkammern. Als sie sich wieder nach draußen setzten, ging Rolf in die Küche und brachte ein Tablett mit Brot, Käse, Rauchfleisch und Tomaten heraus. Sie aßen. Der Wein- und Wasservorrat ging zur Neige, Rolf holte mehrfach Nachschub. Mehrere Stunden unterhielten sie sich über die Zeit in München und das, was in den letzten zwanzig Jahren geschehen war. Ab dem späten Nachmittag ließ die Kraft der Sonne nach und ihre seitliche Einstrahlung eröffnete ihnen ein prächtiges Bild des Rauriser Tals und der Tauern, eine dreistufige Naturlandschaft aus Wald, Felsen und Schneemützen auf den Gipfeln der Berge.

„Schau hin, denn wenn die Sonne untergeht, ist es kalt", sagte Rolf.

Die Wirkung des Weins zeigte sich; sie wurden munter, ihre Befangenheit löste sich auf. Rolf legte seinen Arm um Mariannes Schultern. Ein paar rötliche Sonnenstrahlen strichen noch über das Tal, dann kühlte die Luft schlagartig ab. Marianne fröstelte.

„Zeit, hinein zu gehen, Marianne. Du bleibst diese Nacht hier, fahren kann keiner mehr. Hast du irgendwo Quartier genommen?" Marianne schüttelte den Kopf. „Habe ich nicht. Wo soll ich schlafen?"

„Ich dachte, bei mir. In den Kammern sind die Betten nicht bezogen, ich bin zu faul, das noch zu machen. Außerdem ist es bei mir viel gemütlicher." Marianne war es recht. Sie lachte, ging zum Auto, holte ihre Reisetasche und folgte Rolf ins Haus.

Rolf erwachte als erster.

Er schaute sich die schlafende Marianne an. Sie lag zusammengekrümmt neben ihm, hatte ihm den Rücken zugedreht und ihre Locken hingen über das Bett hinab. Er hatte sie glänzender in Erinnerung, heute waren sie stumpfer, etwas von Grau durchsetzt, doch sie hatten sich ihre Fülle erhalten. Für ihre fünfundvierzig Jahre sah sie spitzenmäßig aus, fand er. Marianne seufzte, wurde wach und drehte sich zu ihm.

„Und?", fragte Rolf. Sie zog ihn an sich.

„Das ist wie verrückt. Das letzte Mal und zwanzig Jahre dazwischen und dann gestern. Wenn mir jemand Augen, Ohren Mund und Nase verbunden hätte und wir wären zusammen gewesen, ohne dass ich wüsste, mit wem, hätte ich dich sofort erkannt."

„Hast du irgendeinen Wunsch?"

„Ja, mach mir einen Kaffee und lass mich ein paar Tage bei dir wohnen."

„Den Kaffee bekommst du, dann zieh dich bitte an. Für das andere haben wir keine Zeit. Wir müssen los."

„Wohin?"

„Nach Berlin natürlich, zu meinem Sohn."

Martin Horstmeyer kam aus dem Institut für Pathologie der Veterinärmedizin zurück in seine Wohnung. Mit der Wohnung hatte er Glück gehabt, es war eine Souterrainwohnung in Berlin Friedenau. Er teilte sie sich mit seinem Mitstudenten Olaf, einem Naturwissenschaftler, spezialisiert auf Geologie, Nebenfach Geographie. Die Wohnung war zwar dunkel, aber ganz gemütlich. Sie gingen oft zusammen aus und brachten manchmal auch Mädchen mit, heiß war es öfter gewesen, doch Martin hatte keine Erinnerungen, die ihm in irgendeiner Weise wichtig waren. Das lag wohl an Steffi, die immer noch seinen Kopf besetzt hielt und die er jetzt schon so lange nicht mehr gesehen hatte, ihr lachendes Gesicht mit den tiefbraunen Augen und den Haaren, die um ihren Kopf flogen. Keine Chance mehr, sie war wohl jetzt mit Christoph Bartels zusammen, es sei ihm gegönnt.

Das Telefon klingelte. Er hob ab und traf auf die hektische Stimme seiner Mutter.

„Martin, wir kommen dich in Berlin besuchen!"

„Wann, und wer ist wir?"

„Ich und dein Vater. Wenn wir mit dem Auto gut durchkommen, sind wir heute Abend da. Wir erzählen dir alles später."

„Gibt's doch gar nicht! Mein Vater? Wer ist das?"

„Doch! Erzählen wir dir alles später! Wir freuen uns auf dich!"

Sie verabredeten sich, und Marianne bat Martin, für den späten Abend einen Tisch in einem Restaurant zu reservieren.

Nach dem Telefongespräch schien es Martin, als sei er in einem anderen Film. Über zwanzig Jahre hatte seine Mutter verschwiegen, wer sein Vater war, und jetzt wollten sie kurzerhand zu ihm kommen? Wenn er zu sich ehrlich war, musste er einräumen, dass er seinen Vater nie vermisst hatte. Deswegen hatte er auch selten nach ihm gefragt.

Um neun Uhr abends klingelte es an der Tür. Seine Mutter und sein Vater standen vor ihm. Marianne wirkte aufgeregt und glücklich zugleich.

„Martin, das ist dein Vater, er heißt, was soll ich sagen, Rolf Bertram oder Rolf Rettorf?"

„Wie das?"

„Dein Vater ist Maler und hat einen Künstlernamen, Rolf Rettorf!"

„Das ist völlig egal, Martin. Für dich heiße ich ohnehin nur Rolf, oder Vater, wenn du willst", ließ Rolf mit ruhiger, kräftiger Stimme hören.

Marianne umarmte Martin, ihm kam es vor, als würde sie gleich in Tränen ausbrechen. Rolf drückte ihm lange die Hand. Sie schauten sich in die Augen. Martin blickte verlegen auf ein gebräuntes, zuversichtliches Gesicht, über das ein Lächeln flog.

„Wollt ihr kurz hereinkommen?"

„Keine Zeit. Wir haben über zwölf Stunden Fahrt hinter uns, mussten noch in München Mariannes Mietwagen abgeben und kommen gerade aus dem Hotel. Wir haben den ganzen Tag nur kurz was im Auto gegessen und getrunken und jetzt einen Mordshunger. Lass uns gleich zum Restaurant fahren", antwortete Rolf.

Vor der Tür stand ein Geländewagen mit österreichischem Kennzeichen. Sie stiegen ein und fuhren zu einem Restaurant in Berlin Wilmersdorf, das Martin ausgesucht hatte. Während des Essens stellte Rolf sich vor, sprach über seine Arbeit und davon, wo er sich in den letzten zwanzig Jahren aufgehalten hatte.

„Eins möchte ich von Anfang an klarstellen, Martin: erst seit gestern weiß ich überhaupt, dass ich einen Sohn habe. Ich bin sehr glücklich darüber! Hätte ich das vorher gewusst, wäre ich gekommen und alles wäre wohl ganz anders gelaufen!"

Marianne nickte, griff ein und erzählte von der gemeinsamen Jugend, die sie mit Rolf in Rettorf zusammen verbracht hatte und von der Zeit in München. Martin empfand bei seinen Eltern durch die Art, wie sie sich Blicke zuwarfen und sich manchmal wie zufällig berührten, eine gewisse Verliebtheit, rührend und drollig zugleich. In der Hotelbar führten sie das Gespräch bis nach Mitternacht fort. Martin erzählte jetzt von sich und seinem Studium.

Marianne und Rolf blieben drei Tage in Berlin und trafen sich mehrfach mit Martin. Danach fuhren sie nach Rettorf. Als Sophie die Tür öffnete und die beiden vor der Tür stehen sah, verschlug es ihr fast die Sprache. Augenblicklich wusste sie Bescheid.

„Du bist Martins Vater, Rolf, das habe ich immer vermutet. Hast dich wenig verändert, siehst gut aus. Aber jetzt kommt herein."

Marianne und Rolf liefen an der Leine entlang, in Richtung des Riedhauses. Der späte Sommer lastete hell und mächtig über den Wiesen, die Luft flimmerte und die Gräser streckten sich dürstend in die Höhe, als fürchteten sie sich, bald in Trockenheit zu erstarren.

Ab und zu mussten sie Stacheldrahtzäune überqueren; vorsichtig halfen sie sich dabei. An einer scharfen Flussbiegung verweilten sie, sich an den Händen haltend, und schauten in das Wasser. Sie erinnerten sich, wie sie sich hier als Kinder im Gras ausgestreckt hatten und Rolf später, mit überkreuzten Beinen sitzend, sein Malwerkzeug hervorgeholt und seine ersten Malversuche getan hatte. Sie blieben in den Gedanken bei sich, doch sie redeten nicht. Als das Licht nachließ, schauten sie sorgend nach oben. Eine Schar grauer Wolken schickte sich an, die Sonne zu umhüllen, die erste Wolke schob sich vor und kratzte die Sonnenscheibe an. Dann geschah es.

Von einem Moment auf den anderen wich die Sonnenhelligkeit dem Normalen, das die strahlende Farbigkeit des Sommertages mit dämpfenden Grautönen zuwarf und einen Schauer von Herbstlichkeit und Depressivität erzeugte. Sie schauten sich an und verstanden gleichermaßen.

„Leben ist so", sagte Rolf und blickte an ihr vorbei.

Der Herbst warf sein Gold über das Riedhaus, indem er das Licht der flachen Sonne aufnahm und wiedergab, kurz bevor sie sich anschickte, im Leinetal zu versinken. Die Kiefern, in ihr sicheres, immergrünes Kleid gehüllt, schienen verwundert auf die Büsche zu ihren Füßen zu schauen, deren verdorrende Blätter ihr Grün verloren und sich in Farbspielen zwischen rot und gelb übten.

Stefanie Bertram und Friederike Bartels gingen, einander untergehakt, langsam einen Waldweg entlang, dessen Halbdämmerung eine intime Atmosphäre erzeugte, die sie in einen Zustand der Behaglichkeit versetzte. Es war noch warm; der Boden lebte und ließ die Pilze schießen, und die Frauen genossen diese letzte Wärme, bevor der aufdringliche Winterherbst kam, mit kaltem Regen und Stürmen.

Seit drei Jahren lebten sie nun mit ihren Partnern in einer Wohnung zusammen. Nach der Beendigung ihrer Lehre als Zahnarzthelferin hatte Steffi in Hannover sofort mit dem Studium der Zahnmedizin begonnen. Zu diesem Zeitpunkt hatte sich ihre Beziehung zu Christoph Bartels soweit verfestigt, dass sie überlegte, mit ihm zusammen zu ziehen. Ihre Mutter Gabriele unterstützte das.

„Steffi, wenn du vorhast, bei deinem Partner zu bleiben, solltest du es vorher ausprobieren. Du weißt, dass ich dich gern bei mir habe, doch für dich gilt, dass du vernünftig mit deiner Zukunft umgehen solltest. Bei mir spielt das keine Rolle mehr."

Als sie mit ihrer Freundin Friederike darüber sprach, stellte sie fest, dass diese ähnliche Vorstellungen darüber hatte, was ihren Freund Nils betraf.

„Ich hab überhaupt keine Wahl, Steffi. Ich bin mit Nils ja fast schon verheiratet worden. Wenn das klappen soll, müssen wir das üben, andernfalls besteht die Gefahr, dass wir uns in der Ehe – keine Lust, an die Ehe zu überhaupt zu denken – gegenseitig totschlagen."

In Hannover Linden fanden sie schließlich eine große Wohnung, die sie gemeinsam bezogen. Die Miete war kein Problem. Friederike, Christoph und Nils bekamen genug Unterstützung von ihren Eltern und Steffi konnte in ihren Semesterferien Geld verdienen, wenn sie als Urlaubsvertretung in ihrer alten Praxis arbeitete. Das Wohnmodell funktionierte. Beide Paare fanden den richtigen Rhythmus zwischen Kontakt und Zurückgezogenheit. Manchmal unternahmen Steffi und Friederike etwas gemeinsam, gingen aus und fuhren sogar zusammen in den Urlaub. Auch jetzt hatten sie ohne die Männer für ein paar Tage im Riedhaus Quartier genommen.

Steffi erinnerte sich an ein gemeinsames Wochenende an einem heißen Sommer an der Ostsee. Abends waren sie zusammen in einen Club gegangen, hatten getanzt und geflirtet. Friederike war nachts nicht nach Hause gekommen. Als Steffi sie am nächsten Morgen daraufhin ansprach, lächelte Friederike sie an.

„Ein klitzekleines Affärchen wird man doch wohl noch haben dürfen, solange man noch nicht verheiratet ist, Steffi."

„Meinst du, dass dir andere etwas geben können, was dir Nils nicht geben kann?"

„Bislang nicht, zum Glück. Um zu dieser Feststellung zu kommen, muss man das eben manchmal ausprobieren."

Inzwischen waren die beiden Freundinnen am Riedhaus angekommen. Friederike schloss auf.

„Kannst gleich die Tür auflassen. Wir bekommen heute Abend noch Besuch", sagte Steffi. „Von Martin. Ich habe ihn heute Morgen beim Krämer Scharmann getroffen. Er wohnt seit ein paar Tagen bei seinen Eltern in Rettorf."

„Bei seinen Eltern! Wie sich das anhört! Dabei hat er solange, wie wir ihn kennen, nur eine Mutter gehabt."

„Ja, das ist tatsächlich eine seltsame Geschichte. Angeblich war sein Vater Rolf in Amerika verschollen, doch irgendwann ist er nach Europa zurückgekehrt. Marianne, Martins Mutter hat vor ein paar Jahren angefangen, ihn zu suchen und ihn tatsächlich in Österreich gefunden. Er ist Maler und besitzt irgendwo in einem Alpental ein Haus mit Atelier. Wie sagt man, alte Liebe rostet nicht? Sie sind wieder zusammengezogen und leben mal in Österreich, mal in Rettorf. Martins Vater hat für sich auf dem Horstmeyerschen Hof ein zweites Atelier eingerichtet. Martin kommt jetzt wieder öfter nach Hause, wenn sein Vater in Rettorf ist."

Es wurde nun dunkel, eine Dunkelheit freundlicher Art quoll durch die Fenster herein, wie sie sich bildet, wenn es mondhell ist.

Martin klopfte an die Tür, wartete nicht auf Antwort, sondern ging gleich hinein, wie er es im Riedhaus seit jeher gewohnt war. Stefanie und Friederike saßen bei Kerzenlicht im „Mädchenzimmer" und schauten aus dem Fenster auf die Leineniederung, an der schleierartig Nebel entstanden war, den der Mond silbrig färbte. Der Tisch war gedeckt, mit Kerzen, Rotwein, Käse und einem Korb voll Brot. Am Tisch saßen zwei hübsche Frauen, eine schwarz und eine blond. Schneeweißchen und Rosenrot fielen ihm ein, aus dem Märchen der Gebrüder Grimm. Beide hatten sich in einen Bär verliebt, er hatte doch eine Bärenfigur, warum hatten sich die Mädchen nicht in ihn verliebt?

Klar doch, man verliebt sich nur in einen Bären, den man kennt. Und Bären, die in Berlin wohnen, kennt man nicht mehr, es sind eben Berliner Bären. Verliebtheiten kann man nicht steuern, die Liebe lass mal ganz weg. Und doch, wenn er Steffi ansah, spürte er eine stille Übereinstimmung, das erste Mal scheint doch etwas Besonderes gewesen zu sein, dachte er. Sie schienen sich zu freuen, als sie ihn sahen.

„Setz dich, Martin, es gibt Rotwein und Käse." Martin dankte und nahm zwischen ihnen Platz.

„Habt ihr Pilze gefunden?"

„Reichlich. Sie hängen uns zum Halse heraus."

„Erzählt von euch!"

Friederike berichtete von dem Jurastudium, das Nils ebenso wie Christoph gerade mit Prädikatsexamen abgeschlossen hatte und von der Familie Bertram, die sich fast vor Freude überpurzelt hatte und jeden Tag Friederike fragte, wann sie denn wohl gedenke, ihre Beziehung zu Nils in den Zustand der Ehe zu überführen, damit das Schicksal sich abrunde. Das wäre dann höhepunktmäßig der Fall, wenn sie gemeinsam mit Nils in die altehrwürdige, alteingesessene, renommierte Kanzlei Bertram & Bartels einzöge. Bis dahin würde Nils noch das zweite Staatsexamen abzuleisten haben, bei Gericht und irgendwo in einem Rechtsanwaltsbüro.

„Und was ist das, ein Prädikatsexamen?", fragte Martin Friederike.

„Note gut oder vollbefriedigend. Sehr gut gibt's nicht, höchstens für den Papst."

„Und wie weit bist du?"

„Ein Jahr zurück, bin ja auch jünger als Nils. Im nächsten Jahr mache ich Examen."

„Und wie geht's dir, Steffi?"

„Bestens. Im Gegensatz zu Friede habe ich es nur mit praktischen Tätigkeiten zu tun, bei denen ich mir sicher bin, dass sie den Menschen, mit denen ich etwas zu tun habe, auch helfen. In den nächsten Wochen werde ich wohl irgendwann einen Zahn ziehen müssen, den meine Ausbildungsklinik als „nicht erhaltungswürdig" eingestuft hat.

Aber wir können etwas machen. In einem halben Jahr wird der Patient einen neuen, künstlichen Zahn haben, den wir ihm in den Kiefer einsetzen."

Martin fühlte sich jetzt irgendwie herausgefordert.

„Mein Beruf hat auch mit Menschen zu tun, nur auf den ersten Blick ausschließlich mit Tieren."

„Beispiele?", fragte Steffi.

„Nun ja, hier ein besonders krasses. Ihr wisst, in den Emiraten am Golf gibt es Scheichs, die vor Geld nur so stinken. Und die haben ein paar seltsame Hobbys, die aus ihrer Tradition kommen. Und dazu gehört unter anderem die Falkenjagd."

„Was ist das?", fragte Friederike.

„Langsam, Friede, hör zu. Eine Falkenjagd ist etwas Kompliziertes. Falken sind die Jets unter den Vögeln, sie erreichen im Flug Höchstgeschwindigkeiten wie kein anderer Vogel. Es sind Jäger, die sowohl Tiere im Flug fangen können, wie Tauben und Singvögel als auch Bodenbewohner, wie Kaninchen oder andere kleine Nagetiere. Weil Falken wie andere Raubvögel hervorragend sehen können, war seit jeher die Wüste ein idealer Platz für sie, ein Fleck in der Wüste ist eben besonders gut auszumachen. In Deutschland, mit seiner mit Wäldern und Städten durchsetzten Landschaft klappt das nicht ganz so gut.

Wie auch immer, die Araberstämme, die früher in den Wüsten gelebt haben, mussten notgedrungen immer auf der Kante gelebt haben, zwischen Verhungern und Verdursten. So sind sie auf die Idee gekommen, Falken auszubilden, sozusagen als Hilfsjäger. Zu diesem Zweck haben sie gefangene Falkenküken aufgezogen, bis sie sich an ihre Menscheneltern gewöhnt hatten. Irgendwann ging es aufs Ganze. Sie legten den Jungfalken Kappen über die Augen, fesselten sie und ritten mit ihnen durch die Wüste – ob mit Pferd oder

Kamel, sei dahin gestellt. Wenn irgendwo ein für den Falken lohnendes Zielobjekt auszumachen war, lösten sie ihm die Augenklappen und banden ihn los. Kam der Falke nicht zurück, hatte er Beute geschlagen. Sie ritten zu ihm hin, der Falke bekam ein kleines Stück von der Beute, der Rest gehörte ihnen. Und so weiter und so fort. Das passte für viele Jahre, doch allmählich starben die Falken auf der arabischen Halbinsel aus.

Der Grund: Falken sind wenig vermehrungsfreudig, brauchen ein festes Nest, einen Partner oder eine Partnerin, je nachdem, und können sich nur in Ruhe und Harmonie fortpflanzen."

Martin hielt inne und schaute zu den Frauen hin.

Friederike wirkte höchst aufmerksam, während er sprach und Steffi schien bemüht zu sein, einen neutralen Ausdruck in ihrem Gesicht zu erzeugen.

„Nun, die Sache hätte sich wohl erledigt, wäre nicht den Scheichs durch das Öl derart ungehemmter Reichtum zuteil geworden. In der Folge stieg die Nachfrage nach Falken derart an, dass für einen gesunden Falken mehr als fünfzigtausend Mark zu erzielen waren. Gewinn erweckt Kreativität, ganz gut so. Wir kamen dabei ins Spiel, denn die künstliche Befruchtung von Haustieren war seit jeher unser Anliegen – die natürliche Befruchtung bedeutete immer hohe Anfahrtskosten und das Risiko von Unfällen und Krankheiten.

Die erste Überlegung ging natürlich dahin, wie gewinne ich Samen von männlichen Falken? Auf die herkömmliche Weise geht das jedenfalls nicht."

„Was ist die herkömmliche Weise?", warf Steffi ein.

„Das ist jetzt kein Tanzstundengespräch, wenn ich euch das erkläre. Also, bei den Kühen macht man das so: eine Art Karussell wird aufgebaut, mit einem Ausleger. An dem Ausleger hängt ein Gerüst mit einer Stange, auf die der Stier seine Vorderbeine stützen kann. Das Gerüst ist mit einem Kuhfell überzogen, das man mit speziellen Duftlösungen imprägniert hat. Unter dem Kuhfell sitzt ein Angestellter der Samenfabrik mit einer Gummischürze und hält ein Gefäß. Der Stier wird zu dem Gerüst geführt, er springt hoch, bekommt eine Erektion, legt seine Vorderfüße auf die Stange und schiebt den Ausleger vor sich hin. Währenddessen zapft ihm der Mann mit der Gummischürze den Samen ab. Das Ganze dauert keine fünf Minuten. Der Samen wird tiefgefroren und später portionsweise aufgetaut. Hier kommt der Tierarzt ins Spiel, der den Samen mit einer Spritze in den Uterus der Kühe einführt.

Würde diese Methode nicht funktionieren, wären Milchprodukte doppelt so teuer. Natürlich ist es viel schwieriger, Samen von Falken zu gewinnen. An unserer Hochschule haben mehrere Veterinäre damit herumprobiert, indem sie zunächst Hähnen spezielle Medikamente gaben und versuchten, durch Reizung des Geschlechtsorgans, der sogenannten Kloake, Samen zu gewinnen. Irgendwann waren sie damit erfolgreich. Der nächste Schritt war, die gleiche Methode an männlichen Falken zu versuchen; es stellte sich heraus, es ging. Der Rest war ein Kinderspiel. Die weiblichen Falken wurden mit der Spritze befruchtet und legten Eier, die in Brutapparaten ausgebrütet wurden. Aus den Eiern zog man Falkenküken heran, die von klein auf an den Menschen als Futtergeber gewohnt waren, also ideale Jagdfalken. In Berlin Wannsee baute man ein paar Volieren für die Falkenzucht und verkaufte die aufgezogenen Falken an die Scheichs. Das Geschäft lief bombig. Mittlerweile gibt es in Dubai sogar eine Falkenklinik, in der Tierärzte aus Berlin arbeiten, falls die Falken krank werden sollten."

Steffi und Friederike zeigten sich beeindruckt.

„Und was wirst du tun, wenn du dein Examen hast?",
fragte Steffi.

„Auswandern, nach Namibia", sagte Martin. „Ich muss
mich sowieso spezialisieren, entweder auf Groß- oder Klein-
tiere. Das hat auch mit Körperkraft zu tun; im Studium der
Veterinärmedizin haben wir viele Studentinnen, die meist
Kleintierpraxen aufmachen. Die Männer gehen eher in
Großtierpraxen. Könnt ihr euch vorstellen, welche Kraft
notwendig ist, ein falsch liegendes Kalb im Körper der
Mutter umzudrehen? Vor ein paar Jahren ist Namibia selbständig geworden. Das Land ist politisch ruhig und hat ein
mildes, trockenes Klima. Tierärzte werden gebraucht, denn
Viehzucht, besonders Rinderzucht, ist ein wichtiger Wirt-
schaftszweig. Seit dem Ersten Weltkrieg wurde Namibia
von Südafrika verwaltet, völkerrechtlich fragwürdig, und
den Namibiern wurden ihre Bürgerrechte vorenthalten.
Südafrikaner sind also in Namibia nicht besonders beliebt.
Das trifft so nicht auf die Deutschen zu."

Friederike unterbrach. „Und wie kommt das?"

„Die Deutschen waren zwar einmal Kolonialmacht, auch
mit Kriegsverbrechen, die sie wie alle Kolonialmächte damals an den Eingeborenen verübt hatten, doch sie haben aus
dem großen Land, in dem an die zwanzig Volksstämme mit
völlig unterschiedlichen Sprachen und Gebräuchen leben,
überhaupt erst einen Staat gemacht. Und es gab unter den
Deutschen wie bei allen Kolonialherren zwar Rassismus,
doch niemals eine Apartheid, wie in Südafrika. Viele sprechen noch deutsch, es gibt auch deutsche Farmer, die man
nicht enteignet hat, wie die weißen Farmer in Simbabwe.
Andere Deutsche, die ausgewandert waren, kommen zurück
und kaufen der Regierung Farmland ab. Und es gibt in
Namibia noch einen umfangreichen Bestand afrikanischer
Wildtiere, wer weiß, vielleicht kann ich mich zusätzlich auf

Wildtiere spezialisieren? Für einen Tiermediziner ist Namibia jedenfalls ein interessantes Land."

Friederike wechselte das Thema.

„Und wie kommst du damit zurecht, Martin, dass du jetzt einen Vater hast?" Martin lachte.

„Sehr gut. Rolf hat zwar seine Eigenarten, er ist eben Künstler, doch ich mag ihn gern und meine Mutter ist glücklich. Man versteht nicht, warum sie über zwanzig Jahre getrennt gelebt haben; meine Mutter konnte zwar nicht genau wissen, wohin er verzogen war, jedoch Rolf hätte sich ja irgendwann mal bei ihr melden können, hat er aber nicht."

„Du machst mich nachdenklich, Martin", warf Friederike ein, „eigentlich gefällt mir die Ehe nicht. Wie das bei deinen Eltern gelaufen ist, allerdings auch nicht."

Martin schaute Friederike spöttisch an.

„Du bist doch mit Nils schon eine Ewigkeit zusammen, Friede. Wenn du immer noch nicht weißt, ob du ihn liebst und als Partner auf Dauer haben willst, ist dir nicht zu helfen."

„Ach was, ich liebe ihn vielleicht wirklich, auch wenn unsere Beziehung irgendwie einen Hauch von Geschwisterhaftigkeit hat, weil wir uns schon solange kennen. Wahrscheinlich warte ich die ganze Zeit auf das große Abenteuer, bei dem mir die Knie weich werden."

„Dann verstehe ich deine Nachdenklichkeit, Friede. Kann natürlich sein, dass meine Eltern genauso gedacht haben und deswegen in die Zeitfalle gelaufen sind. Und wie läuft es bei dir, Steffi? Bist du immer noch mit Christoph zusammen?" Steffi wirkte aufgeschreckt, fing sich wieder und lächelte Martin an.

„Ja sicher, läuft ganz gut. Wie gesagt, Christoph macht irgendwann sein zweites Juraexamen, ich brauche noch länger, bis ich mit meinem Studium fertig bin. Pläne haben wir bis dahin nicht. Mal sehen, wie es kommt."

Inzwischen war es spät geworden. Martin stand auf. „Allzu spät möchte ich es nicht werden lassen. Wir – meine Eltern und ich – wollen morgen an die Weser fahren. Rolf möchte seinen Zeichenblock mitnehmen. Er liebt Flüsse und zeichnet und malt sie ständig."

„Wir kommen mit dir, wenn du jetzt nach Hause gehst", sagte Steffi spontan. „Es ist nicht so dunkel, es gibt keine Wolken am Himmel und warm ist es auch noch." Sie schaute Friederike fragend an, diese nickte.

Es war sehr still draußen. Die Nebelschleier hatten sich aufgelöst. Eine vollmundige, warme Luft umhüllte sie, nur wenn ein leiser Windhauch aufkam, fröstelten die Frauen etwas. Martin ging voraus. Friederike und Steffi gingen einander untergehakt hinter ihm her. Als Martin sich umblickte, blieb er stehen.

„Zwei Frauen und ein Mann in der Nacht mitten im Wald? So geht das nicht. Ich komme in eure Mitte und beschütze euch. Der Weg ist breit genug." Sie machten ihm Platz und hakten sich zu dritt ein.

„Wenn ihr leise seid, sehen wir vielleicht Tiere", flüsterte Martin, „wir gehen auf Sandboden, also hören sie uns sehr spät."

Sie gingen schweigend. Das Mondlicht fiel glitzernd durch die Kiefernnadeln. Manchmal hörten sie Fluchtgeräusche vor sich, wenn sie ein Tier aufgeschreckt hatten. Der Kiefernwald hörte plötzlich auf und sie traten auf freie Flächen, Wiesen, abgeerntete Äcker mit Resten von Rübenbüscheln. Das Licht strich über sie hinweg. Steffi schaute auf die Rübenbüschel und flüsterte: „Krausköpfig sieht die Landschaft aus." Martin drückte ihre Hand. Ein Fuchs schlich durch die Rüben, als er sie erblickte, lief er eilig davon. Rettorf lag jetzt vor ihnen. Spärliche Lichter drangen durch die Nacht, sie konnten kaum die Helligkeit des Mondes überstrahlen. Gleich am Ortseingang lag der Horstmeyersche Hof. In der Dielenecke brannte noch Licht. Martin verabschiedete sich von Steffi und Friederike und ging hinein. Sophie und Marianne hatten Näharbeiten vor sich und saßen mit Rolf, der ein Buch las, um den runden Tisch. „Bist wohl im Riedhaus gewesen?", sagte Sophie, ihrer Stimme war Ärger anzumerken. Martin nickte.

Steffi und Friederike gingen langsam zurück. Plötzlich fragte Friederike:

„Ist mal was mit dir und Martin gelaufen?" Steffi nahm sich Zeit für die Antwort und bemühte sich, Friederike nicht in das Gesicht zu schauen.

„Könnte sein."

In den nächsten Wochen sah Steffi Christoph und Nils nur selten. Die beiden hatten intensiv mit ihrem Referendariat am Gericht zu tun und mussten bis in die Nacht hinein arbeiten, indem sie Fälle vorbereiteten und im Auftrag der Richter Kontakt zu den Rechtsanwälten hielten. Friederike war ebenfalls mit Arbeit eingedeckt und büffelte für ihr erstes Staatsexamen. Steffi war im Moment froh, dass ihr Zahnmedizinstudium in geregelten Arbeitszeiten verlief. Der Vormittag gehörte den Vorlesungen – hier konnte man auch mal abklemmen – und der Nachmittag spielte sich in der Zahnklinik ab, abends hatte sie frei. Ihr kam zugute, dass sie vor ihrem Studium als Zahnarzthelferin gearbeitet hatte. Die Arbeit am Patienten machte ihr Spaß und klappte ohne Probleme. Es kam so, wie sie es erwartet hatte. Andere taten sich da viel schwerer, besonders, wenn ihnen zunächst die manuelle Geschicklichkeit fehlte, die für den zahnärztlichen Beruf notwendig ist. Aber Geschicklichkeit kann man lernen.

Der Winter gestaltete sich außerordentlich mild. Es gab keinen Schnee, kaum Frost, und Regen und Stürme wechselten einander ab. Niemand hatte Lust, zum Riedhaus zu fahren und sich mit klammer Feuchtigkeit herumzuplagen, denn es würde mindestens zwei Tage dauern, bis die Öfen die Wände einigermaßen trocken geheizt hätten.

Steffi musste an den ersten Winter ihrer Lehre zur Zahnarzthelferin denken, den ersten Winter mit Christoph. Damals gab es viel Schnee und es war knackig kalt gewesen. Else Löbmann tat ihr leid, die wohl jetzt kaum aus der Tür gehen würde; sie musste nun über siebzig Jahre alt sein, und in der letzten Zeit machten ihr die Gelenke immer mehr zu schaffen.

Als das Wintersemester zu Ende ging, konnte sie Christoph überreden, ab und zu mit ihr abends auszugehen, zum Essen oder in die Oper, denn der langweilige Winter schlug ihr aufs Gemüt. Friederike ging es ebenso und als sie Nils eines Tages so weit hatte, dass er bereit war, mit ihr in die Disco zu kommen, fragte sie Steffi, ob sie mitkommen wolle.

„Natürlich, ich freue mich, Christoph klopfe ich auch noch weich, vielleicht können wir uns sogar mit Claudia und Klaus treffen. Heike kommt vielleicht auch, wenn sie in Hannover ist."

Es wurde ein Abend wie in alten Zeiten. Sie feierten ausgelassen, bis spät in die Nacht hinein. Friederike hatte sich aufreizend zurechtgemacht, mit kurzem Rock, High Heels und einem tief ausgeschnittenen Top, das mit Silberfäden durchwirkt war, ihre blonden Locken wehten ihr um den Kopf. Nils schaute sehr verliebt und wich nicht von ihrer

Seite. Das war diesmal allerdings nicht nötig. Entgegen ihrer sonstigen Gewohnheit blieb Friederike bei ihrer Gruppe und machte keine Streifzüge zu den beiden Bars, wo sie sich sonst immer gern anbaggern ließ; Steffi staunte. Nach dem Diskobesuch feierten alle noch in der Wohnung bis zum frühem Morgen weiter; zum Schluss sanken Steffi und Friederike wie betäubt in ihre Betten und merkten nicht mehr, wie ihre Partner erst eine halbe Stunde später zu ihnen kamen.

„Morgen Abend sind unsere Männer nicht da, sie müssen zu einer Fortbildung. Ich lade dich zu einem Abendessen hier zuhause ein", sagte Friederike zu Steffi und tat sehr geheimnisvoll. Steffi nahm dankend an.

Am nächsten Tag kam Friederike mit zwei Einkaufstüten bepackt in die Wohnung und fing sofort an zu kochen. Die Frauen aßen und tranken gut gelaunt. Als sie mit dem Essen fertig waren, lehnte sich Friederike zurück und lächelte.

„Und jetzt möchte ich dir noch eine Überraschung mitteilen, Steffi. Denk mal nach, vielleicht kommst du darauf." Steffi überlegte eine Weile. Dann sah sie Friederike mit einer Mischung von Skepsis und Misstrauen an.

„Du bist doch nicht etwa schwanger, Friede?"

„Das nicht, aber du bist auf der richtigen Spur. Nils und ich haben beschlossen, im nächsten Sommer zu heiraten."

„Aber du bist doch immer gegen die Ehe gewesen!"

„Das bin ich heute noch. Doch das Gespräch, das wir damals im Herbst mit Martin geführt haben, hat mich nachdenklich gemacht. Bei mir kommen drei Sachen zusammen. Ich liebe Nils wohl wirklich, aber ich hatte bei ihm noch nie Schmetterlinge im Bauch, wie es in Sommerromanen beschrieben wird. Deswegen habe ich mich auch immer umgeschaut und herumprobiert, wie du weißt. Dabei ist nicht viel herausgekommen, Schmetterlinge stellten sich nicht ein. Vielleicht bin ich eine komische Blüte, welche die Schmetterlinge verschmähen. Einen besseren Liebhaber als Nils habe ich auch nicht gefunden. Das zweite ist eine Art Verlustangst. Auf keinen Fall möchte ich, dass mir so etwas passiert wie Marianne Horstmeyer und Martins Vater, die zwanzig Jahre nebeneinander her gelaufen sind, zwanzig beschissene, vermasselte Jahre. Dazu kommt, dass ich im Sommer mein erstes Examen ableisten werde – falls Gott und Schicksal mir gnädig sind – und wir beide genug verdienen werden, dass wir uns ganz gut was leisten können. Wir werden übrigens nach unserer Hochzeit ausziehen, Nils ist gerade dabei, irgendetwas in der Nähe von Bertram & Bartels zu suchen."

„Und was wird aus unserer Wohnung?"

„Die könnt ihr doch locker allein bewohnen! Ich weiß, dass Christoph ganz ordentlich verdient, und im nächsten Jahr wirst du schon Zahnärztin sein und dann kommt doch auch was von dir. Das packt ihr schon!"

„Hast du dir schon Gedanken über den Ablauf gemacht? Wollt ihr überhaupt eine Hochzeitsfeier machen?"

„Ja, und wir haben uns auch Gedanken gemacht. Wenn es nach unseren Eltern ginge, würden sie am liebsten eine Prominentenhochzeit in irgendeinem feinen Landhotel veranstalten, ganz im Sinne der Firma Bertram & Bartels. Aber das mache ich nicht mit. Im Übrigen wissen die noch gar nichts von unseren Plänen. Du wirst es nicht fassen, doch Nils und ich haben beschlossen, im Riedhaus zu feiern."

„Meine Güte, wie soll denn das gehen?"

„Wie immer, wohin sind wir denn zwanzig Jahre lang gefahren? Wir werden ein Zelt mit Tischen, Bar und einem Tanzboden aufbauen. Musik kommt von einer kleinen Tanzband aus Rettorf, Konserve und DJ kommen nicht infrage, es soll eine richtige Bauernhochzeit werden. Essen gibt's per Catering im Mädchenzimmer und das komplette Riedhaus wird vorher gereinigt und alle Betten frisch bezogen. Für diejenigen Gäste, die auf mehr Komfort erpicht sind, reservieren wir Zimmer in der Umgebung. Bei Horstmeyers in Rettorf können wir ein paar Freunde unterbringen, Marianne Horstmeyer hat das zugesagt. Die Eltern, die weitere Verwandtschaft und die paar Kunden, die wir einladen müssen, können in Neustadt übernachten, da gibt es ein Hotel mit allem Komfort. Ich gehe mal davon aus, dass unsere Leute alle im Riedhaus schlafen, oder würdest du das nicht?"

„Natürlich, ich freu mich sogar darauf! Doch es wird noch eine Menge Probleme geben. Das Riedhaus hat keinen Strom. Und ihr braucht Strom, allein für die Beleuchtung und für die Kühlung der Getränke!"

„Auch das ist geklärt. Wir zapfen den Noltehof an und lassen eine provisorische Stromleitung zum Riedhaus verlegen. Wir haben Helmut Nolte gefragt, der ist einverstanden." Steffi zog die Stirn kraus und überlegte.

„Ein Riesenproblem gibt es noch. Wir haben nur ein Plumpsklo. Die Männer können im Wald pinkeln, und was machen wir mit den Mädels und ihren schwachen Blasen? Sollen die Schlange stehen wie auf den Autobahnklos?" Friederike bückte sich zu Steffi, warf ihre Locken aus dem Gesicht und schrie lachend:

„Ach was! Die sollen hinter die Büsche gehen und den Mond aufgehen lassen!"

Nils und Christoph beendeten ihre Ausbildung zu Volljuristen mit der Ablegung des zweiten Staatsexamens im Frühjahr 1993. Sie traten sofort in die Kanzlei Bertram & Bartels ein. Von Anfang an wollten sie sich spezialisieren.

Christoph konzentrierte sich auf Wirtschaftsrecht, Steuerrecht und Verwaltungsrecht, während Nils Strafrecht, Familienrecht und Erbrecht wählte.

Friederike konnte ihr erstes Staatsexamen bestehen. Steffi begann ihr letztes Semester vor dem zahnärztlichen Staatsexamen und fing an, sich auf die Prüfungen vorzubereiten.

Der Sommer stand ganz im Zeichen der Vorbereitungen für die Hochzeit von Friederike und Nils. Die Termine für Standesamt und Kirche mussten festgelegt werden, Einladungen mussten verschickt und Blumenarrangements ausgesucht werden. Steffi und Christoph halfen ihnen dabei, Steffi suchte sogar mit Friederike das Brautkleid aus. Friederike wählte ein Kleid mit einem romantischem Schnitt; nicht zu eng und mit fließenden Rüschen und einigen Stoffblumen besetzt. Für die Reinigung des Riedhauses beauftragte Nils eine Firma. Als er mit Friederike zum Riedhaus fuhr, um die Arbeiten zu kontrollieren, kam Else Löbmann aus der Tür.

„Kinners, ik heff mich so gefreut, dat ihr heiroten wollt. Bin ich denn auch eingeladen?" Nils nahm sie in die Arme.

„Tante Else, was fragst du denn da? Natürlich bist du eingeladen! Ohne dich würden wir die Feier überhaupt nicht stattfinden lassen!"

„Na, schönen Dank, Kinners! Ich komm gern, habs ja nicht weit. Was ich mich freue! Bin schon ganz aufgeregt. Muss mir bloß noch überlegen, wat ich alte Frau anziehe, bei die ganzen vornehmen Lüt!"

Für das Essen, die Getränke, Geschirr und den Service wurde eine erfahrene Cateringfirma aus Hannover beauftragt. Die Firma sollte auch zwei große Kühlschränke mitbringen, denn eine Kühlmöglichkeit hatte es im Riedhaus nie gegeben.

Friederike, die auf den bäuerlichen Charakter der Hochzeit Wert legte, wollte das Mittagessen einfach halten, so sollte es am Mittag eine Kartoffelsuppe geben, so wie sie Else machte, allerdings mit Sahne und Trüffeln verfeinert. Auch für den Nachmittag verzichtete sie auf ein Kuchenbüffet; stattdessen sollten ländliche Blechkuchen und Obst angeboten werden. Anders am Abend. Die Firma würde ein hochklassiges kalt-warmes Büffet präsentieren, dazu noch Champagner und gute Weine anbieten.

An einem Mittwoch im August war es dann soweit. Die standesamtliche Trauung fand im alten Rathaus von Hannover im engen Familienkreis statt. Steffi und Christoph waren als Trauzeugen dabei. Im Anschluss daran hatte die Kanzlei Bertram & Bartels einen Sektempfang für die Mitarbeiter des Hauses und ausgewählte Mandanten in ihren Räumen organisiert. Wegen der Kleidung der Brautleute hatte es mit Ingrid Bartels, Friederikes Mutter, die auf Formen größten Wert legte, Probleme gegeben. Nils hatte sich geweigert, Anzug und Krawatte anzulegen.

„Muss ich im Beruf sowieso immer, das gefällt mir ohnehin nicht. Ich komme in Hose, Hemd und Jackett, das reicht. Hochzeit ist Freizeit. Friede kommt auch nicht im Brautkleid zum Standesamt!" Zum Schluss setzten sich die Brautleute durch.

Am Sonnabend, den 15. August 1993, kam es zu der kirchlichen Trauung von Friederike und Nils. Die Hochzeitsgesellschaft traf sich in der Dorfkirche von Rettorf, wo ein entfernter Verwandter der Bartels, ein Franziskanerpater aus Aachen, das Hochzeitsritual leitete. Weil die Kirche der evangelischen Konkurrenz gehörte, musste der Pastor von Rettorf einverstanden sein; dies war aber kein Problem, zumal die wenigen Katholiken aus Rettorf und Umgebung ihre Gottesdienste ebenfalls in der Pfarrkirche von Rettorf feierten.

Als sich Friederike und Nils das Jawort gaben, musste Else Löbmann in das Taschentuch schneuzen, um sich ein paar Tränen zu verdrücken. Else hatte sich von Marianne Horstmeyer ihr gutes schwarzes Kleid umarbeiten lassen, das sie sonst meist zu Beerdigungen trug. Durch ein paar Veränderungen im Schnitt und ein Paar Applikationen konnte Marianne es so aufbereiten, dass es nicht gleich nach Beerdigung aussah. Für die Feier hatte sich Else sogar eine Friseurin geleistet, die ihr einen perfekten, Ehrfurcht gebietenden Haarknoten an den Kopf gezaubert hatte.

Friederike sah traumhaft aus. Am Morgen in Hannover hatten sich eine Friseurin und eine Visagistin eine Stunde mit ihr beschäftig. Ihre blonden Locken hatte man zu einer genialen Hochsteckfrisur gebunden, die perfekt zu ihrem romantischen Hochzeitskleid passte. Nils hatte sich passend dazu ebenfalls in Schale geworfen. Er trug zur gestreiften Hose eine schwarze Weste, ein schwarzes Jackett und ein weißes Hemd mit weißer Fliege. Zu einer Blume im Knopfloch hatte er sich nicht überreden lassen.

Es war ein heißer, trockener Tag, fast schon zu viel des Guten, denn man hatte natürlich auf gutes Wetter gehofft. Die Hochzeitsgesellschaft fuhr nach der Trauung gemeinsam zum Riedhaus; dem Vorschlag von Friederikes Eltern, die Brautleute sollten in einer Kutsche vorausfahren, hatten sich Bräutigam und Braut widersetzt.

Am Riedhaus erwartete die Hochzeitsgesellschaft ein quer über die Wand gespanntes Bettlaken, welches Christoph und Hanno mit schwarzer Farbe beschriftet hatten:

Und der Herr sprach zu Nils:
Friede sei mit dir.

Alle Freundinnen und Freunde der Brautleute aus dem „Riedhäuser Kreis" waren gekommen: Heike Schrader, Claudia Bödeke, Hanno Großklaus und Klaus Behrens, zusammen mit ihren Partnern oder Partnerinnen, natürlich auch Steffi und Christoph. Es stellte sich heraus, dass Friederike und Nils die ersten aus ihrem Kreis waren, die geheiratet hatten. Martin Horstmeyer, der keine Partnerin mitbrachte, war extra aus Namibia gekommen. Dafür kam seine Mutter Marianne zusammen mit ihrem Partner Rolf Bertram.

Sophie Horstmeyer, Mariannes Mutter, war ebenfalls eingeladen worden, hatte aber auf die Einladung nicht reagiert. Offensichtlich lag das an ihrer rätselhaften Abneigung gegen das Riedhaus, die keiner verstand. Weiter gab es noch eine Schar näherer Verwandter und Bekannter, die zur Hochzeit erschienen waren.

Gabriele, Steffis Mutter, war allein gekommen. Als Steffi sie fragte, warum sie Ralph, ihren Chef, nicht mitgebracht habe, hob sie ihre Augenbrauen und schaute Steffi energisch ins Gesicht.

„Wir trennen immer Familie und privat, Steffi, sonst würde unsere Beziehung nicht funktionieren. Dies ist eine Familienfeier, also komme ich allein."

Selbst Helmut Nolte, der sich für die Feier fein gemacht hatte – so drückte er sich aus – war zusammen mit seiner Tochter zu der Hochzeit erschienen.

Es machte verwundert, dass er mit seinem latenten Alkoholismus das erstaunliche Alter von 78 Jahren erreicht hatte, doch gerade sein Alter hatte ihn wohl gerettet, weil sein Magen jenseits der Siebzig Schnaps nicht mehr vertrug und er deswegen den Konsum geistiger Getränke drosseln musste. Beide saßen später neben Else Löbmann und sprachen nur Platt miteinander.

Auf dem Rasen hinter dem Riedhaus hatte man ein weißes Kunststoffzelt aufgebaut.

In einer Hälfte des Zeltes standen lange Bänke und Tische, die weiße Damastdecken und eine Blumendekoration trugen. In die Wände waren Sprossenfenster aus Klarsichtplastik eingearbeitet, die zwar dem Zelt etwas Licht und ein gewisses Ansehen gaben, jedoch nicht zur Lüftung dienen konnten. Vor den Sitzgruppen befand sich eine mit Holzbohlen ausgelegte Fläche, der Tanzboden. An der Stirnseite hatte man Platz für die Musiker gelassen. An einer Längsseite stand die Bar mit Kühlschrank und Bierfass. Hinter ihr war ein schwarzbefrackter Kellner damit beschäftigt, mit unbewegtem Gesicht frischen, gekühlten Champagner in eine lange Reihe von Gläsern zu gießen.

Alle griffen zu und umringten das Brautpaar.

„Was fehlt noch?", warf Martin fragend in die Runde.

„Der Kuss!", rief Claudia, „der Nils darf doch jetzt die Braut küssen. Davon hat der Pater nichts gesagt."

Der Franziskaner, der etwas abseits stand, hörte schmunzelnd zu.

Friederike ging auf Nils zu, fasste ihn um den Hals, drehte den Kopf schräg und drückte ihre Lippen auf seinen Mund. Nils, der sich etwas versteifte, war auf diesen Angriff seiner Braut nicht gefasst. Nach einer gefühlten Minute ließ Friederike los und bekam Applaus.

Die Hitze, die am Mittag aufzog, sorgte dafür, dass viele Männer ihre Jacketts ablegten, auch der Bräutigam zog Jackett und Weste aus. Die Seitenteile des Zeltes wurden hochgeklappt, damit etwas Luft durch das Zelt fahren konnte.

Nach einer Stunde rief man zur Kartoffelsuppe. Der Andrang hielt sich in Grenzen, weil der Champagner bei der heißen Witterung so zugeschlagen hatte, dass kaum jemand richtigen Appetit entwickelte. Friederike war froh, dass sie kein üppiges Mittagsmenü bestellt hatte, wie es für eine Hochzeitsfeier normalerweise üblich gewesen wäre. Nun zerstreuten sich die Gäste, gingen in den Wald oder zur Leine und machten sich an der Luft hungrig, sodass ihnen die Blechkuchen mit Kaffee und Tee nach ihrer Rückkehr recht kamen.

Inzwischen war auch die Musik eingetroffen, ein Quartett mit Akkordeon, Bass, Gitarre und Schlagzeug aus Rettorf. Man besprach sich wegen des Hochzeitswalzers.

„Normalerweise ist das immer der Schneewalzer", sagte der mutmaßliche Bandleader, der gleichzeitig Chef der Freiwilligen Feuerwehr Rettorf war.

„Kommt gar nicht in Frage", schimpfte Friederike, „wir haben Sommer!"

Man einigte sich auf Elvis Presleys „Are You Lonesome Tonight".

Gegen Abend rückten die Caterer mit dem Buffet an und brachten noch zwei weitere Servicekellner mit, ebenfalls mit schwarzen Fräcken bekleidet. Bevor man sich in das Mädchenzimmer begab, wo das Büffet stand, erhob sich Dr. Joachim Bartels, bat die Gäste, noch sitzen zu bleiben und hielt eine Rede auf das Brautpaar, diese wundervolle Braut, seine Tochter, auf die er stolz sei und diesen gutaussehenden und klugen jungen Mann, der jetzt sein Schwiegersohn war. Besonders freue er sich, dass diese beiden jungen Menschen die Verbindung der Familien Bertram und Bartels noch verfestigten und auch Friederike in die Kanzlei eintreten würde. Man klatschte.

Die Opulenz des Büffets ließ die Gäste staunen. Es war ein Kontrastprogramm zur Bauernhochzeit; von gekochten Langusten und Kaviar bis hin zu ausgefallenen Wildgerichten gab es alles, was edel und teuer war. Den Abschluss bildete eine vierstöckige Hochzeitstorte, garniert mit kandierten Früchten und Nüssen.

Die Gäste bedienten sich und gingen mit gefüllten Tellern zwischen Haus und Zelt hin und her. Auf dem Rasen hatte die Cateringfirma zusätzlich Stehtische aufgebaut, die jetzt angenommen wurden, weil sich die Tageshitze schon etwas aufgelöst hatte. Champagner, Wein und Bier flossen in Strömen.

Während des Essens hatte die Band zu spielen begonnen, zunächst mit herabgesetzter Lautstärke. Als Nils den Eindruck hatte, dass nahezu alle Gäste mit dem Essen fertig waren, gab er den Musikern einen Wink. Sie spielten einen Tusch.

Friederike und Nils traten vor die Band. Zu den Klängen der Ziehharmonika von „Are You Lonesome Tonight" ließ Nils die Braut über die Tanzfläche schweben. Die Gäste waren jetzt mucksmäuschenstill. Nur der alte Nolte sagte laut: „Wat für ein schönes Brautpaar!" Für Else Löbmann, die an Noltes Seite saß, war es das zweite Mal an diesem Tag, dass sie ein paar Tränen nicht zurückhalten konnte.

Als der Tanz zu Ende war, klatschten die Gäste in die Hände und trommelten mit den Füßen.

Friederike stellte ihren rechten Fuß auf einen Stuhl, lüpfte ihr Brautkleid über das Knie, sodass man ihr weißbestrumpftes Bein sah und zog ein rosafarbenes Strumpfband mit Rüschen herab.

„Brautjungfern haben wir hier nicht, aber es geht auch so, dass derjenige, der das Strumpfband auffängt, als nächster heiratet, egal, ob Mann oder Frau." Sie schleuderte es in die

Menge, mehrere Hände griffen zu und Martin Horstmeyer fing es auf.

„Bei mir musst du wohl noch eine Weile warten, Friede. Ich habe gehört, in Namibia gibt es Männerüberschuss", rief er und lachte sich scheckig. Die Band spielte wieder auf und die Gäste gingen auf die Tanzfläche und tanzten zu der Musik von Walzern, Polkas und einfachen Schlagern, der Feuerwehrhauptmann steuerte seinen Gesang bei.

Es wurde ein munteres und ausgelassenes Fest. Friederike und Nils wurden reihum aufgefordert und mussten sich anstrengen. Else Löbmann bedauerte, dass sie beim Tanz nicht mitmachen konnte.

„Kinners, wat würd ich gern ok tanzen. Kanns bloß nich, wegen meiner Gelenke." Helmut Nolte grinste.

„Weißt noch, wie dat war, wenn in Rettorf Schützenfest war?"

„Ach du olen Suffkopp! Du standest doch immer den ganzen Abend an der Theke."

Auch die Bar und die Stehtische am Riedhaus bevölkerten sich immer mehr, je später der Abend wurde. Gabriele Bertram hatte sich besonders auf ihren Cousin Rolf gefreut, den sie nach langer Zeit zum ersten Mal wiedersah. Sie saß fast den ganzen Abend neben Marianne Horstmeyer und Rolf Bertram und tanzte auch mehrfach mit Rolf. Gegen Mitternacht hupte es draußen. Ein Bus schob sich langsam den schmalen Waldweg entlang, die Zweige der Bäume schlugen gegen seine Scheiben und schabten über sein Verdeck. Er war von Friederike und Nils gechartert worden, um die Gäste abzuholen, die im Neustädter Hotel übernachten wollten, darunter die Eltern des Brautpaares. Als alle eingestiegen waren, kurbelten sie die Fenster hinunter und die Kellner reichten ihnen auf Anordnung von Nils noch ein Glas mit Champagner. Der Bus konnte auf dem unebenen

Grundstück nicht wenden und musste langsam zurückfahren, so wie er gekommen war. Friederike und Nils winkten, die Buspassagiere prosteten durch die geöffneten Scheiben zurück.

Eine halbe Stunde später machten sich Marianne und Rolf mit ihren Schlafgästen, zu denen auch Gabriele Bertram gehörte, auf den Weg zu ihrer Schlafstätte. Die Entfernung zum Horstmeyerschen Hof war nicht groß, und sie konnten ihn gut zu Fuß erreichen. Auch Helmut Nolte mit seiner Tochter machte sich zu Fuß auf und Else Löbmann verschwand in ihrer Wohnung. Etwa um zwei Uhr wurden die Kellner unruhig, räumten die Teller zusammen, schütteten die Essensreste in eine große Mülltonne und verstauten alles, was an Essen und Getränken übrig geblieben war, in den beiden Kühlschränken. Kurze Zeit später kam eine Taxe und holte sie ab. Auch die Musiker packten zusammen und verschwanden.

„Wisst ihr, was passieren würde, wenn wir alles stehen gelassen hätten?", sagte Friederike, „die Füchse würden kommen und sich über alles hermachen. Die lugen schon aus dem Wald heraus."

„Die Armen", feixte Claudia, „erst haben wir sie durch unseren Krach verjagt und jetzt kriegen sie nichts!"

Es ging dann noch einmal richtig los.

Das Bierfass war gut gekühlt und hatte noch genug Inhalt, Nils holte zwei Flaschen Korn, „Schluck", wie sie den Schnaps nannten, und unter Gekreisch und Gelächter wurde weitergefeiert. Irgendwann kroch die Müdigkeit herein, und eine oder einer nach dem anderen standen etwas schwerfällig auf und verschwanden im Haus. Zum Schluss saßen Friederike, Nils und Martin allein im Zelt und redeten permanent aufeinander ein, wobei keiner dem anderen richtig zuhörte.

Ein rosa Lichtschein erhellte langsam den Himmel. Die Sonne stieg im Osten als glutrote Kugel über dem Wald auf, halb noch verdeckt von den Wipfeln der Kiefern. Friederikes kostbare Hochsteckfrisur hatte sich längst gelöst, die Locken fielen wirr um ihren Kopf, und ihre weiße Strumpfhose und die weißen, hochhackigen Brautschuhe hatte sie längst abgestreift. Martin und Nils hatten ihre Hemden ausgezogen und saßen mit schwarzen langen Hosen und Unterhemden am Tisch.

Friederike gähnte plötzlich. Nils hob sie hoch und trug sie auf den Armen durch die Tür ins Riedhaus hinein. Martin folgte. Als sie sich im unteren Geschoss umschauten, stellten sie fest, dass alle Betten belegt waren. Im oberen Geschoss sah es kaum besser aus, nur die Doppelbettcouch war noch frei.

„Hilft alles nichts", sagte Friederike, „wir müssen zu dritt hier schlafen."

Sie fielen ins Bett, so wie sie waren. Nils lag in der Mitte, Friederike und Martin zu seinen Seiten. Martin sah putzig aus, er hatte sich Friederikes rosa Strumpfband über den Kopf gezogen, sodass es ihm wie ein Reif um den Hals lag. Augenblicklich schliefen sie ein.

Martin wachte als erster auf.

Er streifte das Strumpfband ab und ließ es um seinen Zeigefinger kreisen. Steffi kam im Nachthemd verschlafen aus dem Nebenzimmer. Als sie die Szenerie sah, machte sie ein derart verdutztes Gesicht, dass Martin sofort schallend zu lachen anfing. Daraufhin wurde Friederike wach. Sie schaute erst zu Steffi, dann zu Martin und gnickerte.

„Hör auf, mit meinem Strumpfband zu spielen, Martin, du kleiner Perversling! Bist du ein Strumpfbandfetischist?"

„Martin ist nicht pervers", sagte Steffi geheimnisvoll.

„Also, Friede", antwortete Martin laut, langsam und deutlich, wobei ihm der Schalk im Gesicht stand:

„Sollte Strumpfbandfetischismus eine Form der Perversion sein, wird er wohl eine der harmlosesten Formen sein."
Dann warf er Nils das Strumpfband ins Gesicht. Nils streckte sich und gähnte. Als er erwachte, schaute er sich erst nach rechts, dann nach links um, um zu realisieren, wo er seine Hochzeitsnacht verbracht hatte. Christoph kam herein, in Unterhose und Unterhemd. Einen Moment waren sie still und schauten sich gegenseitig an. Dann brach es heraus, ein dröhnendes, geradezu bacchantisches Gelächter, durchsetzt mit dem schrillen Gekiekse der Frauen.

Als sie hinunter gingen, trafen sie auf Geschäftigkeit. Claudia war bereits dabei, in der Küche mehrere Kannen Kaffee zu kochen. Das Riedhaus hatte sich seit einiger Zeit für die Küche eine neue Bequemlichkeit geleistet; gekocht wurde jetzt mit Propangas, nicht mehr mit Kohle und Holz. Else Löbmann, der man das für ihre Küche auch angeboten hatte, lehnte dankend ab.

„Ich heff dat ganze Leben mit Kohle und Holz gekocht. Der Herd is ok min Heizung für die Küche, den brauche ich."

Einen Teil des Geschirrs, soweit es für das Frühstück benötigt wurde, hatte Claudia schon abgewaschen. Sie war noch nicht ganz angezogen und stand in Slip, T-Shirt und Schürze vor dem Herd, verständlich wegen der Hitze, die jetzt am späten Vormittag schon wieder mit voller Kraft einsetzte.

Die Decken auf den Tischen waren von Insekten übersät, die sich auf den Essensflecken breit gemacht hatten. Sie zogen sie ab und deckten die blanken Tische mit dem Frühstücksgeschirr. Vom Anbau her hörte man die Duschen pausenlos rauschen, und vor dem Plumpsklo hatte sich eine kleine Schlange gebildet. Hanno war mit seiner Freundin dabei, die Lebensmittel aus den Kühlschränken zu holen, die vom kalten Büffet übriggeblieben waren. Es war mehr, als sie zum Frühstück essen konnten.

Friederike und Steffi mit ihren Partnern und Martin waren die letzten, die sich geduscht und umgezogen hatten. Als sie in das Zelt traten, stand die Sonne bereits hoch am Himmel und strahlte mit der Heftigkeit des vergangenen Tages, sodass sie froh waren, in den Schatten zu kommen. Der leichte Kunststoffgeruch, der sich entwickelte, wenn die Sonnenstrahlen auf die Zeltplane trafen, störte sie nicht; sie setzten sich, schenkten Kaffee ein und tranken.

„Was ist denn das für eine Plörre, die du uns gekocht hast, Claudia?", meckerte Steffi.

„Hast nichts anderes verdient", gab ihr Claudia zur Antwort, „wer zum Schluss kommt, muss sich bescheiden. Im Übrigen scheinst du noch nicht in den USA gewesen zu sein, da ist der Kaffee immer so."

Steffi und Friederike stürzten mehrere Tassen Kaffee hinunter, Nils, Martin und Christoph tranken erst einmal ein paar Flaschen eiskaltes Mineralwasser, denn sie hatten am Abend vorher beim Alkohol reichlich zugelangt. Martin packte sich eine Hummerschere, brach sie auf und knabberte sie ab.

„Na, Martin", bemerkte Klaus süffisant, „iss dich man erstmals richtig satt. In Afrika wirst du wohl kaum Hummer bekommen." Martin hielt inne.

„Hast du eine Ahnung! Namibia ist ein Küstenstaat. Wir haben reichlich essbares Meeresgetier, auch Hummer, der wie in den englischsprachigen Ländern, wie wir auch eines sind, bei uns „Lobster" genannt wird. Es ist zwar eine Art Languste, die aber so groß ist wie ein nordeuropäischer

Hummer und mindestens so gut, wenn nicht besser schmeckt. Außerdem gibt es Austern und jede Menge Fisch." Steffi und Friederike waren perplex. „Aber das ist doch ein Entwicklungsland!" Martin drehte auf.

„Natürlich ist das ein Entwicklungsland! Wenn wir auf der doppelten Fläche nur zwei Millionen Einwohner hätten, wären wir auch ein Entwicklungsland. Aber darum geht es gar nicht. Namibia ist ein traumhaft schönes Land mit einer weitgehend intakten Natur. Niemand möchte, dass daraus ein Industrieland wird. Das wissen auch die Namibier. Arm ist es auch nicht, hat sogar eine Menge Bodenschätze, jedenfalls genug für seine Bevölkerung, und die Landwirtschaft hatte immer dafür gereicht, dass niemand verhungern musste. Was nicht stimmt, ist die Verteilung seiner Ressourcen. Immer haben nur wenige davon profitiert, andere gingen leer aus. Aber ist das in Deutschland anders? Was fehlt, ist ein Konzept, wie man es schafft, dieses Land politisch und sozial so zu befrieden, dass die große Mehrheit der Bevölkerung konfliktfrei, zufrieden und so glücklich wie möglich in diesem wunderschönen Land leben kann. Aber das versuchen alle, auch die Länder Europas."

„Und wo wohnst du, Martin?", fragte Klaus.

„Ich habe eine Farm in der Nähe von Khorixas gekauft, in Zentralnamibia. Sie ist mehr als viertausend Hektar groß und umfasst ein Gebiet in einer großflächigen Mulde in der Nähe des Brandbergmassives. Gegründet hat sie ein Deutscher, irgendwann um die Jahrhundertwende zum zwanzigsten Jahrhundert. Als die Deutschen nach dem Ersten Weltkrieg vertrieben wurden, hat sie eine südafrikanische Familie übernommen, Weiße. Nach der Unabhängigkeit sind sie wieder zurück nach Südafrika gezogen, nach über achtzig Jahren. Das hat aber weniger mit der Nachfolge der

Farm zu tun, sondern mit den Kindern der Familie, die samt und sonders in die USA ausgewandert sind. Was konstant blieb, ist die Anwesenheit der beiden Nama-Familien, natürlich Schwarze, die seit jeher auf der Farm leben. Sie kümmern sich um alles, um die Rinderzucht, die Ziegen und auch um die beiden Pferde, das sind Nachkommen der Hannoveraner, die der deutsche Gründer einmal mitgebracht hatte. Die Pferde gibt es immer noch, ich habe erst in Namibia reiten gelernt, eine Erfahrung, die mir in Rettorf auf dem Hof versagt geblieben war."

„Und warum haben die beiden Nama-Familien nicht die Farm übernommen?", fragte Klaus.

Martin lehnte sich zurück, schaute nach oben und ließ Augenbrauen und Mundwinkel sinken, Missmut ausdrückend.

„Aha, eine typische Klausfrage. Ist aber kein Problem, sie zu beantworten. Denk mal an deine Familie. Dein Vater konnte sich ja auch nicht für die Selbständigkeit entscheiden, er hat in der Verwaltung gearbeitet und wenn er meinte, zu wenig Kohle zu verdienen, hätte er kaum eine neue Verwaltung privatwirtschaftlich gründen können. Bei dir ist das anders. Du bist Gymnasiallehrer, nichts würde dich daran hindern, eine Privatschule zu gründen, wenn du dir davon mehr Profit versprächest. Und nun zu den Familien von Wilhelm und Tobias, so heißen die Familienväter auf der Farm.

Sie wohnen seit mehreren Generationen auf der Farm, züchten Vieh, bauen Obst und Gemüse an und leben davon. Sie mussten immer abgeben, bei den Deutschen viel, bei den Südafrikanern mehr und bei mir viel weniger, dafür etwas mehr von ihrer Arbeitskraft. Und das wissen sie auch. Bevor ich die Farm übernahm, habe ich natürlich viel mit ihnen geredet. Und nun kommen wir zum Punkt:

Warum um alles in der Welt sollten sie daran interessiert sein, die Farm zu übernehmen? Sie war zwar nicht teuer, doch ohne Kredit wäre es auch für sie nicht gegangen. Sie hätten sich also eine Bank suchen, Kredit aufnehmen und abstottern müssen. Dann wäre die namibische Bürokratie gekommen: Formulare über Formulare, Erklärungen über Grundbesitz, Viehhaltung und Pflanzenanbau, Steuererklärungen und und und. Die Farm zu übernehmen, war auch für mich schwierig, Namibia hat eine restriktive Einwanderungspolitik. Mein Beruf kam mir dabei zugute, Tierärzte fehlen eben in Namibia. Nur aus diesem Grund habe ich es geschafft, die Farm zu kaufen, die Praxis zu gründen und dafür noch Kredit von den Banken zu bekommen.

Das alles konnten und wollten die Nama nicht und haben es dadurch vermieden, indem sie ihr Vorkaufsrecht – das ihnen per Gesetz zustand – an mich abtraten, und so blieb alles beim Alten. Es ist jetzt so, dass ich das Farmgebäude als Wohnsitz nutze. Zusätzlich ist die Farm Stützpunkt für meine Tierarztpraxis. Als Tierarzt kann man dort nur in Form von Hausbesuchen arbeiten, das heißt, in dem dünnbesiedelten Land muss ich in der Woche mehrere hundert Kilometer fahren. Die beiden Nama-Familien versorgen mich ständig mit Fleisch, Gemüse und Obst, den Rest kaufe ich in Khorixas im Supermarkt dazu. Ein- oder zweimal im Jahr fahre ich nach Swakopmund oder Windhoek. Eine Pacht muss niemand auf der Farm bezahlen. Und nun erzähl mir, mein lieber Klaus, wo du Ausbeutung vermutest?"

Klaus war still. Martin fuhr fort.

„Ihr könnt euch nicht aus der Ferne ein Land wie Namibia vorstellen. Wahrscheinlich haltet ihr es für ein Wüstenland, was irgendwo stimmt, andererseits wieder nicht. Namibia ist trocken, furztrocken, diese Vorstellung ist richtig. Auf der anderen Seite ist es ein Agrarland, und

Agrarland heißt in Namibia in erster Linie Viehzucht. Und genau das ist der Grund, warum ich nach Namibia gezogen bin.

Tierärzte werden überall da gebraucht, wo Vieh gehalten wird. Und Vieh gibt es genug, meist Rinder, aber auch Schafe und Ziegen. Das dürre, trockene Gras des Landes reicht zur Ernährung völlig aus, man denke an die vielen Wildtiere, Zebras, Antilopen, Giraffen und Strauße, die es immer gab und noch gibt. Natürlich ist das Wasser ein Problem. Flüsse gibt es nicht, aber Wasserlöcher. Das wenige Wasser, das als Regen herunterkommt, sammelt sich im Erdboden und tritt manchmal in Wasserlöchern natürlich zutage. Wo das nicht der Fall ist, pumpen wir es hoch, früher mit Windrädern, heute mit Strom, den wir mit Dieselaggregaten erzeugen. Das öffentliche Stromnetz in Namibia ist noch unterentwickelt.

Wasserlöcher gibt es auf jeder Farm, man sieht sie nicht von der Straße aus, aber sie existieren, sonst wäre eine Viehhaltung nicht möglich. Und trotzdem ist das Klima in Namibia eher milde, nicht richtig heiß. Namibia liegt auf der südlichen Halbkugel, quer durch Namibia geht der Wendekreis des Steinbockes. Wenn bei uns Sommer ist, ist in Namibia Winter. Und so haben wir dann ein Süd-Nord-Gefälle, was dem Nord-Süd-Gefälle in Europa ungefähr entspricht."

„Ist Namibia politisch ruhig?", fragte Steffi.

„Der Norden ist unterentwickelter als der Süden, was kulturelle, technische und wirtschaftliche Voraussetzungen und auch die Arbeitslosigkeit betrifft.

Die größeren Städte Namibias liegen also fast alle im Süden, und das Phänomen, dass die Bevölkerungsteile, die sich benachteiligt fühlen, dorthin ziehen und in Slums wohnen, gibt es in Namibia genauso wie in südeuropäischen und nordafrikanischen Ländern. Dazu kommt noch ein Außenproblem.

Die großen Nachbarn Namibias sind Angola, Botswana und die Südafrikanische Republik. Botswana und die Südafrikanische Republik spielen dabei eine eher verhaltene Rolle, doch aus Angola kommen täglich Flüchtlinge nach Namibia, weil dieses Land durch Bürgerkriege, Misswirtschaft und Drogenhandel völlig zerrüttet ist.

Die Namibier hassen die Angolaner, die zudem anderen Stämmen mit anderen Sprachen entstammen, und so kommt es zwischen ihnen und den Angolanern häufig zu Mord und Totschlag."

„Wie sehen denn die Städte aus?", fragte Hanno.

„Ganz anders als bei uns", antwortete Martin. „Du musst sie dir mehr als Ansammlungen von Baracken vorstellen, primitiv und einstöckig, mit Tankstelle und Supermarkt. Es gibt nur vier große Städte, Windhoek, Swakopmund, Walvis Bay und Rundu. In ihnen findet man auch mehrstöckige Häuser, viele sind noch von Deutschen erbaut und stammen aus der Gründerzeit. Doch was heißt große Städte? Außer Windhoek haben alle nur um die fünfzigtausend Einwohner. Die Hauptstadt Windhoek ähnelt mehr einer europäischen Stadt, hat auch Hochhäuser und Villenviertel.

Doch selbst Windhoek hat nur dreihundertundfünfzigtausend Einwohner. Namibia ist eben ein dünn besiedeltes Land, dafür aber reichlich mit Landschaft und Tierwelt bedacht. Besucht mich doch und schaut euch selber um! Ihr könnt jederzeit zu mir kommen, Platz gibt es genug im Farmhaus."

Inzwischen war es Mittag geworden. Sie hörten Motorgeräusche und sahen den Lieferwagen vom Partyservice um die Ecke kommen. Zwei Männer fingen an, Tische und Stühle im Wagen zu verstauen und das Zelt abzubauen.

„Wir packen jetzt den Rest vom Essen ein, jeder nimmt etwas mit, das ist Pflicht! Else bringen wir auch ein Paket", rief Friederike. „Auch die Flaschen nehmen wir mit. Das Bier müssen wir leider wegschütten, das ist aber nicht mehr viel."

Nach einer Stunde waren sie fertig, der Lieferwagen hatte die Ausrüstung für die Feier eingeladen und fuhr zurück. Alle verstauten ihr Gepäck in den Autos, und Nils verschloss die Türen des Riedhauses. Am nächsten Tag würde der Reinigungsdienst kommen und die letzten Spuren der Hochzeitsfeier beseitigen.

Als sie in ihre Autos einstiegen, stand Else Löbmann vor der Tür.

„Kinners, machts gut. Wat war dat für'n schönes Fest!"

Sie winkten ihr zu und fuhren los.

Friederike und Nils zogen zwei Wochen später aus der gemeinsamen Wohnung aus. Christoph richtete sich in dem ehemaligen Schlafzimmer der beiden ein Arbeitszimmer ein.

Nach zwei Wochen besuchte Friederike Steffi, Christoph war nicht zu Hause, die Frauen saßen in der Küche und tranken Kaffee.

„Du wirst es kaum glauben, aber mir ist jetzt etwas passiert, womit ich nicht mehr gerechnet habe, Steffi", sagte Friederike geheimnisvoll.

„Was ist es?"

„Die Schmetterlinge sind gekommen! Obwohl, es sind mehr Maikäfer, die ich im Bauch habe. Es scheint so, als ob ich mich nach meiner Hochzeit richtig in Nils verliebt habe und ihn nicht nur liebe."

„Und wie ist das gekommen?"

„Das weiß ich auch nicht. Vielleicht bin ich eine konservative Zicke, die das ganze Brimborium, weißes Kleid, schicker Bräutigam und Kirche beeindruckt hat. Mir geht es vielleicht so wie dem Adelstöchterlein im neunzehnten Jahrhundert. Die konnten erst nach der Hochzeit die Schmetterlinge kriegen, weil sie vorher mit ihrem Mann noch nicht zusammen sein durften. Dagegen ist zu sagen, auf Nils und mich trifft das ja nun wirklich nicht zu."

„Vielleicht liegt das an der Hochzeitnacht!", feixte Steffi. Friederike blickte nach oben und verdrehte die Augen.

„Ach du! Die war kein bisschen romantisch, die war lustig!" Die Frauen schütteten sich vor Lachen.

Der Herbst stand im Zeichen von Steffis Staatsexamen in Zahnmedizin. Die praktischen Prüfungen in der Klinik mit mündlicher Prüfung hinterher zogen sich wochenlang hin und waren der erste Knackpunkt, der manchen Kandidaten das Genick brach. Steffi konnte sich erfolgreich durchkämpfen. Die weiteren Fächer, samt und sonders in der Humanmedizin angesiedelt, folgten Woche auf Woche. Dabei musste eine Prüfungsgruppe, meist zwei Studentinnen und zwei Studenten, die sich zusammengeschlossen hatten, den Fragen von Professoren und Oberärzten der Hochschule standhalten. Die Prüfungen erfolgten ausschließlich mündlich, Klausuren gab es nicht. Die mangelnde Objektivität dieser Prüfungsmethode wurde dadurch wettgemacht, dass die Prüfungsgruppe durch ihr Auftreten andererseits die Objektivität des Prüfers beeinflussen konnte, wovon sie auch ausgiebig Gebrauch machte. Steffi und ihre Kollegin Sandra trugen beide das kleine Schwarze, hatten sich dezent geschminkt und rochen nach Duschgel, hatten aber auf Duftwässer verzichtet. Ihre Kollegen spielten den konservativ gekleideten Gutmenschen mit selbstbewusstem und tatkräftigem Auftreten und damit die Wunschfigur der medizinischen Nomenklatura und der Patienten verkörpernd. Auch die Prüfer – fast ausschließlich Männer – hatten wohl diese Arztfigur verinnerlicht, strebten sie doch nach ihr, sei es ihnen bewusst oder nicht. Da sie Zahnmediziner für dumme Handwerker hielten, die von Medizin keine Ahnung hätten und ihren Beruf nur wegen der guten Verdienstmöglichkeiten betrieben – was in Teilen auch auf sie selbst zutraf – gab es einen Überraschungseffekt, welcher der Gruppe gemeinsam zugutekam.

Nur bei der Prüfung in Hygiene und Mikrobiologie holperte es. Der Prüfer, ein Professor Dr. Gottfried Wegener, wusste, dass die Ausübung der Zahnheilkunde im Prinzip aus einer Häufung kleiner chirurgischer Eingriffe in einer bakterienbeladenen Mundhöhle bestand, dazu noch bei wechselnden Patienten. Folglich war für ihn jede Zahnarztpraxis ein wahrer Bakteriensumpf, den es auszurotten galt.

„Nennen Sie mir die Einteilung der Staphylokokken mit ihren hospitalspezifischen Unterarten", fragte er Steffi. Sie hatte sich gut vorbereitet und betete alles herunter, was der Professor hören wollte.

Wegener war beeindruckt und gab ihr die Note eins. Steffis erfolgreiche Prüfung färbte ab und Sandra und ihre beiden Prüfungskameraden bekamen ebenfalls gute Noten, bei mäßigen Leistungen.

Die Prüfung in Hygiene war ihre letzte Prüfung. Steffi lud Sandra und ihre beiden Kameraden zu sich nach Hause ein. Als Christoph am späten Nachmittag kam, traf er auf eine leicht beschwipste Prüfungsgruppe. Sektflaschen standen auf dem Tisch, die schwarzen Jacken und die Krawatten der Männer lagen verstreut auf dem Sofa, man feierte ausgelassen. Steffi fiel Christoph um den Hals, drückte ihm ihre

Lippen auf den Mund und gab ihm einen Kuss, der kein Ende nehmen wollte.

„Du hast jetzt eine Zahnärztin als Freundin", jubelte sie, „und ich bloß einen Juristen als Freund." Christoph setzte sich zu ihnen, sie schwatzten und tranken bis in die Nacht.

Als Steffi und Christoph später im Bett lagen, robbte sie zu ihm herüber, beugte ihren Kopf nah an sein Gesicht und fragte ihn mit Kleinmädchenstimme:

„Und welches Geschenk bekomme ich nun von dir zum Examen?" Christoph war müde.

„Das überleg ich mir noch."

Steffi war enttäuscht. Sie hatte für den Moment mit einem Heiratsantrag gerechnet. Friederike hatte sie neidisch gemacht. Na, dann eben nicht.

Eine Kette von Examensfeiern folgte. Doch irgendwann war damit Schluss, es galt nun, sich eine Praxis zu suchen, in der man seine zweijährige Assistentenzeit ableisten könne. Steffi ging gezielt vor und rief bei der Praxis Dr. Krüger / Dr. Weigand an, in der sie zur Zahnarzthelferin ausgebildet worden war. Sie erreichte schließlich Dr. Krüger. Als sie ihm ihr Anliegen vortrug, antwortete er:

„Liebend gerne, Steffi. Aber es gibt eine Schwierigkeit. Wir haben schon eine Assistentin und die geht erst am 1. März nächsten Jahres. Danach könnten wir dich einstellen. Überleg dir das und ruf mich wieder an."

Steffi dachte nach. Sie würde dann fast vier Monate Leerlauf haben und nichts verdienen. Plötzlich fiel ihr etwas ein: Feuerwehrhelferin! Eine Feuerwehrhelferin wird da eingesetzt, wo in einer Praxis eine Helferin plötzlich krank wird oder aus irgendeinem anderen Grund kurz- oder mittelfristig fehlt. In ihrer Studentenzeit hatte sie einen solchen Job öfter gemacht, immer mit guter Bezahlung. Und in Hannover gab es Hunderte von Zahnärzten. Sie rief bei der Zahnärztekammer an und erfuhr, dass sie einen solchen Job jederzeit von heute auf morgen bekommen könne.

Auf diese Weise könnte sie die Zeit bis zum 1. März überbrücken. Die Sache hätte noch einen Vorteil: sie würde andere Praxen von innen kennenlernen, sehr hilfreich dafür, wenn sie selbst einmal eine Praxis aufmachen würde. Sie rief Krüger an und sagte die Assistentenstelle zu.

Als sie am Abend mit Christoph darüber sprach, schmunzelte er.

„Ist alles richtig, was du machst, Steffi, doch du solltest nicht jetzt Stellen bis zum 1. März annehmen. Als ich dir neulich sagte, ich würde mir noch eine Überraschung für dich zum Examen überlegen, habe ich das ernst gemeint."

„Was für eine Überraschung?"

„Wir besuchen Martin in Namibia. Nach Neujahr ist in der Kanzlei meistens nicht viel zu tun. Ich könnte mir für drei Wochen frei nehmen, dann fliegen wir nach Namibia."

„Ist das nicht viel zu teuer?"

„Ach wo, den Flug spendiere ich dir. Die meiste Zeit werden wir bei Martin wohnen, die Unterkunft kostet uns nichts. Einen Mietwagen brauchen wir nicht, er hat zwei Autos und würde uns eines leihen. Essen und Trinken müssen wir auch zu Hause bezahlen, das ist in Namibia sogar billiger als bei uns. Ich habe schon mit Martin telefoniert, er freut sich."

Steffi, freudig erregt, setzte sich auf Christophs Schoß und schlang ihre Arme um seinen Hals.

Im Januar war es soweit. Steffi und Christoph bestiegen das Flugzeug nach Frankfurt, von wo aus die Air Namibia nach Windhoek starten würde. Ihr Weg führte sie durch das geordnete Chaos des Frankfurter Flughafens zum Terminal für Langstreckenflüge, sie checkten ein, durchliefen die Kontrollen und hatten noch eine Wartezeit im Flugsteig, sodass sie erst nach mehreren Stunden auf ihren Plätzen im Airbus der Air Namibia saßen.

Das Flugzeug hob am Abend ab. Der Flug sollte zehn Stunden dauern, Steffi versuchte zu schlafen, döste aber nur etwas ein. Christoph beschäftigte sich, las in einem Buch und schaute ab und zu auf den Bildschirm, zwei Reihen vor ihnen. Es würde nur eine Stunde Zeitverschiebung geben, sehr angenehm, dachte er, ganz anders als bei einem Flug nach Nordamerika.

Als der Flieger zur Landung ansetzte, blickten sie auf eine mäßig begrünte, hügelige Landschaft. Sie staunten über die Winzigkeit der Flughafengebäude, die so gar nicht dem normalen Ausmaß eines Internationalen Hauptstadtflughafens entsprachen. Als sie ihr Gepäck abgeholt und Passkontrolle und Zoll durchlaufen hatten, konnten sie schon Martin erkennen, der vor der Absperrung stand und winkte. Er war gekleidet wie bei Weißen in Namibia üblich, mit einer Cargo-Hose und einem khakifarbenen Hemd.

„Schön, dass ihr da seid", rief er ihnen zu, „und willkommen in Namibia!"

Steffi lief auf ihn zu und umarmte ihn, Christoph drückte ihm fest die Hand. Sie gingen gemeinsam nach draußen und steuerten den Parkplatz an, es war nur ein kurzer Weg. Steffi schaute zum Himmel, er grüßte mit einem friedlichen Blau, das von ein paar Federwölkchen durchsetzt war. Die Temperatur fühlte sich angenehm an, wahrscheinlich hatte sie nicht mehr als 25 Grad. Martin bemerkte:

„Es ist noch früh, bald wird es heiß werden. Doch am Abend wird es wieder so angenehm werden wie jetzt. Im Auto sind wir geschützt, das hat eine Klimaanlage."

Er war mit einem großen Suzuki-Geländewagen gekommen. Als sie ihr Gepäck verstauten, sahen sie, dass er mit Kartons und Tüten vollgestopft war. Trotzdem blieb noch genug Platz für sie übrig.

„Das ist sozusagen mein Praxiswagen", erzählte er, „ich habe noch einen kleinen Suzuki für die Farm und für kleine Einkäufe, den ihr haben könnt, wenn ihr im Land umherfahrt. Außerdem haben wir noch einen Toyota Pick-up, den Wilhelm und Tobias, meine beiden Nama, den ganzen Tag auf der Farm brauchen."

„Hat der kleine Suzuki auch Vierradantrieb?", fragte Christoph.

„Natürlich", lachte Martin. „Hier in Namibia haben fast alle Fahrzeuge Vierradantrieb. Wir haben, außer in den Städten, kaum gasphaltierte Straßen, es gibt meistens nur Schotterpisten, bei Swakopmund gibt es sogar eine Straße, die aus einer festgefahrenen Salz-Sand-Mischung besteht. Die Schotterpisten lassen sich aber ganz angenehm befahren, denn der Schotter ist ziemlich fein, sodass es meistens nicht rumpelt. Ihr kommt mit dem kleinen Suzuki fast überall hin. Bei mir ist es etwas anderes. Ich muss manchmal auf den Farmen querbeet durchs Gelände fahren, um zu kranken Tieren zu kommen, das geht nur mit dem Großen."

Nach kurzer Zeit bogen sie auf die Hauptstraße ein, die nach Windhoek führte. An einer Kreuzung fuhr Martin links ab.

„Wir lassen jetzt Windhoek liegen, ihr kommt erst einmal zu mir. Windhoek könnt ihr auf eurer Tour kennenlernen."

Nach einiger Zeit verbreiterte sich die Straße auf vier Spuren. Rechts und links gab es am Anfang je eine weitere Spur neben einer amtlichen Baracke, vor der sich Lastwagen stauten, offensichtlich ein Kontrollpunkt. Martin grüßte die Beamten und konnte durchfahren.

„Eine Autobahn in Namibia?", staunte Steffi.

„Die einzige", fügte Martin hinzu. „Noch nicht einmal vierzig Kilometer lang."

Nach kurzer Zeit wurde also die Straße wieder zweispurig. Steffi und Christoph schauten sich um. Sie fuhren durch eine trockene, flache Landschaft, sprenkelartig bewachsen mit Büschen. Manchmal ragten Bäume heraus, die nicht sehr hoch waren.

„Das sind meistens Akazien und Kameldornbäume", informierte sie Martin. „Die häufigsten Bäume in Namibia. Es gibt auch andere, die zeige ich euch noch."

Er deute auf ein paar ockerfarbene Erdsäulen, die zwischen Büschen standen. „Termitenhügel."

Steffi fiel auf, dass an den Straßenseiten ständig Zäune erschienen und fragte Martin danach.

„Ja, Namibia ist das Land der Zäune. Die Farmen sind von Zäunen umgeben, damit die Rinder nicht weglaufen. Auch um die Naturparks hat man Zäune gezogen. Es gibt auch einen sogenannten Veterinärzaun, der Nord- und Südnamibia trennt, damit Viehseuchen gestoppt werden. Weil das heute kaum noch Bedeutung hat, lässt man ihn langsam verfallen. Damit komme ich zu einem anderen Thema: Instandhaltung der Zäune. Das ist eine zeitraubende und nervige Aufgabe. Auch auf unserer Farm sind unsere Nama Wilhelm und Tobias einen Großteil der Zeit damit beschäftigt, den Zaun in Ordnung zu halten. Es ist aber nicht alles umzäunt, wir haben auch offenes Gelände."

„Wie viele Rinder habt ihr denn?"

„Ungefähr dreihundert, wenig für die Größe der Farm. Es sind alles Fleischrinder, die keinen Stall kennen und ihre

Kälber draußen zur Welt bringen. Die Milch, die wir trinken, kommt von den Ziegen. Ich hab mal gehört, früher bei uns, bei den alten Germanen, soll es genauso gewesen sein." Er schmunzelte. „Ich weiß nicht, ob du Ziegenmilch magst, Steffi. Deswegen habe ich auch eine Palette haltbarer Kuhmilch in Windhoek gekauft."

„Ich vermute, dass sich nur die Nama um euer Vieh kümmern", sagte Christoph.

„Richtig vermutet, Christoph. Es gehört ihnen. Ich habe mit ihnen ausgemacht, dass sie mir nur das an Fleisch, Milch und Eiern gebe, was ich brauche, also nicht viel. Dafür hinaus nutzen sie das Farmland und seine Erträge. Sie haben auch ein Bleiberecht auf der Farm, wir haben es zusammen eintragen lassen. Wäre ganz nett, wenn ihr ihnen ein bisschen was zukommen lassen würdet, wenn ihr wieder wegfahrt, weil ihr ja mit verpflegt werdet. Das müsst ihr aber nicht tun, denn sie sind sehr gastfreundlich und denken nicht an so etwas."

Plötzlich entdeckte Christoph ein etwa hundsgroßes, braunes Tier, welches am Zaun entlang lief.

„Ist das ein Fuchs?"

„Fast, es ist ein Schabrackenschakal, die gibt es überall und massenweise. Der sucht nach einer günstigen Stelle im Zaun. Ein Schabrackenschakal kommt überall durch."

Auch andere Tiere sahen sie. Viele Strauße, eine Antilopenart, die Martin als „Springbock" bezeichnete und einmal sogar ein eilig laufendes afrikanisches Warzenschwein, ähnlich aussehend wie ein europäisches Wildschwein. Einmal bemerkte Steffi einen Greifvogel, der auf einem Zaunpfahl saß und eine Schlange in den Krallen hielt.

Nach etwa hundert Kilometern erreichten sie den Ort Okahandja. Martin hielt vor einer Tankstelle.

„Das ist ein Ort, in dem vor hundert Jahren viel los war. Die Herero haben sich mit den Nama geprügelt, es ging meistens um die Weidegründe für die Rinder. Die deutsche Kolonialmacht funkte dazwischen. Doch auch heute ist Okahandja ein etwas unruhiges Pflaster, weil jeder Namibiatourist hier vorbeikommt. Aus diesem Grund gibt es auch zwei Märkte für namibisches Kunsthandwerk und Holzschnitzereien. Wir sollten hier das Auto nicht allein lassen. Wollt ihr euch die Märkte angucken?"

Steffi und Christoph verneinten.

„Dann schaut euch wenigstens den Biltong-Laden neben der Tankstelle an. Vielleicht wollt ihr ja etwas kaufen."

„Was ist Biltong?"

„Biltong ist in Streifen geschnittenes und getrocknetes Fleisch, meistens vom Rind, oft auch von Wild. Schmeckt ganz gut, man kann es knabbern wie Nüsse oder Chips."

Als Steffi und Martin das Auto verließen, überfiel sie ein Schwall heißer Luft.

Sie betraten den Laden und staunten. Mehr als zwanzig Sorten gab es, eine Verkäuferin wog ab und verkaufte es lose in Tüten. Auf den Behältern stand der Name des Produktes: Rind, Strauß, Springbock, Zebra oder Kudu, jeweils mit verschiedenen Würzungen. Sie kauften eine Tüte Zebra mit Chili und gingen zum Auto zurück. Unterwegs knabberten sie es auf; es schmeckte kräftig und pikant, sodass sie manchmal zu den Wasserflaschen greifen mussten.

Bei Okahandja gabelte sich die Straße. Martin bog in westlicher Richtung ab, auf die Straße nach Swakopmund. Die Gegend veränderte sich; im Vordergrund war die Savanne mit Felsgruppen durchsetzt und im Hintergrund erschienen kahle Hügel. Nach einer halben Stunde Fahrt querte die Straße ein Dorf mit dem Namen „Wilhelmstal", wie das Ortsschild vermeldete. Martin fuhr durch.

„Es gibt noch jede Menge Orte mit deutschen Namen", erklärte er.

Steffi sah wieder Strauße jenseits der Straße. Manche trugen ein schwarzes Gefieder, manche ein braunes. Sie fragte Martin nach dem Grund für diese unterschiedliche Färbung. „Ganz einfach, die braunen sind die Hennen und die schwarzen Hähne. Das hat die Natur weise eingerichtet. Die Hennen sitzen tagsüber auf den Eiern und fallen durch ihr Gefieder kaum auf. Der Hahn hält sich in der Nähe bereit und passt auf, um das Gelege zu verteidigen, falls notwendig. Abends verlässt die Henne das Gehege, um zu fressen, der Hahn setzt sich auf die Eier und brütet die ganze Nacht weiter, dann fällt das schwarze Gefieder weniger auf."

Sie fuhren noch einmal sechzig Kilometer, dann bog Martin auf die Straße nach Otjiwarongo ab, die nicht asphaltiert war, eine Schotterpiste. Der Geländewagen nahm sie in aller Ruhe und schaffte eine Geschwindigkeit bis zu achtzig Stundenkilometer. Irgendwann kam ein größerer Ort in Sicht, Omaruru. Die Gegend wurde jetzt grüner, die Vegetation nahm zu.

„Das liegt am Omaruru River, der führt zwar nur Wasser, wenn es viel geregnet hat", sagte Martin, „aber der Grundwasserspiegel liegt dadurch hoch, und das kann man nutzen." Im Ort bog er nach rechts ab und fuhr zu einer Gruppe von Gebäuden, die in einer Art Garten zu liegen schienen. Vor ihnen hielt er.

„Was willst du hier?", fragte Christoph. „Wein kaufen." Martin stieg aus.

Und tatsächlich, auf einem der Gebäude verkündete ein Schild: „Kristall-Kellerei". Und wenn man genau hinschaute, konnte man auch ein mit Reben bepflanztes Feld entdecken, dessen Weinstöcke sich in der Ferne verloren.

Martin kam mit zwei Weinkartons zurück. Er grinste.

„In Namibia wird meist südafrikanischer Wein getrunken. Ich für mein Teil trinke lieber namibischen Wein und unterstütze damit den heimischen Weinanbau, der zugegebenermaßen nicht sehr umfangreich ist."

Zurück in Omaruru bog er nach links ab, in Richtung „Brandberg". Nach kurzer Zeit konnten sie den Brandberg erkennen, ein großes, kahles Bergmassiv. Martin informierte: „Der Brandberg ist Namibias höchster Berg, ein vor langer Zeit erloschener Vulkan, mehr als 2500 Meter hoch. Er ist berühmt durch uralte Felszeichnungen, die an mehreren Stellen zu finden sind. An seinem Fuß gibt es Zeltlager für die Bergsteiger. Die Besteigung ist eine heikle Angelegenheit, die man niemals allein unternehmen sollte. Wegen der Hitze muss man sich ordentlich mit Wasser eindecken, wenn es nicht kritisch werden soll. Wenn wir genug Zeit finden, können wir auch einmal einen Ausflug zum Brandberg unternehmen."

Sie fuhren eine weitere halbe Stunde auf der Piste, dann ging es nach rechts auf eine schmalere Nebenpiste, die sich ein paarmal in der Savanne verzweigte.

Plötzlich erblickten sie etwas Altertümliches: es kam ein Eselskarren entgegen, der von einem Namibier gelenkt wurde.

„Das war und ist heute noch ein verbreitetes Transportmittel in Namibia", sagte Martin. „Der schafft zwar keine weiten Strecken, ist aber durchaus für den Verkehr zwischen den Farmen geeignet und verträgt schlechte Wege."

Zäune wurden sichtbar, manchmal durchfuhren sie Tore; offensichtlich war hier Farmland. An einer erhöhten Stelle hielt Martin. Sie stiegen aus und gingen zu dem Rand einer großen Geländemulde.

„Wir sind da", sagte Martin. Sie blickten hinab.

Eine grüne Insel lag am Grund der Mulde. Mehrere flache Gebäude und andere kleine grüne Flächen, offensichtlich Gemüsegärten, gruppierten sich in ihr. Ein Windrad war zu erkennen und in der Ferne erblickten sie eine Schar Rinder.

„Wie heißt deine Farm?", fragte Steffi.

„Elisental. Die Ehefrau des ehemaligen Gründers der Farm hieß Elise. Dieser Frauenname war zur Jahrhundertwende zum zwanzigsten Jahrhundert durchaus geläufig und die Farmer haben oft ihre Farm nach ihrer Frau benannt."

Christoph schaute auf seine Uhr.

„Wir sind jetzt mehr als fünf Stunden gefahren, Martin. Bist du etwa gestern mitten in der Nacht gestartet, um uns abzuholen?"

„Natürlich nicht", lachte Martin, „ich wusste ja, dass ihr kommt und habe mir das so eingeteilt, dass ich gestern nach Windhoek gefahren bin, um Dinge zu erledigen, die nur da erledigt werden können, Behördengänge, Besorgung von Tiermedikamenten und Ersatzteilen für die technischen Einrichtungen in der Farm. Übernachtet habe ich bei Freunden in Windhoek." Sie setzten sich wieder in den Suzuki und fuhren zu den Gebäuden.

Als sie sich der Farm näherten, lief ihnen eine Schar Schwarzer entgegen. Martin schmunzelte.

„Sie wissen, dass ihr kommt. Sie freuen sich unglaublich und sind über alle Maßen neugierig."

Sie stiegen aus und wurden von lachenden Gesichtern umringt.

„Willkommen!", schallte es ihnen entgegen. Martin stellte ihnen die Nama vor.

„Das ist Josef, und das ist seine Frau Emilie." Er deutete auf ein Paar im mittleren Alter. Neben Josef und Emilie standen zwei hübsche Mädchen, die sichtlich vor Spannung fieberten und eine alte, etwas korpulente Frau.

„Und das sind Anna und Luise, die Töchter von Emilie und Josef und ihre Großmutter Elfriede."

Die Mädchen machten einen Knicks. Steffi und Christoph schüttelten allen die Hände.

Martin wandte sich an die Mädchen.

„Ich weiß jetzt nicht mehr, wie alt ihr seid?" Beide antworteten in einwandfreiem Deutsch mit einem leichten holländischen Akzent.

„Ich bin zwölf!", rief Anna. „Und ich bin schon sechzehn", sagte Luise stolz.

Sie drehten sich zu der anderen Gruppe, einem Paar im ähnlichen Alter mit einem erwachsenen und zwei jüngeren Burschen, einem Mädchen und einer weiteren älteren Frau.

„Und das sind Tobias und seine Frau Käthe mit ihrem großen Sohn Friedrich und den beiden jüngeren Söhnen Konrad und Gottlieb, Tochter Erna und Großmutter Minna. Du bist doch gerade vierzehn geworden, wenn ich mich nicht irre, Erna?" Sie nickte lachend. Martin stellte den Nama seinen Besuch vor.

„Und das sind Steffi und Christoph, meine Freunde. Sie werden für drei Wochen unsere Gäste sein. Ich hoffe, ihr vertragt euch?" „Natürlich, natürlich!", riefen sie.

Die Kinder räumten blitzschnell den Suzuki aus und trugen alles in das Farmgebäude. Steffi, Christoph und Martin folgten.

Wenn man das Haus betrat, stand man sofort in einer Art Halle mit sichtbarem Gebälk. Die Halle zog sich durch das ganze Haus und mündete auf eine Terrasse, die durch ein Panoramafenster und eine Tür vom Haus getrennt war. An der Rückseite der Halle standen derbe Holzschränke und ein

Waffenschrank. Zur Linken ragte ein mächtiger Kamin in den Raum, vor dem eine Sesselgruppe mit einem breiten Ledersofa angeordnet war. Zur Rechten führten zwei Türen in die andere Hälfte des Hauses; hinter der einen Tür befand sich die Küche, die andere führte auf einen Flur, von dem die Schlafräume und ein Bad abgingen. An den Wänden der Halle hingen Jagdtrophäen, verschiedene Antilopengehörne und der Schädel einer Giraffe.

Martin ließ seine Gäste in der Sesselgruppe Platz nehmen, ging in die Küche und kam mit einem Tablett mit Gläsern, einer Wasserkaraffe, Zitronenscheiben, Eiswürfeln und einer Flasche Martini zurück.

„Wir trinken jetzt erst einmal was Kaltes, danach zeige ich euch die Farm."

Steffi hatte Fragen zu den Nama.

„Die Nama sind ja für Schwarze ziemlich hellhäutig und haben eine etwas rötliche Haut. Wie kommt es, dass sie Deutsch sprechen?" Martin nickte.

„Die Hautfarbe ist ihr Merkmal. Sie werden auch manchmal „Red Nation" genannt, die Deutschen in der Kolonialzeit nannten sie „Hottentotten". Unsere Nama hier auf der Farm sprechen alle Deutsch, weil ihre Vorfahren bei dem deutschen Farmer beschäftigt waren, der die Farm gegründet hatte. Weil später die Südafrikaner die Farm übernommen hatten, sprechen sie auch Afrikaans, die Burensprache, deshalb hat ihr Deutsch einen holländischen Akzent. Natürlich sprechen sie zusätzlich Englisch, die Amtssprache Namibias. Sie sind übrigens gläubige lutherische Christen und gehen gern in die Kirche, wenn sie die Möglichkeit dazu haben. Ihren Kindern geben sie Namen, die euch vielleicht altmodisch vorkommen. Es sind eben Namen, die während der deutschen Kolonialzeit üblich waren. Ihr könnt mit ihnen Deutsch sprechen, sie verstehen alles."

Eine Weile später standen sie auf
Steffi und Christoph nahmen ihr Gepäck, und Martin führte sie zu ihrem Zimmer. Sie packten aus und trafen sich vor der Tür mit Martin, der sie zu einem Rundgang über die Farm führte. Sie bestand aus mehreren flachen Gebäuden, die sich um das Hauptgebäude gruppierten. Links neben der Farm stand das Windrad, daneben ein Wasserbehälter auf Stelzen.

„Hier kommen wir ganz gut an das Grundwasser heran", sagte Martin, „Schwierigkeiten gibt es nur, wenn es lange Zeit nicht geregnet hat. Dann müssen wir überbrücken, und deshalb muss der Wassertank immer voll sein. Jeden Abend pumpen wir und ersetzen das Wasser, welches am Tag verbraucht wurde."

„Macht ihr das mit dem Windrad?", fragte Christoph.

„Nein, das wäre zu unzuverlässig, denn es gibt nicht immer Wind. Doch das Rad funktioniert noch, und wenn der Strom, der die Pumpe betreibt, ausfallen sollte, haben wir so eine Ausweichmöglichkeit."

Er führte sie zu einem Bretterverschlag und öffnete die Tür.

„Hier steht unser Dieselaggregat. Es liefert 220 Volt für die Pumpe und alle anderen Geräte, die Strom brauchen. Die Warmwasserversorgung und die Kochherde betreiben wir mit Propan." Er deutete auf einen Propantank, der ein Stück vom Dieseltank entfernt stand. „Mit Strom müssen wir sparsam umgehen, sonst läuft das Aggregat dauernd. Deswegen laufen auch die Kühl- und Gefrierschränke über Propan."

„Tiefkühlschränke mit Propan?"

„Die gibt es in Deutschland wohl nicht, aber in Namibia schon. Der Bedarf ist eben da. Ich gebe zu, unsere Energieversorgung ist etwas kompliziert. Die namibische Regierung will auf Dauer für ganz Namibia ein Stromnetz verlegen, doch das braucht Zeit. Bislang gibt es nur in den Orten ein Stromnetz."

„Und was ist mit Telefon?"

„Telefon haben wir. Was das Festnetz betrifft, ist bereits ganz Namibia bis in die letzte Himbahütte verkabelt. Mit dem Mobilfunk läuft es gerade an, aber außer in Windhoek und Swakopmund gibt es nicht viele Mobilfunkverbindungen. Und jetzt kommt das Wichtigste, meine Hunde."

Neben dem Tank stand ein geräumiger Hundezwinger mit einer Hütte darin. Martin öffnete die Tür. Sofort kamen zwei große, braune Hunde herausgeschossen, umkreisten Martin und sprangen an ihm hoch.

„Das sind Rex und Buffy, unsere Löwen. Sie sind beide Rüden, vertragen sich aber miteinander, weil sie zusammen aufgewachsen sind. Es sind Rhodesian Ridgebacks, eine südafrikanische Rasse. Ridgeback heißen sie deshalb, weil ihr Fellstreifen in der Rückenmitte in umgekehrter Richtung wächst."

Martin zeigte es ihnen.

„Kann man sie streicheln?"

„Natürlich Steffi. Sie sind ganz lieb, nur nicht zu den Raubtieren. Ihre Aufgabe ist es, auf die Farm aufzupassen. Einer bleibt immer nachts draußen, einer kommt in das Haus. Es kommt schon mal vor, dass ein Leopard nachts um das Haus schleicht oder Paviane kommen, das melden sie sofort. Vor Löwen braucht ihr keine Angst zu haben, die gibt es hier nicht, die kommen weiter nördlich vor. Trotzdem rate ich euch, wenn ihr nachts aus dem Haus geht, immer mit Taschenlampe und auf den Boden achten! Schlangen gibt es genug hier, auch giftige."

„Und welche Wildtiere kommen sonst auf der Farm vor?", fragte Christoph.

„Im Prinzip alles, was in Namibia vorkommt. Nur ein Teil der fünftausend Hektar unserer Farm ist umzäunt, das andere ist offenes Gelände. Meistens haben wir Antilopen und Zebras hier, einmal hatten wir sogar ein Nashorn auf der Farm, die sind natürlich selten. Die Nama erzählen, dass sie sogar schon Elefanten gesehen haben. Das ist ganz schlüssig, denn das Damaraland ist nicht weit, eigentlich gehören wir schon zum Damaraland. Und im Damaraland gibt es die Wüstenelefanten, eine Spezies, die mit wenig Wasser auskommt. Ein Problem für uns sind die Paviane, die sich manchmal an den Gärten und Feldern zu schaffen machen. Die Nama hassen die Paviane und schießen sie tot, wenn sie sie erwischen. Das ist zwar verboten, doch was sollen sie sonst machen?"

Sie gingen nun zu den Häusern der Nama. Es waren mehrere Baracken, von kleinen Feldern und Gärten umgeben. An die Seite einer der Baracken schloss sich ein Hühnerhof mit Hühnerstall an. Er war mit buntgefiederten Hühnern besetzt. Man hörte das Krähen des Hahnes und das Gackern der Hühner.

„Abends müssen sie eingeschlossen werden, sonst haben wir sie am nächsten Morgen nicht mehr", bemerkte Martin.

„Man vergisst leicht, dass es außer den großen Raubtieren auch viele Kleinraubtiere in Namibia gibt, Kapfüchse und Schakale sowieso. Die meisten sind nachtaktiv. Auch Paviane vergreifen sich an Hühnern. Und wir möchten gern unsere Eierlieferanten behalten."

Sie kamen zu zwei weiteren Gebäuden mit Auslaufflächen davor. Es handelte sich um den Pferde- und den Ziegenstall. Die Ziegen hielten sich etwas weiter draußen auf, in einer umzäunten Weide, liefen herum, mit milchprallen Eutern gesegnet und knabberten an dem trockenen Gras. Sie waren meist weiß mit schwarzen Flecken; ein paar braune Exemplare gab es auch. Martin strebte dem Pferdestall zu, die Hunde begleiteten ihn. Innen standen zwei große, dunkelbraune Pferde und kauten mahlend Futter aus einem Trog. Als sie Martin sahen, richteten sie ihre Ohren auf. Martin ging zu ihnen, umfasste die Köpfe der Pferde nacheinander und flüsterte ihnen etwas in das Ohr, die Hunde standen schwanzwedelnd daneben.

Steffi rührte dieses Bild an, sie spürte, dass Martin hier in Namibia das Leben gefunden hatte, nach dem er immer gesucht hatte.

Später erkundeten sie noch den Obst- und Gemüsegarten. Er war hoch eingezäunt, um ihn vor ungebetenen Fressgästen zu schützen. Eine Reihe von Bäumen warf die Frage auf, welches Obst man hier anbaue.

„Die Nama haben Orangen-, Zitronen, Aprikosen- und Guavenbäume", antwortete Martin, „an Gemüse pflanzen sie die gleichen Sorten an wie auch wir in Deutschland, also hauptsächlich Möhren, Kartoffeln und Bohnen. Kürbis mögen sie gern, also seht ihr mehrere Kürbispflanzen. Das umzäunte kleine Feld neben dem Garten deckt ihren Bedarf an Mais, denn Maisbrei wird, wie überall in Afrika, auch in Namibia gegessen. Alles, was hier angebaut wird, ist ausschließlich für den eigenen, also auch meinen Bedarf bestimmt."

Langsam kam der Abend, die Temperaturen sanken. Steffi und Christoph spürten eine Seidigkeit der Luft, wie sie sie aus Deutschland nicht kannten. Es war ein archaisches Gefühl, die Luft umschmeichelte ihre Körper, als würden

Luft und Leib eins werden. Christoph legte seinen Arm um Steffi. Steffi blickte zu ihm hin und lächelte ihn an.

„Man spürt geradezu, wie die Abendluft uns durchdringt", sagte Christoph.

„Das kommt wohl durch die Trockenheit", sagte Martin, „es ist etwas Typisches für Namibia, wohl auch etwas Afrikanisches." Er ging in die Küche, um einen Salat zuzubereiten und Kartoffeln im Backofen zu garen. Steffi half ihm dabei. Unterdessen zündete Christoph den Holzkohlengrill an. Als die Kohle durchgeglüht war, legte Martin drei große Steaks darauf.

„Von euren Rindern?", fragte Christoph. Martin lächelte und schüttelte den Kopf.

„Nein, es sind Kudusteaks. Joseph hat letzte Woche einen Kudu geschossen. Ein Kudu ist eine große Antilope, die über 300 Kilogramm wiegen kann. Die Böcke tragen lange, spiralig gedrehte Hörner. Ihr werdet sie noch oft sehen. Wild spielt eine große Rolle in unserer Ernährung. Wir dürfen es bis auf die geschützten Tiere hier auf der Farm jagen, natürlich haben wir ein Limit. Und jetzt kommt noch etwas Wichtiges."

Martin ging zum Kühlschrank und kam mit drei gekühlten Flaschen Bier wieder.

Sie prosteten sich zu und tranken. Das Bier schmeckte frisch und vollmundig. Christoph schaute auf das Flaschenetikett.

„Tafel Lager" stand darauf. „Was ist das?"

„Tafelwasser", unkte Martin. „Es ist Bier von der Brauerei Tafel. Ihr müsst wissen, dass die namibischen Biere strikt nach dem deutschen Reinheitsgebot gebraut werden. Die Biere sind so gut, dass sie internationale Preise gewonnen haben und nach ganz Südafrika exportiert werden. Ihr werdet also hier kein deutsches Bier vermissen."

Inzwischen waren die Steaks gar. Sie aßen sie mit frischem Salat, Backofenkartoffeln und Kräuterbutter.

„Sie schmecken eher nach Rind, weniger nach Wild, aber sehr gut", bemerkte Steffi. Martin nickte.

„Wenn ihr durch Namibia reist, seht zu, dass ihr Zebrasteaks bekommt. Die schmecken mir am besten. Zwei oder drei Zebras schießen wir auf der Farm jedes Jahr. Dabei müssen wir aufpassen, dass wir nur Steppenzebras schießen und keine Bergzebras. Bergzebras sind viel seltener und geschützt."

„Und was ist der Unterschied?"

„Bergzebras haben Ringelsocken. Bei den Steppenzebras gehen die Streifen nur bis knapp unterhalb der Hüfte."

Die Sonne sank jetzt zum Horizont und färbte sich orangerot. Sie schien flimmernde Streifen in ihre Umgebung zu senden. Die Luft stand still, ihre Wärme war kaum noch zu spüren, doch sie wirkte jetzt wie eine Umklammerung, fast wie eine Bekleidung. Hier braucht man keine Kleider, eigentlich genügt die Luft, dachte Steffi. Von den Nama-Hütten her hörten sie Gesänge in afrikanischer Sprache. Zwischendurch waren Geräusche wie ein klickendes Zungenschnalzen zu vernehmen.

„Was ist das?"

„Das ist die Klicksprache der Nama", erklärte Martin. „Dafür gibt es sogar eine Schrift. Der Klicklaut wird darin mit einem „!" gekennzeichnet. Die Klicksprache wird außer von den Nama auch von den San gesprochen, die in der Kalahari leben, östlich von hier. Die San wurden früher „Buschmänner" genannt."

„Kannst du etwas über die Einwohner Namibias erzählen, Martin?"

„Ein bisschen. Also, die hier lebenden Stämme unterscheiden sich erheblich, nicht nur in ihrer Sprache, sondern auch in ihren Gebräuchen und ihrer Kleidung. Die Missionierung durch die deutsche Kolonialmacht hat vieles nivelliert, doch einiges ist geblieben. Zu den positiven Folgen der Kolonialzeit muss man zählen, dass die Stämme sich nicht mehr untereinander bekriegen, was früher pausenlos der Fall war.

Die Nama kennt ihr ja schon. Unsere Nama sind europäisiert, tragen normale Kleidung und sprechen mehrere Sprachen, kein Wunder, denn sie leben schon über hundert Jahre auf dieser Farm.

Die Herero werdet ihr noch kennenlernen. Sie sind Rinderzüchter, ähnlich wie unsere Nama. Die Tracht der Frauen ist nicht zu übersehen, sie ist gemustert und bunt, die Frauen tragen lange Röcke. Am auffälligsten ist ihr Hut: Jeder Hut ist anders, doch jeder hat Ausleger nach rechts und links. Das soll an die Hörner der Rinder erinnern, von denen die Herero leben.

Mit den Herero sind die Himba verwandt, die im Kaokoveld leben, einer abgelegenen Gegend im Norden. Die Himba sind die letzten Halbnomaden Namibias.

Und dann gibt es noch die Ovambo, die Damara und die Kanango.

Eine Besonderheit sind die „Coloured", die man hier „Baster" nennt, also Bastarde, eine Mischung zwischen Schwarzen und Weißen, die in der Gegend um Rehoboth leben und über hundert Jahre eine eigene Kultur entwickelt haben, weil sie sowohl von den Weißen wie auch von den Schwarzen abgelehnt wurden.

Und nicht zu vergessen die Weißen: hunderttausend Namibier sind Weiße, eine ganze Menge für das bevölkerungsarme Land. Und die Weißen werden mehr, sie wandern zu, wie ich. Am Verhältnis der Bevölkerungsgruppen zueinander wird sich dadurch wahrscheinlich in absehbarer Zukunft nichts ändern, denn die Vermehrungsrate der schwarzen Namibier ist immer noch höher als die der Weißen, auch wenn sie kontinuierlich abnimmt."

Als sie gegessen hatten, holte Martin noch ein paar Flaschen Bier aus der Küche. Sie tranken und horchten in das Dunkel hinein, das sich in südlicher Schnelligkeit ausgebreitet hatte; eine schwankende Gaslampe spendete ihnen das notwendige Licht, um ihre Umgebung zu erkennen. Das Schwatzen der Nama verebbte plötzlich, um gleich darauf in einen gemeinsamen Gesang zu münden. Zum Erstaunen von Steffi war es das Volkslied „Am Brunnen vor dem Tore", fehlerfrei in deutscher Sprache gesungen. Martin schmunzelte.

„Außer ihren afrikanischen Liedern kennen unsere Nama noch eine ganze Menge deutscher Volkslieder, die ihnen die Missionare beigebracht haben. Singen ist überhaupt ihre Leidenschaft, sie singen fast jeden Abend zusammen."

Es folgte das Lied „Die Gedanken sind frei", danach gingen sie wieder zu afrikanischen Gesängen in der Klicksprache über.

„Die Kinder sind noch ziemlich spät auf", bemerkte Steffi, „müssen sie nicht morgen in die Schule gehen?"

„Na ja, heute machen die Nama mal eine Ausnahme", antwortete Martin. „Du hast aber recht, wir haben Sonntag und morgen früh müssen sie um fünf Uhr raus. Dann kommt der Kleinbus, der die Schulkinder von den Farmen abholt und fährt sie nach Khorixas in die Schule. Die Fahrt dauert zwei Stunden, dann werden sie schon wach werden."

„Werden sie jeden Tag zur Schule gebracht?"

„Nein, nur am Montag und am Freitag werden sie zur Schule abgeholt oder zurückgebracht. In der Woche bleiben sie in Khorixas. Josef und Tobias haben Verwandte in Khorixas, da wohnen sie in der Schulzeit. Es gibt aber auch ein Schülerheim. Wir Farmer im Umkreis haben den Kleinbus angeschafft und einen Fahrdienst reihum zur Schule organisiert. Auch ich bin manchmal dran."

Sehr viel später wurde es still. Die Nama hatten sich zurückgezogen. Steffi, Christoph und Martin horchten in die namibische Nacht hinein, um Stimmen von Tieren auszumachen, doch nichts war zu hören, kein Tierlaut, keine Laufgeräusche.

„Das heißt nicht, dass jetzt keine Tiere unterwegs sind", sagte Martin, „doch die meisten nachtaktiven Wildtiere geben kaum Laute von sich."

Sie standen auf, um zu Bett zu gehen. Auch die beiden Hunde erhoben sich träge und streckten sich. Martin brachte Rex nach draußen und kam mit Buffy zurück. Steffi und Christoph gingen zu ihrem Zimmer. Martin folgte. An der Seitenwand des Zimmers stand ein breites Doppelbett, darüber schwebte ein Rahmen an der Decke, auf dem ein Moskitonetz befestigt war.

„Das Netz könnt ihr herunterlassen, müsst es aber nicht", erklärte Martin. „Es ist nur für den Fall der Fälle da. Ihr könnt sogar das Fenster auf Kipp stellen. Zurzeit gibt es so gut wie keine Mücken und Malaria ist in diesem Teil Namibias unbekannt. Nur nach heftigen Regenfällen benutzen wir für eine Weile das Moskitonetz."

Er wünschte ihnen eine gute Nacht und ging in sein Schlafzimmer, nachdem er das Bad benutzt hatte. Der Hund legte sich vor seine Tür.

Steffi und Christoph schliefen fest und traumlos. Am nächsten Morgen um sechs Uhr klopfte es bei ihnen, als sie noch im Bett lagen.

„Aufstehen!"

Sie machten sich fertig und gingen zum Frühstück auf die Terrasse. Martin hatte alles vorbereitet, eine große Kanne Kaffee stand auf dem Tisch, ein Krug mit Ziegenmilch, eine Platte mit Käse und geräuchertem Wildschinken und zwei Körbe, einer mit frischem Weißbrot und einer mit Obst.

„Wie möchtet ihr eure Eier?", fragte Martin, „gekocht oder gespiegelt? Ich selbst esse am liebsten Spiegeleier." „Wir auch." „Also sechs Spiegeleier". Martin ging in die Küche und machte sich am Herd zu schaffen. Steffi probierte die Ziegenmilch. Sie schmeckte frisch und gut, gar nicht so sehr nach Ziege. Als die Brutzelgeräusche aus der Küche verebbten, trug Martin eine Pfanne mit den Eiern hinaus und verteilte sie auf den Tellern.

„Woher hast du denn das frische Brot?", fragten Steffi und Christoph.

„Emilie, Josephs Frau, hat es mir vorhin gebracht, zusammen mit der Milch und den Eiern. Die Nama backen zweimal in der Woche Brot. Der Weg zum Bäcker wäre auch zu weit. Das Mehl kaufe ich immer ein, wenn ich in Khorixas oder Windhoek bin. Nach dem Frühstück werde ich euch für zwei Tage verlassen müssen, ich mache meine Runde um Khorixas zu den Farmen. Ihr müsst also mit Joseph und Tobias vorlieb nehmen, sie werden euch unsere Gegend zeigen. Vorher sollten wir euren Reiseverlauf durch Namibia besprechen. Ich nehme an, ihr wollt den Etosha Nationalpark länger als einen Tag besuchen?"

„Wir dachten daran. Lohnt sich das?"

„Auf jeden Fall! Das Gebiet um die Etosha-Pfanne ist das wildreichste Gebiet Namibias. Inmitten des Parks liegen mehrere umzäunte Camps, in denen ihr Zimmer buchen könnt. Ich würde euch zu einem Zimmer im Okaukuejo Camp raten, da könnt ihr das Wild von eurer Terrasse oder vom Balkon aus direkt beobachten. Die Zimmer sind allerdings sehr begehrt, die müssen vorgebucht werden. Soll ich das für euch machen?"

Steffi und Christoph nickten. Martin griff zum Telefon und rief das Camp an. Nach einem kurzen Gespräch legte er auf.

„Ich habe für euch ein Zimmer im Camp für den Donnerstag der nächsten Woche gebucht, und zwar bis Sonntag. Wenn ihr noch einen Tag verlängern wollt, würde das vermutlich auch gehen, denn am Sonntag ist die Nachfrage nicht so groß. Ich komme am Mittwochmorgen dieser Woche zurück, danach könnt ihr starten. Eine Stunde Zeit bleibt mir noch, also können wir jetzt noch eure Reiseroute planen."

Christoph holte seine Namibiakarte herbei, sie steckten ihre Köpfe darüber. Nachdem sie mehrere mögliche Routen besprochen hatten, fragte Christoph:

„Wo sollen wir übernachten?"

„Da gibt es kaum Probleme. Ich schreibe euch eine Liste besonders schöner Hotels, Farmen und Lodges für eure Fahrt auf, die meisten haben sogar einen Pool. Zusätzlich nehmt ihr besser noch zwei Luftmatratzen und Decken mit, man kann nie wissen – vielleicht habt ihr mal eine Panne. Unter freiem Himmel kann man immer schlafen. Wichtig ist, dass ihr am Donnerstag der nächsten Woche im Etosha-Park ankommt."

„Wie geht es danach weiter?"

„Da gibt es zwei Möglichkeiten: entweder ihr umfahrt den Park nach Westen und reist weiter ins Kaokoveld zu den Himba-Dörfern, vielleicht sogar zu den Epupafällen des Kunene, des Grenzflusses zu Angola. Da gibt es sogar Krokodile. Das ist allerdings ein mehrtägiger Abstecher. Oder ihr nehmt mit mir vorlieb und fahrt zurück, über Outjo durch das Damaraland nach Elisental. Wir können dann zusammen noch Ausflüge hier in der Gegend unternehmen, vielleicht nach Twyfelfontein mit den berühmten Felszeichnungen oder zum Petrified Forest. Unterwegs kommt ihr durch die Ugab-Terrassen, und die sind sehenswert. Mit ihren Tafelbergen erinnern sie an den amerikanischen Nordwesten. Mit etwas Glück seht ihr vielleicht Wüstenelefanten. Sogar ein paar Löwen soll es dort geben."

Steffi schaute etwas unglücklich zu Martin.

„Und was machen jetzt wir bis Mittwoch?"

„Ihr werdet euch schon nicht langweilen. Fahrt mit Josef auf dem Toyota mit, der inspiziert den ganzen Tag die Zäune. Sonst ruht euch vom Flug aus, lest etwas über eure Fahrt durch Namibia, Bücher sind genug im Schrank. Wenn ihr Hunger oder Durst habt, der Kühlschrank ist voll. Ein paar Steaks sind auch noch da, ihr könnt sie heute Abend grillen."

Martin stand auf, packte seine Sachen zusammen, verabschiedete sich von Steffi und Martin und fuhr mit dem großen Suzuki davon. Eine Stunde später kam Josef mit dem Pick-up, die Ladefläche hatte er mit Drahtrollen, Holzpfosten und Werkzeug vollgeladen. Als Steffi und Christoph einsteigen wollten, schaute er skeptisch auf ihre Füße. Sie hatten Sportschuhe angezogen.

„Wenn ihr mit mir kommen wollt, braucht ihr Stiefel. Es gibt Skorpione und Schlangen."

„Haben wir nicht."

„Dann wartet einen Moment. Martin hat genug Stiefel, die müssten dir passen, Christoph. Und für deine Frau hole ich Stiefel von Emilie, die hat auch solche Füße wie du. Wenn es nicht passt, stopfen wir Socken hinein."

Er denkt, wir wären verheiratet, dachte Steffi.

Josef besorgte zwei Paar halbhohe Schnürstiefel, die ihnen halbwegs passten. Dann ging es los. Der Toyota rumpelte über das Grasland. Sie saßen zu dritt auf der vorderen Bank, Steffi und Christoph wurden durchgeschüttelt und mussten sich ständig festhalten.

Nach einer Viertelstunde bergauf kamen sie zu einem Zaun, ein paar hundert Meter links graste eine Schar von Rindern. Josef fuhr den Zaun langsam ab. Plötzlich hielt er mit einem Ruck, sodass Steffi und Christoph fast aus dem Toyota fielen. Er deutete nach vorn und fluchte etwas im Nama-Dialekt. Ein großes Loch im Zaun starrte ihnen entgegen, zwei Pfosten waren umgestürzt.

„Wer hat das gemacht?"

„Weiß ich nicht", knurrte Josef. „Zebras, ein großer Kudu, jedenfalls kein Schakal."

Er holte das Werkzeug und den Draht vom Toyota und fing an, den Zaun zu reparieren, Steffi und Christoph halfen ihm dabei. Sie lösten den Draht von den Pfosten, richteten sie auf und Josef rammte sie mit einem langstieligen Vorschlaghammer in den Boden. Dann befestigte er den Draht neu und ergänzte ihn um das abgerissene Stück. Während sie weiter in die Savanne fuhren, wiederholte sich der Vorgang noch ein paarmal.

Die Landschaft der Farm sah traumhaft aus. Weil sie ständig über hügeliges Gelände fuhren, ergaben sich immer wieder neue Ausblicke, Granitblöcke, die wie übereinander her gepurzelt erschienen, wechselten ab mit hohem, gelbem Gras und Gruppen von Kameldornbäumen. Einmal konnten sie in der Ferne schemenhaft den Brandberg erblicken. Als sich nach einer Biegung um eine Felsgruppe ein mittelgroßer Baum zeigte, an dem mehrere taschenförmige Gebilde hingen, ähnlich braunen Säcken, hielt Josef an. Er holte einen Stock aus dem Toyota und sie gingen auf den Baum zu.

„Das sind Webervogelnester", erklärte er. „Es sind Hunderte von Vogelpärchen, die hier wohnen. Jedes Pärchen ist für sich, doch sie können nur in einer Gemeinschaft leben. Es ist wie früher bei uns Nama."

Als Steffi und Christoph unter den Baum treten wollten, hielt er sie zurück.

„Vorsicht", flüsterte er. „Es kann immer mal sein, dass in einem der Nestbeutel eine Kobra sitzt und Eier und Junge frisst. Wenn ihr dann unter den Baum tretet, hört sie eure Bodengeräusche und lässt sich fallen, wenn ihr Pech habt, genau auf euch." Er nahm den Stock und schlug ein paarmal fest auf den Boden. Josef lächelte sie an.

„Heute keine Kobra da, keine Gefahr", sagte er gemütlich.

Gegen Mittag suchten sie sich Schatten und setzten sich auf den Boden. Steffi und Christoph hatten Käse, Wasser und Tomaten mitgebracht, Josef ein paar Beutel Biltong, Brot und Ziegenmilch. Sie aßen, hinterher legten sie sich hin und machten ein kurzes Schläfchen, bis Josef sich erhob, gähnte und sich streckte.

„Es geht weiter."

Als sie am späten Nachmittag wieder die Farm erreichten, hielt Josef wieder an und holte ein Gewehr hinter dem Sitz hervor.

„Schakal, auf der rechten Seite!" Und wirklich, ein Schakal stand auf einer Anhöhe und blickte auf den Hühnerhof. Als Josef auf ihn zielen wollte, sprang er weg und flüchtete.

„Der ist schlau, der hat uns gesehen. Das war sein Glück. Wir haben unsere Hühner und Eier gern allein für uns."

Als es Abend wurde, bereitete Steffi eine große Schüssel Salat zu. Sie nahmen die Steaks aus dem Kühlschrank und gingen mit dem Essen zu den Nama hinüber, Josef hatte sie eingeladen. Für ihn schien es unerträglich, die Gäste allein zu lassen. Die Mädchen und die beiden Jungen von Tobias waren nach Khorixas zum Schulunterricht gefahren, beide

Eltern, Friedrich und die Großmütter waren zurück geblieben.

Die Nama hatten ein Feuer angemacht; man grillte Fleisch, aß es zusammen mit Steffis Salat, Brot und Maisbrei, den Emilie und Käthe zubereitet hatten. Sie alle schwatzten und lachten, in der Namasprache und auf Deutsch und die Nama führten den Gästen besonders markante Beispiele der Klicksprache vor, was zu fröhlichem Gelächter führte. Später kreisten Flaschen mit „Tafelwasser". Die Großmütter hielten sich beim Bier etwas zurück, waren aber die ersten, die irgendwann ein Lied anstimmten. Es war wie am Abend zuvor, erst kamen afrikanische Gesänge, dann ging man zu deutschen Volksliedern über. Christoph konnte bei den Texten noch einigermaßen mithalten, doch Steffi musste spätestens nach der ersten Strophe passen, erstaunlich aber war, welches Repertoire die beiden alten Frauen im Kopf hatten.

Dieser Abend wurde nicht so lang wie der vorherige Abend. Die Nama löschten um zehn Uhr herum das Feuer und verschwanden in ihren Häusern. Steffi und Christoph gingen zu Martin hinüber. Als sie zu Bett gingen, umschlang Steffi Christoph und flüsterte ihm ins Ohr:

„Pass auf mich auf, Christoph. Ich beginne, dieses Land auf eine Weise zu lieben, wie es mir noch nie passiert ist."

„Ich denke, du liebst mich, Steffi!"

„Daran musst du noch arbeiten. Fang doch gleich damit an!" Steffi lächelte verheißungsvoll.

Am Mittwoch packten sie den kleinen Suzuki für ihre Namibiarundfahrt. Martin half ihnen dabei. Er hatte zwei Kisten mit Mineralwasser aus Khorixas mitgebracht, die sie verstauten. Am späten Vormittag starteten sie, Martin fuhr ihnen voraus, weil er noch einen Besuch auf einer Farm in der Nähe machen wollte. Kurz vor dem Erreichen der Hauptstraße bog er ab.

Der Brandberg, anfangs nur in der Ferne wahrzunehmen, türmte sich immer mehr auf, je weiter sie nach Westen fuhren. Seine runde Vulkanform ließ sich nur erahnen, vielmehr wirkte der höchste Berg Namibias auf sie wie ein gewaltiges, liegendes Schiff in einer kargen Umgebung. Doch tierisches Leben gab es auch hier. Ein paar Springböcke ästen am Straßenrand, und in der Ferne sah man Strauße. Immer wüstenhafter wurde es in Richtung zur Küste.

„Das muss schon die Wüste Namib sein", bemerkte Steffi und wischte sich ein paar Schweißtropfen aus dem Gesicht. Christoph stellte die Klimaanlage des Suzuki höher.

Gegen Mittag erschien das Meer am Horizont und sie erreichten die Salzstraße, die nach Swakopmund führte, zur Linken von der Namib und zur Rechten vom Atlantik begrenzt. Ihr Untergrund bestand aus einer gestampften Lehm-Salz-Mischung und ließ sich bequem befahren

Es war jetzt nicht mehr weit nach Swakopmund, ihrem ersten Ziel.

Zweckgebäude tauchten auf, so auch eine Tankstelle und plötzlich erschien das alte Bahnhofsgebäude, wie eine prächtige Burg aus der Gründerzeit. Man hatte es zu einem Hotel umgebaut. Sie machten Halt, erkundigten sich, ja, ein Doppelzimmer sei frei, und setzten sich in eine der üppigen Ledergarnituren in der Hotelhalle, wo man ihnen einen Drink servierte. Die Halle, behutsam renoviert, strahlte gutbürgerliche Romantik aus, eine Mischung von geschichtsbetonter Anspielung und hellem, modernen Komfort. Ein Gepäckträger kam, verlud das Gepäck auf einen Wagen und ging mit ihnen über einen lichtdurchfluteten Innenhof mit Pool, wo er sie zu ihrem Zimmer im Gebäude gegenüber führte. Ein Treppenhaus mit breiten Stufen und einem massiven Geländer, auf dem ein fast kopfgroßer Handlauf saß, führte neben dem Fahrstuhl nach oben. Ihr Zimmer bot gediegene Bequemlichkeit. Die Klimaanlage summte leise. Ein breites Bett mit mehreren duftenden Kopfkissen und mit dicken, daunengefüllten Bettdecken lud ein; ein Schreibtisch und eine lederne Sofagarnitur rundeten die Einrichtung ab. Auch das Badezimmer, frisch gefliest und mit blinkenden Armaturen versehen, ließ keine Wünsche übrig. Steffi roch an den bereitgestellten Kosmetikartikeln und fand ihren Geruch fast zu edel für den täglichen Verbrauch.

Als sie in den Ort gingen, kam er ihnen vor wie ein Urlaubsstädtchen an der deutschen Ostsee. Restaurants und Hotels im Gründerzeitstil säumten ihren Weg zur kleinen Strandpromenade. Überall waren deutsche Aufschriften zu sehen, sogar ein „Brauhaus" gab es. Eine alte Schrift auf einem Schild am Weg trug die deutsche Bezeichnung „Stadtmitte". Es gab viele Läden für Safaribedarf; in einem der Läden kauften sich Steffi und Christoph lederne Schnürstiefel.

Am Abend gingen sie an der Strandpromenade entlang und sahen die Sonne im Atlantik versinken. Sie suchten sich ein Restaurant, welches Meeresfrüchte anbot und wurden nach kurzer Zeit fündig. Die Einrichtung des Restaurants war im Seemannsstil gehalten, viel Holz in Blau- und Weißtönen. Sie ließen sich als Vorspeise eine große Platte mit frischen Austern kommen und aßen sich danach mit Fisch satt. Eiskalter Weißwein aus Südafrika und gebuttertes Schwarzbrot rundeten den Genuss ab, die Austern schmeckten köstlich, mit einer Note nach Salz, Meer und Sehnsucht.

Den größten Teil des nächsten Tages verbrachten sie am Strand. Christoph döste die meiste Zeit auf seiner Luftmatratze. Steffi, knackig in ihrem dunkelroten Bikini, sprang zwischendurch auf, hüpfte durch den Sand ins Wasser und ließ die Tropfen spritzen. Sie drehte sich zu Christoph, zog die Mundwinkel hinab, kniff Stirnfalten und drehte ihren Daumen nach unten. Christoph lachte.

„Sei nicht so anspruchsvoll, Steffi, an der deutschen Nordsee ist es auch nicht wärmer!"

Er folgte ihr, sie lief ihm davon, weiter ins Meer hinein, irgendwann erreichte er sie, umfasste sie, sie fielen gemeinsam ins Wasser, balgten sich, bespritzten sich, bis ihnen die kühle Wassertemperatur nichts mehr ausmachte. Später liefen sie, Hände haltend, wieder den Strand hinauf und fielen auf ihre Luftmatratzen. Die heiße, namibische Sonne, die sich vordem mühsam durch den Nebel gekämpft hatte, ließ die Tropfen auf ihrer Haut verdunsten.

Christoph legte sich lang und verschränkte die Hände hinter seinem Kopf. Steffi hatte sich daneben gesetzt und umfasste die Knie mit den Armen. Christoph schaute sie von der Seite her an und beobachtete das Spiel ihrer langen Wimpern, wie sie aus ihrem Profil mit den fülligen schwarzen Haaren herausragten. Seine Gefühle für Steffi waren in diesem Moment so stark, wie er sie noch nie empfunden hatte.

Darüber dachte er nach, als er in der Nacht neben Steffi lag. Steffi war die erste Frau, mit der er sich ein gemeinsames Leben vorstellen konnte, mehr noch, der Gedanke daran machte ihn geradezu euphorisch.

Als er zu der schlafenden Steffi schaute, bemerkte er, dass ihr nacktes Bein aus der Bettdecke herausragte und sich in sein Bett geschoben hatte. Er streichelte es zärtlich. Steffi seufzte im Schlaf und drehte sich um.

Christoph nahm sich vor, ihr nach der Rückkehr aus Namibia einen Heiratsantrag zu machen. Nils hatte mit Friederike wohl genau das Richtige getan, als er sie heiratete, fand er. Vielleicht sollten sie auch daran denken, gemeinsame Kinder zu haben. Ihre Berufsausbildung war abgeschlossen, und die Zeit dafür war gerade günstig. Alle diese Überlegungen taten ihm gut, schläferten ihn ein, zufrieden fiel er in tiefen Schlaf.

Zwei Tage blieben sie in Swakopmund.

Dann ging es weiter in Richtung Süden, immer an der Küste entlang. Nach kurzer Fahrzeit erreichten sie Walvis Bay und unternahmen einen Ausflug zu den Robbenbänken und Flamingokolonien. Kurz darauf verließen sie die Küste und fuhren durch die Wüste Namib nach Osten. Die Gegend wurde immer trockener. Am Horizont türmten sich riesige Sanddünen auf, angeblich die höchsten Wüstendünen der Welt. Als sie eine Ansammlung von Bussen und Geländefahrzeugen erblickten, hielten sie an und machten sich daran, eine der Dünen zu besteigen. Das war schwieriger getan als gedacht, denn bei jedem Schritt rutschte man einen halben Schritt zurück und es war fast nicht möglich, die Füße stabil zu halten. Josef hatte recht, dachte Steffi, in Namibia braucht man Stiefel, Sandalen wären nicht tauglich gewesen.

Die namibische Sonne brannte jetzt unbarmherzig und trieb ihnen das Wasser aus den Poren. Auf halber Dünenhöhe gaben sie auf und fanden, Wohlbefinden geht vor Ehrgeiz.

Nach diesem Ausflug kehrten Steffi und Christoph wieder auf die Hauptstraße zurück und fuhren weiter in Richtung Süden.

„Möchtest du die Wildpferde bei Aus noch sehen?", fragte Christoph.

„Was, Wildpferde in der Wüste? Und was bedeutet Aus?"

„Aus ist der Name eines Ortes und die Wildpferde gibt es wirklich, seit die Deutschen nach dem Ersten Weltkrieg

Namibia verlassen hatten. Es sind heimatlose, übrig gebliebene Pferde, die sich durchgeschlagen und an die Trockenheit der Gegend gewöhnt hatten, so ähnlich, wie die Mustangs in den USA. Der namibische Staat hat sie unter Schutz gestellt und ihnen eine künstliche Wasserstelle gegraben. Es kann auch sein, dass sie aus dem Bestand vom Schloss Duwisib stammen, wo wir heute übernachten werden. Doch davon später. Wenn wir die Wildpferde sehen wollen, müssen wir einen Umweg von zwei Stunden machen. Das geht aber, es ist noch früh."

„Ich möchte die Pferde sehen", sagte Steffi.

Die Gegend wurde nun zusehends freundlicher, als sie wieder das Hochland erreichten. Berge, eher Hügel, erschienen beidseits der Straße und die Savanne mit ihrem steppenartigen Bewuchs, gelbem Gras und eingestreuten Grüninseln öffnete sich. Man ahnte, dass dies wohl Farmland war, doch von der Straße her konnte man keine Farm sehen. Oft sahen sie Tiere, meistens Springböcke, Oryxantilopen, Zebras und Strauße. An der kleinen Ortschaft Betta, die von der Straße nach Duwisib abzweigte, machten sie eine Tankpause und fuhren auf der Hauptstraße weiter. Irgendwann durchfuhren sie einen winzigen Ort mit Hotel und Tankstelle. Er hieß „Helmeringhausen" und erinnerte durch seinen Namen an die deutsche Kolonialzeit..

Bei dem Ort Aus trafen sie auf eine alte Bahnlinie, neben der sie nach Westen weiterfuhren, Richtung Lüderitz. Nach kurzer Zeit kamen sie zu einem Parkplatz, hielten an und gingen zu einem ausgeschilderten Aussichtspunkt. Sie blickten in einen trockenen Talkessel, in dessen Mitte sich eine kreisrunde, künstliche Wasserstelle befand. Es eröffnete sich ihnen ein anrührendes Bild.

Eine Gruppe von ungefähr zwanzig Pferden, meistens Braune, scharten sich um das Wasserloch. Die Gruppe war gemischt, Stuten mit ihren Fohlen, Hengste und Einjährige bildeten eine Gemeinschaft, die auf den ersten Blick in vollkommener Harmonie miteinander zu leben schien. Die Fohlen verhielten sich wie normale Tierkinder, sprangen umher und spielten miteinander. Es fiel auf, dass alle Pferde dünn waren; man konnte die Rippen durch das Fell sehen, das ansonsten bei allen Tieren einen glänzenden und gesunden Eindruck machte. In vertrauter Einigkeit teilten sie sich mit Antilopen und Straußen das Wasserloch. Christoph, der vorher über die Pferde nachgelesen hatte, informierte Steffi.

„Die Wüstenpferde Namibias sind wahrscheinlich genau wie die Wüstenelefanten im Damaraland ein Experiment der Evolution. Mit dem Unterschied, dass die Elefanten bei ihrer Wassersuche auf sich allein angewiesen sind, während die Wüstenpferde ohne das von Menschen angelegte Wasserloch, das du hier siehst, kaum eine Chance hätten."

Eine Weile beobachteten sie die Wildpferde, dann kehrten sie wieder zurück nach Betta, um zum Schloss Duwisib abzubiegen, ihrem Ziel für den heutigen Tag. Die leicht hügelige Farmlandschaft, in der man hin und wieder verstreute Gruppen von Rindern sah, beanspruchte wenig ihre Aufmerksamkeit. Nach einer Biegung lag plötzlich das Schloss Duwisib vor ihnen, inmitten einer mit Bäumen und Büschen besetzten Talmulde, umgeben von Bergen.

Es kam ihnen vor wie aus einer anderen Zeit. Ein mit Zinnen bewehrtes einstöckiges Gebäude bildete ein Quadrat mit Innenhof. Am Eingang erhob sich ein Turm, der wie ein Wächter in die Gegend ragte. Erbaut war das Gebäude aus rotem Sandstein, wohl aus der Gegend gewonnen, den man zu Wänden und Mauern geschichtet hatte, ohne die Außenflächen zu verputzen. Ein Stück deutsches Mittelalter im Nirgendwo.

Das Schloss – eigentlich war es eher ein Schlösschen, denn um sich den Namen „Schloss" zu verdienen, war es zu klein – umgrenzte einen bepflanzten Innenhof. Neben ihm lagen eine Farm, die aus mehreren Gebäuden bestand, und ein Campingplatz. Sie betraten das Haupthaus der Farm und trafen auf den Besitzer, einen Deutschen oder deutschstämmigen Namibier, den sie nach einer Unterkunft fragten.

„Ihr habt Glück, ein Zimmer ist noch frei. Um acht Uhr gibt es Abendessen."

„Und was hätten wir gemacht, wenn keines mehr frei gewesen wäre?" Der Farmer lächelte.

„Dann hätte ich euch ein Zelt geliehen, das hätten wir zusammen ruckzuck aufgestellt. Zu Essen und zu Trinken haben wir genug, das ist die Hauptsache."

Nachdem sie ihr kleines Gepäck in das Zimmer gebracht hatten, gingen Steffi und Christoph zum Schloss hinüber, um es zu besichtigen. Das war erst seit ein paar Jahren möglich, denn der namibische Staat hatte es aufgekauft und zu einem Museum umgestaltet.

Als sie eintraten, befanden sie sich in einer geräumigen hohen Halle, die Ähnlichkeiten mit einem Rittersaal hatte. Gedämpftes Licht fiel durch große Sprossenfenster und eine angenehme Kühle umfing sie. An den Wänden gab es viele Bilder, auch Waffen, Säbel und Gewehre. Zwischen ihnen erblickte man Jagdtrophäen, wie sie in ganz Namibia üblicherweise in Farmhäusern und Lodges an den Wänden hängen, meist Gehörne von Antilopen. Schwere eichene Stühle und kleine Tische und Schränke, ebenfalls aus massiver Eiche, standen im Raum und hoch an der Decke hing ein großer, eiserner Ringleuchter.

Sie gingen nach nebenan und betraten einen Speisesaal. Ein großer, langer Tisch stand in ihm, umgeben von acht schweren, eichenen Stühlen, wohl aus der deutschen Gründerzeit stammend. Zur anderen Seite kam man in einen anderen Raum, dessen Biedermeiermöbel einen freundlichen und lichten Eindruck machten. Alle Räume verfügten über einen Kamin, der sich in einer Ecke versteckte und daran erinnerte, dass es auch im warmen Namibia kalte Nächte geben kann – eingedenk dessen, dass man sich hier, im Hochland, auf einer Höhe von über tausend Metern befand.

„Das Schloss hat 22 Räume. Nur einige davon können besichtigt werden. Die Möbel stammen alle aus Deutschland, die Erbauer und ehemaligen Besitzer von Schloss Duwisib haben sie zu Anfang des zwanzigsten Jahrhunderts nach Namibia kommen lassen", erklärte der Guide, der ihnen das Schloss zeigte. „Die anderen Räume befinden sich noch im Umbau. Das Schloss soll irgendwann ein Hotel werden."

Sie betraten nun den Innenhof. Ein überdachter Gang lief um ihn herum, zur Hofseite mit Säulen begrenzt, zu einer Seite mit einer Mauer geschlossen. Er kam Steffi und Christoph vor wie ein Kreuzgang.

Der Hof war mit einer Grasfläche bedeckt, auf der zwei Jacarandabäume standen. In der Mitte befand sich ein Brunnen, der ursprünglich die Wasserversorgung des Schlosses gesichert hatte. Der Guide, ein Nama, erzählte ihnen viel über die Geschichte des Schlosses. Eine Liebesbeziehung war es, die zum Bau des Schlosses geführt hatte. Der Offizier Hansheinrich von Wolf, Mitglied der deutschen Kolonialtruppe im ehemaligen Deutschsüdwestafrika, hatte eine Tochter des amerikanischen Konsuls in Dresden kennengelernt und geheiratet. Die beiden planten, eine Farm mit Pferdezucht in Afrika zu betreiben und kauften zu diesem

Zweck die Farm Duwisib in der Nähe von Maltahöhe im südlichen Namibia. Kayta, die Frau des Offiziers, verfügte über beträchtliche Geldmittel. Beider Wunsch war es, in einem Schloss zu wohnen und so entstand nach kurzer Bauzeit im Jahr 1909 das Schloss Duwisib.

Doch ihrer Beziehung war kein anhaltendes Glück beschieden. Als sie im Jahr 1914 nach England reisten, um Pferde zu kaufen, brach der Erste Weltkrieg aus. Das Ehepaar wurde von den Briten zunächst in Südamerika interniert, sie konnten jedoch fliehen und von Wolf meldete sich zum Dienst in der deutschen Armee. Bereits 1916 fiel er in Frankreich. Seine Frau kehrte nie wieder nach Afrika zurück und verkaufte das Schloss und das dazugehörende Farmland. Nach wechselnden Besitzverhältnissen übernahm der namibische Staat das Anwesen.

Steffi rührte diese Geschichte. „Es macht mich traurig, dass Menschen nach so viel Aufwand nur fünf Jahre bleiben konnten, um ihren Traum zu genießen."

Am nächsten Tag fuhren sie weiter, über pistenartige Schotterstraßen zunächst nach Maltahöhe und von da aus in die Kalahari, wo sie zwei Tage in einer Lodge blieben. Am Dienstag ging es weiter nach Windhoek.

Ihr Hotel lag mitten im Zentrum von Windhoek; der Eingang und das Restaurant befanden sich im ersten Stock eines Einkaufszentrums, und beides war über eine Rolltreppe zu erreichen. Restaurant und Einkaufszentrum wurden von einem Hochhaus überragt, in dem sich die Hotelzimmer befanden. Den Abend verbrachten sie in der Hotelbar. Nach einer gut durchschlafenen Nacht weckte sie grell die afrikanische Sonne, die mit schrägen Strahlen in ihr Zimmer einfiel.

Es gab nicht viele alte Sehenswürdigkeiten in Windhoek. Es waren ein Fort, aus dem man ein Museum gemacht hatte, ein Denkmal, eine Kirche und ein Verwaltungsgebäude mit Park, alles aus der deutschen Kolonialzeit stammend. Unterhalb von diesen Gebäuden erhob sich das Zentrum von Windhoek, glänzend und strahlend mit seinen Restaurants, Cafés und Edelläden.

Doch es war nur klein und erinnerte zwar an die Zentren europäischer Großstädte, jedoch keineswegs an die von Hauptstädten. Auch die Menschen, die sich in ihm bewegten, ähnelten den Personen, die man auch in der Friedrichstraße in Berlin oder in der Kärntner Straße in Wien hätte treffen können. Die meisten waren gut bis sehr gut angezogen und durchmischten sich mit rucksackschulternden Touristen in Reisekleidung, die sich ihre Kameras umgehängt hatten und einer geringen Anzahl abgerissener und betrübt aussehender Menschen, denen man ihren sozialen Abstieg ansah. Doch es gab einen großen Unterschied: die schwarze Hautfarbe überwog bei weitem.

Besonderen Eindruck machten auf Steffi und Christoph die jungen schwarzen Frauen, die in den Modegeschäften herumstöberten. Entweder trugen sie knappe Miniröcke oder hauteng geschnittene lange Kleider, unten glockenförmig ausgestellt, immer in leuchtenden Farben. Sie betonten ihre Figur mit hochhackigen Schuhen und hatten reichlich Make Up aufgetragen.

„Das ist natürlich etwas, das sie ganz selbstbewusst zur Schau tragen", meinte Steffi. „Diese leuchtenden Farben könnte eine Weiße niemals in ihrem Outfit verwenden, das würde entweder billig oder verrückt aussehen."

Seitlich am Zentrum befand sich ein großer Parkplatz, auf dem private Aufseher auf die Autos aufpassten. Neben ihm hatten Frauen mehrerer namibischer Stämme Stände aufgebaut, an denen sie selbstgemachte Souvenirs an Touristen verkauften. Als Steffi und Christoph in dem Einkaufszentrum, in dem ihr Hotel lag, mit der Rolltreppe in das Untergeschoss fuhren, um Lebensmittel einzukaufen – hier befand sich ein Supermarkt, wie sich auch in Europa die Supermärkte meistens im Untergeschoss von Einkaufszentren befinden – erlebten sie etwas zugleich Überraschendes und Ungewohntes.

Eine Himbafrau mit ihren blanken Brüsten fuhr seelenruhig neben allen anderen die Rolltreppe hinab und kaufte ein. Die traditionelle Tracht der Himba besteht bei den Frauen aus einem Lendenschurz, gamaschenartigen Ringen über den Fußknöcheln, Arm- und Halsschmuck und einer ockerfarbenen Bemalung von Haut und Haar, die Männer tragen eine Art Minirock. Also im Wesentlichen aus Nacktheit. Niemand achtete auf die Frau, das schien ganz normal zu sein und Steffi musste sich den Mund zuhalten, um nicht loszulachen.

Martin hatte sie gebeten, ein paar Sachen für die Farm einzukaufen. Als sie das erledigt hatten, war es Abend. Sie gingen in einem Restaurant essen und kehrten danach gleich zum Hotel zurück, denn sie wollten am nächsten Morgen früh zum Etosha Nationalpark starten. Als sie in ihr Hotelzimmer kamen, sahen sie, wie ein paar Rosenpapageien außen auf der Fensterbrüstung saßen und hörten sie durch das geschlossene Fenster zwitschern. Christoph ging auf das Fenster zu. Die Vögel flogen leider sofort weg.

„Die Tierchen gehören zu den Agaporniden, man nennt sie auch Liebesvögel. Ob sie uns etwas sagen wollten?"

Statt einer Antwort trat Steffi von hinten an ihn heran und legte die Arme um seinen Hals.

Am Donnerstag ging es weiter, sie strebten der Etosha-Pfanne zu. Die Gegend langweilte; ödes, steppenartiges Farmland mit den allgegenwärtigen Zäunen erschien, ab und zu hielt sich der Blick an Termitenhügeln und vereinzelten Kameldornbäumen fest. Okahandja durchfuhren sie ohne Aufenthalt, ließen die Touristenmärkte liegen und fuhren geradeaus weiter.

Die Fahrt dauerte lange. Am späten Nachmittag erreichten sie den Zaun, der den Etosha Park umschloss und steuerten ein Tor mit der Bezeichnung „Anderson Gate" an. Hier wurden sie angehalten und entrichteten eine Eintrittsgebühr für den Park. Es war nun nicht mehr weit bis zum Camp Okaukuejo, dem Ort, wo Martin ihre Unterkunft gebucht hatte. Unterwegs sahen sie, wie Herden von Zebras und Gnus die Straße überquerten.

Das Camp, ebenfalls umzäunt, lag wie ein Fort in der Landschaft. Ein weißer Turm, der wie ein Beobachtungs- oder Verteidigungsturm aussah, verstärkte diesen Eindruck; es handelte sich dabei aber um einen Aussichtsturm für die Besucher des Parks. Eine Anzahl zweistöckiger Bungalows diente als Hotelzimmer und in anderen Gebäuden waren die Küche, Wäscherei und das Restaurant untergebracht. Auch einen Pool gab es. Steffi und Christoph bezogen das Obergeschoss eines Bungalows, das auch über einen Balkon verfügte. Als sie ihn betraten, verschlug es ihnen den Atem.

Vor ihnen, außerhalb des Maschendrahtes, lag glitzernd und klar ein Wasserloch von der Größe eines mittleren Dorfteiches. Um es herum waren diesseits des Zaunes ringförmig Bänke angeordnet; das Ganze wirkte wie ein Amphitheater. Scharenweise strömten Tiere zum Wasser, tranken aus ihm und badeten in ihm. Jede Tierart, seien es Zebras, Gnus oder Antilopen, reihten sich ein und warteten solange, bis eine der Tierscharen das Wasserloch verließ, um es dann ihrerseits zu besetzen. Nur die Elefanten kümmerten sich nicht um die anderen Tiere und gingen hinein, wann immer sie wollten.

Steffi und Christoph war jetzt auch klar, warum die Zebras und Gnus auf der Hinfahrt zum Camp die Straße überquert hatten: sie waren auf dem Weg zum Wasser gewesen.

„Martin hat uns wieder einmal genau den richtigen Tipp gegeben, Christoph", sagte Steffi. „Eigentlich müssen wir überhaupt nicht mehr mit dem Pirschwagen durch den Park fahren. Die meisten Tiere Namibias sehen wir wahrscheinlich schon hier."

„Na ja, Steffi, wir wollen uns ja auch etwas von der Landschaft anschauen. Für heute Abend soll es erst einmal reichen. Wir bleiben auf dem Balkon und sehen uns diesen Tierfilm in 3 D an."

Das Zimmer hatte einen kleinen Kühlschrank. Sie stellten Sekt kalt und zogen sich aus und ihre Badekleidung an, denn sie wollten noch in den Pool.

Nachdem sie sich müde geschwommen hatten, warfen sie sich auf die Wiese und schauten in den namibischen Himmel, über den dünne Wolken zogen. Manchmal sah Christoph zur Seite und blickte Steffi an. Sein Blick zeigte wieder die gleiche träumerische Verliebtheit wie am Anfang ihrer Beziehung. Steffi registrierte ihn und erwiderte ihn zunächst zugewandt und fröhlich. Dann kokettierte sie und legte einen Teil belustigter Skepsis in ihren Blick. Später gingen sie in das Restaurant zum Essen, kehrten zurück, tranken Sekt und beobachteten die Tiere. Als die Sonne untergegangen war, wurde das Wasserloch noch eine Weile von Strahlern beleuchtet. Bald darauf gingen sie zu Bett.

Am nächsten Morgen standen die Pirschwagen bereit. Sie stiegen ein und machten eine Tour von Wasserloch zu

Wasserloch. Manche der Wasserlöcher gab es schon immer, andere waren künstlich angelegt, wie das Wasserloch für die Wildpferde bei Aus. Nach einer Weile kamen sie direkt an den Rand der Etosha-Pfanne. Sie sahen eine riesige, weiß flimmernde Salzfläche, so groß, dass sich der Blick im Horizont verlor. Offensichtlich gab es kein Leben in ihr.

„Die Etosha-Pfanne ist ein großer, ausgetrockneter See, von dem das Salz übrig geblieben ist", informierte sie ihr Guide. „Sein Wasser ist irgendwann einmal in den Untergrund gedrungen, hat sich wie in einer Blase gesammelt, steht unter Druck und dringt an den Rändern der Pfanne an die Oberfläche. Es bildet dann mit Süßwasser gefüllte Wasserlöcher. Angeblich sollen die Wasservorräte noch für Jahrhunderte reichen. Das Wasser ist das Geheimnis der Tiervielfalt des Parks. Dazu kommt, dass hier immer nur wenige Menschen gelebt haben und die Deutschen schon vor mehr als hundert Jahren das Gebiet um die Etosha-Pfanne zum Schutzgebiet erklärt haben."

Sie durchfuhren jetzt weitläufige Ebenen ohne jede Erhebung, jedoch durch ganz unterschiedliche Landschaftsbilder gezeichnet. Wüstenartige Gebiete wechselten sich ab mit Savannen. Manchmal wurde es grün und sie trafen auf Grasflächen mit lockerem Baumbestand, eine Gegend, die wie ein afrikanischer Märchenwald wirkte. Zwischen den Akazien, Kameldorn- und Mopanebäumen schritten würdevoll Giraffen umher, deren Köpfe die Baumwipfel überragten. Überall, wo Buschwerk stand, konnte man nach Perlhühnern Ausschau halten, die sich in kleinen pickenden Scharen auf dem Erdboden bewegten. Auch größere Vögel gab es; die hübsche Riesentrappe mit ihrem langen Hals und den hochbeinigen, schlangenfressenden Sekretär, dessen Kopffedern angeordnet waren wie ein Indianerschmuck.

Auch hier waren wieder häufig Strauße zu sehen, meist in Gesellschaft von Zebras und Antilopen. Die kleineren Gazellen sahen sie meist an den Wasserlöchern, die Impalas mit ihrer Fellzeichnung auf dem Hinterteil, die an das Logo von McDonalds erinnerte, die allgegenwärtigen Springböcke und die zierlichen Dikdiks und Steinböckchen. Ihr Guide zeigte ihnen ein Nashorn, das in einiger Entfernung vor ihnen stand und sie anguckte.

Immer, wenn sie sich einem Wasserloch näherten, konnten sie zunehmende Tierbewegung bemerken. Einmal sahen sie einen männlichen Löwen, der etwa zweihundert Meter vom Wasserloch entfernt hinter einem Busch stand und ein paar Warzenschweine beobachtete, die sich im Schlamm suhlten. Einige Impalas hatten ihn wohl gewittert, denn sie stießen plötzlich einen spitzen Schrei aus und verschwanden. Ein mächtiger Elefantenbulle, der im Wasser stand, blieb gänzlich ungerührt, ebenso wie die bräunlichen Nilgänse, die auf dem Wasser schwammen.

Später sahen sie einen anderen männlichen Löwen, der ein Zebra geschlagen hatte. Er ruhte sich neben dem Zebra aus, von dem er bereits einen Teil gefressen hatte und legte besitzergreifend eine Pranke über das Tier.

„Der ist ja viel größer als die Löwen bei uns im Zoo oder im Zirkus", staunte Steffi.

Um den Löwen und seine Beute herum erblickten sie lebhaftes Treiben. Einige Schakale strichen um ihn und das geschlagene Zebra und kamen ihm bis auf zwei Meter nahe, was ihn überhaupt nicht kümmerte. Eine Schar von elsterähnlichen Vögeln, afrikanische Schildraben, kreisten um den Beuteplatz. Manchmal ließ sich ein Schildrabe kurzfristig auf dem Zebrakörper nieder. Auch zwei Geier beobachten das Szenario in respektvoller Entfernung, ebenso ein Marabu. Mit seinem tief in die Schultern gezogenen Kopf, dessen

Glatze nur spärlich Haare bedeckten und seinem frackartigem Gefieder erinnerte seine Physiognomie an einen in die Jahre gekommenen wilhelminischen Oberlehrer.

Sie blieben eine Weile bei dem Löwen und seiner Beute. Manchmal stand er auf, offensichtlich nur, um seine Sitzposition zu ändern, und legte sich wieder hin. Der Marabu regte sich überhaupt nicht, wechselte nur manchmal das Bein, auf dem er stand und zeigte endlose Geduld.

Am Abend konnten sie noch in dem Wasserloch beim Camp eine komplette Elefantenherde beobachten. Es waren nur weibliche Tiere, Mütter mit ihren Kindern. Die Kleinen sahen überaus niedlich aus, liefen umher und platschten im Wasser, völlig unbekümmert und sich auf den Schutz der Herde verlassend, die sie stets im Auge behielt.

Eine weitere Exkursion am nächsten Tag führte sie weit in den Osten des Parks. Der Pirschwagen erreichte irgendwann ein Schild mit der Aufschrift „Halali", einem abgebildeten Jagdhorn und einer Entfernungsangabe.

„Das sieht ja sehr deutsch aus", bemerkte Christoph.

„Das ist es auch", antwortete ihr Guide. „Halali war ursprünglich einmal ein deutsches Jagdcamp. Als die Jäger die Gegend um die Etosha-Pfanne fast leergeschossen hatten, griff die Kolonialverwaltung ein, verbot die Jagd und ernannte alles zum Naturpark. Eine glückliche Fügung, von der wir noch heute profitieren."

Das Camp „Halali" lag in einer flachen, idyllisch bewachsenen Senke mit Wasserloch. Sie machten dort Pause und hatten Gelegenheit für einen Lunch. Steffi und Christoph nahmen sich hinterher an die Hand, gingen zum Rand des Camps und legten sich unter einer Schirmakazie in das trockene Gras.

Die Rückfahrt zu ihrer Unterkunft brachte noch einen Höhepunkt. Unvermittelt stießen sie auf drei Löwinnen, die unter einer Schirmakazie nebeneinander lagen. Der Pirschwagen hielt und sie schauten sich durch ihre Ferngläser die Raubtiere an.

Es war keine große Entfernung vom offenen Pirschwagen zu der Akazie, höchstens fünfzig Meter. Die Löwinnen blickten unverwandt zu ihnen hin. Es waren sehr aufmerksame Blicke, die sie ihnen zuwarfen und Steffi begann zu denken, wollen sie mir etwas antun, mich fressen, oder sonst was?

Der Guide, ein freundlicher schwarzer Namibier, erahnte ihre Gedanken.

„Löwen haben in Namibia nur einen Feind, und das ist der Mensch. Sie wissen das seit Jahrhunderten und geben dieses Wissen an ihre Nachkommen weiter. Wenn sie dich beobachten, geht es ihnen um ihre Sicherheit. Sie haben eine ihnen nicht bewusste Angst, dass wir ihnen etwas tun, du bist eben für sie der potentielle Angreifer. Sie würden dich auch sofort angreifen, wenn du zu ihnen gehst, aber das tust du ja nicht. Also brauchst du selbst auch keine Angst zu haben."

Es war etwas Philosophisches, was sie da gerade gehört hatte, dachte Steffi. Vielleicht waren die Kriege, welche die Menschen seit Jahrtausenden gegeneinander führten, nichts anderes als Angstkriege.

Etwas weiteres ging ihr noch durch den Kopf.

Sie spürte die Gelassenheit dieser Löwinnen. Drei Löwenfrauen ohne Mann, sich selbst überlassen und trotzdem stolz und selbstbewusst! Wahrscheinlich hatten sie irgendwo auch noch Kinder. Und jetzt standen sie einer möglichen Gefahr gegenüber und ließen sich dennoch nicht aus der Ruhe bringen.

Am Abend überlegten sie zusammen, ob sie den Aufenthalt in Okaukuejo noch verlängern wollten.

Auch über ihren weiteren Reiseverlauf machten sie sich Gedanken.

„Ich meine, drei Tage im Etosha Park sind genug, Steffi. Wir haben jetzt fast alle afrikanischen Tiere gesehen, die in Namibia vorkommen, von Reptilien und Insekten abgesehen."

„Ein Leopard fehlt noch", warf Steffi ein.

„Das wäre auch reiner Zufall. Martin sagte mir, dass Leoparden vor allem nachts aktiv sind und sich tagsüber meistens auf Bäumen verstecken."

„Sollen wir noch weiter nach Norden fahren, zu den Himba ins Kaokoland?"

„Ich meine, nein. Wie die Himba aussehen, wissen wir, wir haben sie ja in Windhoek getroffen. Ich gebe zu bedenken, dass die Straßen im Kaokoland nicht gut sind und wir mehr Zeit einrechnen müssen, um die Entfernungen zu bewältigen. Das heißt, dass wir erst wieder bei Martin ankommen werden, wenn unser Urlaub fast vorbei ist. Wenn wir morgen losfahren, in Richtung Elisental, können wir uns noch die Ugab-Terrassen anschauen, vielleicht noch ein paar andere Sehenswürdigkeiten und sind am Sonntagabend bei Martin. Dann haben wir noch fast eineinhalb Wochen Zeit, etwas mit Martin zu unternehmen."

Steffi war einverstanden.

Als sie wieder durch Khorixas kamen, kauften sie Brot, Obst und Gemüse und andere frische Lebensmittel ein. Nach zwei Stunden weiterer Fahrt erblickten sie wieder den Brandberg in der Ferne, ein Wegzeiger, der ihnen das Gefühl vermittelte, bald wieder in Martins Farm zu sein, ihrem namibischen Zuhause.

Spät am Nachmittag erreichten sie Elisental; dunkel war es noch nicht. Die Kinder liefen aufgeregt durcheinander, als sie Steffi und Christoph bemerkten. Josef kam auf sie zu und begrüßte sie.

„Martin ist noch nicht da, er kommt erst morgen Nachmittag zurück. Wir würden uns freuen, wenn ihr zu uns zum Essen kommt. Um acht Uhr zünden wir das Feuer an."

Steffi und Christoph bedankten sich und nahmen an. Es wurde wieder ein ähnlicher Abend wie zwei Wochen zuvor, sie schwatzten und lachten und bei den Männern kreisten die Bierflaschen. Diesmal hatte sich Steffi besser vorbereitet; aus Martins Buchregal hatte sie ein Buch mit deutschen Volksliedern genommen, sodass sie bei manchen Liedern besser mithalten konnten, als die Nama nach dem Essen ihre Gesänge anstimmten. Um zehn wurden die protestierenden Kinder zu Bett geschickt, denn am nächsten Morgen würde um fünf Uhr wieder der Schulbus kommen. Die Erwachsenen blieben noch eine Weile und Steffi und Christoph sanken todmüde in ihre Betten.

Martin erschien am nächsten Tag mit dem großen Suzuki. Es gab ein großes Hallo und seine beiden Besucher wurden nicht müde, Martin alles zu erzählen, was sie auf ihrer Rundreise erlebt hatten. Er hörte ihnen zu und gab manchmal Kommentare. Für die kommende Woche hatte er bereits einen Plan.

„Ich hab den Donnerstag und den Freitag bereits von der Tierarztpraxis ausgeklammert, weil ich mir schon gedacht hatte, dass ihr hier am Sonntag oder Montag erscheint. Wir könnten dann zum Brandberg fahren, Wasser, Essen und alles andere Notwendige mitnehmen und drei Tage am Fuß des Berges verbringen. Wir machen dann Ausflüge zum Berg, schlafen unter freiem Himmel und ihr werdet Afrika so sinnlich erleben, wie es den Touristen nicht vergönnt ist. Wenn ich nicht zu einem Notfall gerufen werde, müsste alles so klappen."

„Woher willst du in der Wildnis von einem Notfall erfahren?"

„Das lassen wir in diesem Fall darauf ankommen. Ich werde zwischendurch überall da halten oder gezielt dorthin fahren, wo ein Telefon verfügbar ist, also auf den Farmen in der Nähe des Brandberges oder an einer Tankstelle und Josef anrufen. Der wird mir dann sagen, ob irgendwo mein Einsatz erforderlich ist. Vielleicht haben wir auch Glück und erwischen das Handynetz. Nach Möglichkeit mache ich das am frühen Morgen, wenn ihr noch nicht wach seid, damit ihr ausschlafen könnt. Danach werden wir zusammen frühstücken. Noch Fragen?"

Steffi und Christoph verneinten.

Beide hatten sich für das Abendessen Mühe gegeben, Salate zubereitet, Steaks aufgetaut und den Tisch gedeckt, sodass alle es zusammen auf Martins Terrasse genießen konnten.

Als sie am nächsten Tag am Frühstückstisch saßen, klingelte das Telefon. Martin hob ab, sprach kurz mit dem Teilnehmer und wandte sich an Christoph.

„Nils ist am Telefon. Er möchte dich sprechen, Christoph." Christoph ging zum Telefon und sprach fast eine halbe Stunde mit Nils. Steffi und Martin wunderten sich. Christoph legte auf und kam zurück. Er machte ein ernstes Gesicht.

„Ich werde nach Deutschland zurückfliegen müssen, meine Lieben, am besten gestern. Bei uns in der Kanzlei brennt es, sinnbildlich gesagt."

„Warum?", entfuhr es Steffi.

„Weil einer unserer wichtigsten Kunden, der Autohändler Reinhold & Co, gestern von der Steuerfahndung heimgesucht worden ist. Reinhold & Co vertreiben mehrere Automarken, haben Niederlassungen rund um Hannover und machen einen jährlichen Umsatz, der im zweistelligen Millionenbereich liegt. Es geht um Steuerhinterziehung, und das ist eine Straftat, jedenfalls in Deutschland. Was genau ihnen die Steuerfahndung vorwirft, wissen wir nicht, das müssen sie in einem laufenden Ermittlungsverfahren auch nicht preisgeben. Jedenfalls haben die Beamten in der Hauptniederlassung und mehreren Filialen die Büros durchsucht und jede Menge Akten mitgenommen. Klaus Reinhold, der größte Gesellschafter und Geschäftsführer, hat in seiner Not natürlich sofort unsere Kanzlei angerufen und Nils hat sich auch umgehend auf den Weg gemacht und war bei der Durchsuchung in der Hauptniederlassung zugegen.

Das Problem ist, Nils kennt den Kunden kaum und versteht nicht so viel vom Wirtschafts- und Steuerrecht. Wie ihr wisst, haben wir uns bei unserem Eintritt in die Kanzlei aus gutem Grund spezialisiert. Also obliegt das Problem „Reinhold & Co" zuallererst mir. Der Kunde ist für unsere Kanzlei so wichtig, dass es einen herben Rückschlag bedeuten würde, wenn wir ihn verlieren."

„Was nun?"

„Ich muss zurück, so schnell wie möglich. Ich werde gleich am Flughafen anrufen und den nächsten Flug von Windhoek nach Frankfurt buchen."

Es stellte sich heraus, dass der nächste mögliche Flug erst für den nächsten Tag vormittags buchbar war.

„Ist schon in Ordnung", sagte Christoph, „heute hätte ich es sowieso nicht mehr pünktlich zum Flughafen geschafft."

„Ich komme mit", sagte Steffi entschlossen, „ich möchte dich nicht allein lassen."

„Kommt nicht infrage", antwortete Christoph, „dein Urlaub soll so zu Ende gehen, wie es ursprünglich vorgesehen war, du sollst ihn dir nicht verderben lassen, Martin ist ja bei dir. Und dein Rückflug wird erst am nächsten Donnerstag stattfinden, genau so, wie es geplant ist. So schlimm ist es auch nicht, allein zu fliegen."

Sofort packte Christoph zusammen. Eine Stunde später stiegen Steffi und Christoph wieder in Martins kleinen Suzuki und machten sich auf den Weg nach Windhoek.

In Windhoek übernachteten sie wieder in dem gleichen Hotel, in dem sie vor einer Woche gewesen waren. Steffi rückte in der Nacht nah an Christoph heran und flüsterte:

„Ich habe Angst, Christoph."

„Wovor und warum?"

„Ich weiß es selber nicht. Vielleicht vor mir."

Sie frühstückten zeitig und fuhren gleich danach zum Flughafen, denn Christophs Flug sollte um zehn Uhr starten. Der Abschied verlief kurz. Christoph nahm Steffi in seine Arme und flüsterte ihr ins Ohr:

„Mach dir noch eine schöne Woche. Spätestens am nächsten Donnerstag sehen wir uns wieder."

Als Steffi hinausgegangen war, verweilte sie noch. Sie schaute zu, wie das Flugzeug mit Christoph darin sich erhob und die Richtung nach Norden einschlug. Der namibische Himmel war wolkenlos, sie wartete noch so lange, bis sie es nicht mehr sehen konnte. Dann gab sie sich einen Ruck, setzte sich in das Auto und fuhr nach Elisental zurück.

Martin war noch unterwegs, als sie ihr Ziel erreichte. Sie stellte eine ungewohnte Ruhe auf der Farm fest, denn die Kinder waren ausgeflogen, zu ihrem Schulunterricht nach Khorixas.

Als Martin zurückgekommen war, aßen sie zu Abend, wechselten jedoch dabei nur wenige Worte. Martin, der gerade selbst nicht sonderlich gesprächig war, hob fragend seine Augenbrauen. Steffi blickte zurück und schüttelte kurz den Kopf. Nach einer Weile brach Martin das Schweigen.

„Ich kann es verstehen, Steffi, dass der plötzliche Aufbruch von Christoph dich deprimiert. Ich muss trotzdem wissen, ob der geplante Ausflug zum Brandberg stattfinden soll. Wenn du möchtest, können wir ihn auch ausfallen lassen." Steffi überlegte einen Moment. „Ach Martin, lass uns ruhig dahin fahren. Vielleicht ist das ganz gut, dann komme ich möglicherweise auf andere Gedanken."

Am nächsten Abend war Martin lange damit beschäftigt, den großen Suzuki zu packen. Er lud Holz ein, mehrere Kanister mit Wasser, eine große Tiefkühlbox für die Lebensmittel, Matratzen, Decken und Kochutensilien. Inzwischen hatte Christoph angerufen und berichtet, er sei gut in Deutschland angekommen.

Am Donnerstagvormittag starteten sie, zunächst den kleinen Ort Uis am Rand des Brandberges ansteuernd. Außer einer Tankstelle mit beschränkten Einkaufsmöglichkeiten gab es nicht viel dort; leer stehende Hütten zeigten an, dass es hier einmal mehr Leben gegeben haben musste. Martin bemerkte:

„Hier wurde einmal Zinn gefördert, doch die Ausbeute hatte sich auf Dauer nicht gelohnt. Im Moment geht es durch den Tourismus mit Uis wieder etwas aufwärts, weil manchmal Bergsteiger kommen, welche die Gipfel des Brandberges besteigen wollen. Andere interessieren sich für die Felszeichnungen, die hier vor Jahrtausenden entstanden sind. Der Königstein auf dem Brandberg, höchste Erhebung Namibias, ist zwar mehr als 2500 Meter hoch, doch das ist relativ, weil wir uns im namibischen Hochland befinden, einer Gegend, die selbst schon fast tausend Meter hoch liegt."

Je näher sie dem Brandberg kamen, desto mehr fiel ihnen die vielfältige Struktur des von der Ferne her so kompakt erscheinenden Bergstockes auf. Trockene Täler und Felsüberhänge erschienen; manchmal stuften sich die Felswände nach oben hin galerieartig ab.

Martin umfuhr das Brandbergmassiv in westlicher Richtung durch eine Buschsavanne, die sich zum Süden hin in der Namib verlor. Irgendwann verließ er die Schotterpisten und bewegte den Suzuki auf nacktem Gelände. Ein flaches Tal mit oasenartigem Streubewuchs erweckte ihre Aufmerksamkeit.

„Das ist das Tal des Messum, des einzigen Flusses, der vom Brandberg jemals zum Meer hin geflossen ist, Steffi", sagte Martin. „Er entspringt am Fuße des Königssteins, doch was heißt, entspringt? Es gibt keine Quelle und seit Jahrzehnten liegt er trocken. Vielleicht führt er ab und an mal Wasser, wenn es viel geregnet hat, sowas kommt öfter in Namibia vor."

Bald erschien im Westen eine Ansammlung niedriger Berge, den Weg zum Meer weisend.

„Das sind die Gobobosebberge", sagte Martin. „Hier findet man verschiedenartige Quarze und Amethyste, manche so rein wie nirgendwo auf der Welt."

Er fuhr jetzt etwas ziellos, schien einen bestimmten Punkt am Rand des Brandbergmassives zu suchen. An einem Felsüberhang machte er Halt.

„Wir haben unser Ziel erreicht, Steffi. Hier werden wir übernachten." Er holte die Matratzen und Decken aus dem Auto und platzierte sie auf einer leichten Schräge des Bodens. Ein paar Meter von ihrem Schlafplatz entfernt richtete er die Feuerstelle her. Zu diesem Zweck streifte er durch die Umgebung, sammelte trockenes Buschholz, schichtete es übereinander und bedeckte es mit den mitgebrachten Holzscheiten. Unter dem Felsüberhang war es kühler als im freien Gelände. Sie tranken etwas Wasser und aßen etwas Obst, dann ruhten sie sich auf ihren Schlafplätzen von der holprigen Fahrt aus. Steffi holte ein Buch hervor und las darin. Bald fielen ihr die Augen zu und sie sank in einen Nachmittagsschlummer. Vorher hatte sie noch zur Seite geblickt und festgestellt, dass Martin ebenfalls eingeschlafen war. Als sie erwachten, stand die Sonne bereits im Westen, über den Gobosebbergen.

Martin stand auf.

„Langsam müssen wir das Feuer anzünden, damit wir noch vor Einbruch der Dunkelheit essen können." Er schob ein Stück Papier unter den Holzstapel und zündete es an. Das Feuer brannte rasch. Als der Stapel etwas zusammengesunken war, holte er aus dem Auto einen Eisentopf und stellte ihn mitten auf das Feuer, sodass kleine Flammen an seinen Seiten empor züngelten. Das knisternde Feuer erzeugte wohlige Behaglichkeit. Ab und zu lüpfte Martin den Deckel und schaute in den Topf. Als der Inhalt anfing zu brodeln, nahm er den Topf vom Feuer, schöpfte zwei Teller voll und stellte sie auf den Boden vor den Schlafplätzen. Steffi probierte. Das Abendessen war ein Eintopf, eine Mischung aus gestampften Maiskörnern, viel Gemüse und Rindfleisch, alles kräftig gewürzt. Er schmeckte sehr gut.

„Ich habe gar nicht gemerkt, dass du dieses leckere Essen zubereitet hast?", Steffi schaute Martin fragend an. Martin grinste.

„Hab ich auch nicht. Der Eintopf ist eine Spezialität der Nama. Emilie und Käthe kochen ihn immer auf Vorrat. Ich habe für uns abgezweigt."

„Merkwürdig", sagte Steffi, „dieser Eintopf ist das einzige perfekte an diesem Abend. Alles andere, Herd, Geschirr, Schlafplatz ist primitiv, aber trotzdem irgendwie schön."

„Kein Wunder, wie du empfindest", antwortete Martin. „Es nervt, das Perfekte. Der aufgeräumte Ziergarten, das scheinbar für die Ewigkeit geschaffene Bauwerk und der stets aufrechte Mensch. All das ist genauso dumm wie ein tausendjähriges Reich. Das Unperfekte zieht an, das Temporäre, das Unfertige. Im Vergehen und Werden liegen der Reiz, die Fantasie und die Seele. Hier kann man leben; Perfektion imponiert vielleicht, doch man liebt sie nicht wirklich. Der schläfrige Hund vor dem schäbigen Landhaus erweckt die Sinne, nicht der gepflegte Palast, den die Menschenrudel besichtigen. Auch die perfekten Menschen in den Medien erwecken keine Sinne. Irgendwann werden ihre Knochen in den Gräbern genauso nichtssagend aussehen wie ihre Gesichter im Fernsehen."

Mittlerweile war die Sonne weiter gesunken, der Himmel begann sich rosa zu färben. Eine weiche Abendstimmung entstand. Nirgendwo war ein Laut zu hören. Steffi und Martin schwiegen für eine Weile. Steffi spürte wieder dieses einschläfernde Wohlgefühl, jenen Eindruck, den sie bereits an ihrem ersten Abend in Afrika gewonnen hatte. Martin blickte sie an und begriff sofort.

„Wer das nicht fühlt, versteht Afrika nicht, Steffi."

Später legten sie sich auf ihre Matratzen, deckten sich zu und blieben noch lange wach. Sie schauten zu, wie der Mond über den Horizont zog. Steffi hört ein Geräusch, ein langgezogenes Geheul, welches mit ein paar Kläfflauten endete.

„Was war das, Martin?"

„Ein Schakal. Er gibt so ähnliche Lautäußerungen von sich wie die Hunde oder Füchse bei uns in Deutschland, ist ja auch mit ihnen verwandt. Weil er ein Nachtjäger ist, hörst du ihn fast nur in der Nacht."

„Wieso Nachtjäger? Ich habe auf meiner Reise mit Christoph tagsüber jede Menge Schakale gesehen!"

„Der Schakal ist auch ein raffinierter Abstauber und macht sich am Tag gern an die Beute von anderen Großraubtieren heran. Für die Nama ist er der Inbegriff der Schlauheit, obwohl sie ihn hassen, weil er auch ein abgefeimter Dieb ist, der sich an ihrem Geflügel vergreift."

Steffi war kurz vor dem Einschlafen, als sie noch ein weiteres Geräusch wahrnahm. Ganz aus der Ferne schien es zu kommen, mehrere raue Laute vermischten sich mit etwas, das sich wie ein schrilles Gekreische anhörte. Martin war noch wach. Er beugte sich zu Steffi. Die Stille, die sie umgab, ließ ihn flüstern.

„Das sind Paviane, Steffi. Irgendein größeres Raubtier, eine Hyäne oder eher noch ein Leopard wird sie aufgeschreckt haben. Ein Schakal kann es nicht sein, der traut sich nicht an eine Herde von Pavianen heran."

„Und was passiert jetzt?"

„Wahrscheinlich nichts. Die Paviane werden den ungebetenen Gast verscheuchen. Ein Leopard kann nur Jagderfolg haben, wenn er ein Jungtier zufällig erwischt.

Der größte Schutz der Paviane ist ihr Sozialverhalten. Nachts rücken sie eng zusammen, wobei sie die Jungtiere in ihre Mitte nehmen. Werden sie angegriffen, fallen sie zu mehreren über den Angreifer her. Sie haben ein kräftiges Gebiss und können mit ihm tiefe Wunden reißen. Auch ein Leopard hat das nicht so gern. Der einzige Feind der Paviane ist der Mensch, weil er sie aus der Entfernung erschießen kann. Das wissen sie genau und gehen ihm deshalb aus dem Weg, soweit es möglich ist."

„Kannst du denn überhaupt wilde Tiere medizinisch behandeln?"

„Im Prinzip schon, das habe ich mehrfach getan. Viele Farmer halten sich Wildtiere in Gattern, damit ihre Logiergäste etwas zum Angucken haben. Es gibt auch Aufzuchtfarmen, die verwaiste Jungtiere oder verletzte Tiere, die man eingefangen hat, aufpäppeln, um sie später in die Freiheit zu entlassen. Die Regierung unterstützt das mit Geld."

Als die Geräusche abebbten, schliefen sie ein.

In den nächsten Tagen machten sie mit dem Suzuki Ausflüge rund um das Brandbergmassiv. Manchmal drangen sie in kleine Seitentäler vor, bis es mit dem Fahrzeug nicht mehr weiter ging. Dann stiegen sie aus und kletterten über Pfade hoch, wobei sich ihnen immer neue Ausblicke eröffneten. Es war heiß, und sie achteten darauf, genug Wasser bei sich zu haben und machten um die Mittagszeit immer Rast unter Felsüberhängen. Manchmal trafen sie auf Wanderer oder Bergsteiger, darunter waren auch Deutsche. An verschiedenen Stellen zeigte Martin Steffi Felszeichnungen der Ureinwohner Namibias, die sich meist an Höhlenwänden oder in Felsmulden befanden. Außer Abbildungen von Menschen, manchmal mit Speeren oder Bögen bewaffnet, fanden sie viele Abbildungen afrikanischer Tiere, wie sie auch heute noch in Namibia vorkommen. Martin erklärte:

„Das sind fast fünfzigtausend Felszeichnungen, die man hier am Brandberg gefunden hat. Sie sind zwischen zweitausend und fünftausend Jahren alt und stammen wahrscheinlich von den Vorfahren der Nama. Dass sie erhalten sind, liegt daran, dass sie nicht vom Regen abgewaschen werden konnten, weil die Felswände sie geschützt haben. Du siehst also, dass unsere menschlichen Vorfahren wohl dort ihre Lager aufgeschlagen haben, wo auch wir abends unsere Nacht verbringen: in freier Natur und unter Felsüberhängen, damit sie Schatten hatten und vor Regen geschützt waren. Wahrscheinlich haben sie sich auch das Sozialverhalten von den Pavianen abgeguckt und konnten sich so gegen die Raubtiere zur Wehr setzen. Das Klima muss damals schon sehr warm gewesen sein, sonst wäre eine solche offene Lebensweise nicht möglich gewesen, darauf weisen die Zeichnungen ebenfalls hin. Allerdings muss es hier einmal mehr Wasser gegeben haben, denn manche Forscher erkennen in den Felszeichnungen Krokodile, und die gibt es hier nun wirklich nicht mehr. Die bekanntesten Felszeichnungen von Namibia befinden sich in Twyfelfontein, ganz in der Nähe von Khorixas. Ich habe euch damals nicht darauf aufmerksam gemacht, denn Twyfelfontein ist touristisch bereits sehr überlaufen und hier erlebst du das viel ursprünglicher."

Jeden Abend kehrten sie zu ihrem Schlafplatz zurück und genossen nach dem Essen den Sonnenuntergang. Die Ausflüge hatten sie müde gemacht und so sanken sie jedes Mal kurz nach dem Einbruch der Dunkelheit in einen langen, traumlosen Schlaf.

Am Sonntag packten sie zusammen und fuhren heim. Unterwegs sagte Steffi:

„Wir haben uns jetzt drei Tage nicht gewaschen, Martin. Du liebe Güte, was müssen wir stinken!" Martin feixte.

„Das ist so, als wenn wir beide Knoblauch gegessen hätten. Wir merken das nicht mehr, nur die anderen."

Als sie auf der Farm ankamen, entluden sie den Suzuki schnell und stiegen anschließend unter die Dusche.

Danach stellte Martin Medikamente und Instrumente für die Tierbehandlung zusammen, denn er wollte am Montag mehrere Farmen besuchen. Steffi hatte ein kurzes, gelbes Sommerkleid angezogen und deckte den Tisch für das Essen auf der Terrasse, wo sie den Abend verbringen wollten. Martin holte Holz aus dem Schuppen und richtete den

Kamin in der Wohnhalle her. Sie aßen und tranken und unterhielten sich über das, was sie auf ihrem Ausflug zum Brandberg erlebt hatten. Steffi, der ihre frischgewaschenen Haare seidig glänzend auf die Schultern fielen, sah reizvoll aus mit ihrer satten dunkelbraunen Hauttönung, die ihr die Sonne Namibias verschafft hatte. Sie war bester Laune, lachte und scherzte mit Martin, als er sie neckte:

„Wenn du noch länger in Namibia wärest, würdest du aussehen wie eine Nama!"

Als es dämmerte, hörten sie die Gesänge der Nama herüberschallen, vermischt mit dem Zirpen der Zikaden. Martin zündete das Feuer im Kamin an, holte eine gekühlte Flasche Weißwein von der „Kristall-Kellerei" und Mineralwasser aus dem Kühlschrank und stellte beides auf den Tisch. Sie tranken und schauten auf die Berge. Als es dunkel war, nahmen sie ihre Weingläser, gingen ins Haus und setzten sich auf das Ledersofa vor dem Kamin. Eine Weile schauten sie auf die Flammen des Feuers, dann wanderten ihre Blicke zurück und streiften sich, um dann aneinander hängen zu bleiben.

„Ich habe das Gefühl, du denkst an das gleiche wie ich", sagte Steffi leise.

„Das kann durchaus sein. In meinen Augen haben sich gerade das Kaminfeuer in einen bullernden Kanonenofen, der Blick auf die Terrasse in einen Blick auf die Leineniederung und das Ledersofa in ein schäbiges Klappsofa verwandelt."

„Also an das Riedhaus?" Martin nickte.

„Weißt du, dass es für mich das erste Mal war?"

„Für mich war es auch das erste Mal", sagte Martin.

„Aber du hast doch ..."

„Ja, ich habe was dabei gehabt. Besser, man hat vor dem ersten Mal etwas dabei als nach dem ersten Mal."

Ihre Blicke hielten immer noch aneinander fest. Steffi seufzte und lehnte ihren Kopf auf Martins Schulter. Martin strich ihr sanft über die Augenbrauen.

Steffi war es, als würde sie von einem Film überfallen. Unzählige Bilder, Gedanken und Gerüche jagten in Sekundenschnelle kaleidoskopartig durch ihr Bewusstsein. Martin nahm ihren Kopf zwischen seine Hände, beider Lippen näherten sich. Ihre Münder saugten sich fest, es kam ihnen wie endlos vor. Als sie einander losließen, schob Steffi ihre Hand unter Martins Oberhemd und Martin zog ihr langsam das Kleid herunter. Sie zögerten einen Augenblick. Dann standen sie auf. Martin nahm Steffi auf seine Arme und trug sie in sein Schlafzimmer.

Es war so, als habe sich etwas gelöst, was seit undenklichen Zeiten gefesselt war. Beide kamen gleichermaßen zum Höhepunkt, Steffi schrie, ihr Schrei überraschte sie und ihr Körper schien ein Eigenleben zu führen; zuckend ebbten ihre Körperbewegungen ab, während Martins Körper seine Spannung ruckartig verlor und sich so abschlaffte, dass er fast auf Steffi fiel.

Eine augenblickliche Müdigkeit machte sie für eine Weile sprachlos. Martin gewann als erster seine Sprache wieder.

„Das musste einfach passieren. Ich bin überzeugt, du hast es vorher geahnt?"

„Natürlich. Doch es war so wie mit dem Kaninchen und der Schlange. Ich sah es kommen, doch ich hatte Angst davor. denn ich habe auch befürchtet, dass hinterher alles anders sein würde und so ist es auch."

„Bereust du es?"

„Nicht wirklich. Das einzige, was mich belastet, ist mein Undank gegenüber Christoph. Er hat es nicht verdient."

„Von mir kannst du weder ein Schuldgefühl noch ein schlechtes Gewissen erwarten, was Christoph betrifft, Steffi.

Dazu habe ich viel zu lange auf diesen Tag gewartet. Es hat nichts damit zu tun, dass Christoph mein Freund ist."

„Dann hast du es gut, Martin. Mir geht es schlechter. Meine Gefühle spielen im Moment verrückt, und ich weiß nicht, wie ich da herauskommen soll. Bin aber selber schuld, habe es ja gewusst."

„Kann ich dir helfen?"

Steffi lächelte ihn an.

„Natürlich. Sei ein bisschen nett zu mir."

Martin umfasste Steffi, streichelte sie am ganzen Körper, bis sie ein sattes, zufriedenes Gesicht zeigte. Sie tauschten Zärtlichkeiten aus, bis sie müde wurden. Dann schliefen sie zusammen ein.

Als Steffi am nächsten Tag erwachte, war Martin schon fort. Sie wusch sich, räumte auf und frühstückte. Als sie auf den Hof trat, begegnete sie Käthe und Emilie, die dabei waren, Futter für das Geflügel und die Ziegen zu holen. Auf den ersten Blick sah sie, dass die beiden Frauen genau wussten, was gestern passiert war.

„Einen guten Morgen für euch. Wisst ihr, wo die Männer sind?", fragte Steffi.

„Josef, Tobias und Friedrich sind mit dem Pickup auf der Farm unterwegs", antwortete Emilie, „und Martin ist schon ganz in der Frühe losgefahren und macht seine Farmrunde. Er kommt meistens um sechs Uhr zurück."

„Kann ich euch bei der Arbeit helfen?"

„Gern. Wir trinken dann am Mittag einen ordentlichen Kaffee. Käthe hat einen Kuchen gebacken. Zum Abend laden wir euch zum Essen ein. Es gibt aber nur Eintopf."

„Danke. Ich hab ihn schon probiert, er schmeckt köstlich."

„Dann komm mit uns. Es gibt nichts Besseres, als sich nach einer unruhigen Nacht mit Arbeit abzulenken. Wir kennen das", kicherte Käthe.

Steffi versuchte es. Es gelang ihr nicht ganz, denn manchmal befiel sie ein rauschhaftes Gefühl der Sehnsucht, wenn sie an Martin dachte.

Am späten Nachmittag hörte sie das Motorengeräusch des Suzuki. Sie ließ die Arbeit liegen und lief auf das Fahrzeug zu. Als Martin ausstieg, stellte sie sich mit flammend rotem Gesicht dicht vor ihn und flüsterte:

„Lass uns schnell ins Haus gehen!"

Sobald sie im Flur waren, fielen sie sich in die Arme; sie drückten ihre Körper und Lippen fast endlos aneinander. Dann stürzten sie sich in das Schlafzimmer.

Hinterher lagen sie nur kurz still. Dann richtete sich Steffi auf. Ihre nackten Brüste lagen dicht vor Martins Gesicht. Martin küsste ihre Brustspitzen.

„Ich kann nicht übermorgen nach Deutschland zurückfliegen, Martin. Es geht einfach nicht."

„Du kannst so lange bei mir bleiben, Steffi, wie du möchtest. Am besten für immer." Sie lachte gequält.

Am Nachmittag rief sie am Flughafen Windhoek an und sagte den Flug ab.

Am Mittwoch rief Christoph an und fragte Steffi, wann er sie vom Flughafen Hannover abholen könne.

Am Telefon entstand eine längere Pause. Christoph fragte: „Bist du noch dran, Steffi?"

„Ja. Ich komme nicht nach Deutschland zurück, jedenfalls nicht jetzt."

Die vielen Gedanken, die Christoph in diesem Augenblick durch den Kopf schossen, führten dazu, dass auch er eine Pause machen musste. Dann verdichteten sich seine Gedanken.

„Martin?"

„Martin."

„Ich brauche dir nicht zu sagen, wie schlecht es mir in diesem Moment geht, Steffi. Hast du dir das alles richtig überlegt?"

„Nein, Christoph. Ich kann nicht mehr überlegen."

Als er merkte, wie ihre Stimme in die Höhe stieg, wurde ihm bewusst, dass sie vermutlich weinte oder zumindest nahe daran war.

„Wenn es so ist, wie du sagst, kann man nichts machen. Du musst tun, was du tun musst."

„Versuche, mich nicht zu hassen, Christoph. Ob du es glaubst oder nicht, du fehlst mir."

„Ich hasse dich nicht, Steffi."

Als sie aufgelegt hatten, liefen Steffi die Tränen über das Gesicht. Martin blickte sie fragend an.

„Komm, nimm mich in deine Arme!"

Als Steffi sich ausgeweint hatte, sagte sie:

„Es ist mir noch nie in meinem Leben passiert, dass ich so viel Glück und Schmerz zur gleichen Zeit gespürt habe."

Am gleichen Abend sprachen sie lange miteinander, um alles, was gerade zwischen ihnen passiert war, mit ihrem bisherigen Leben in Einklang zu bringen. Sie kamen zu keiner Lösung. Steffi, die sonst so selbstbewusst und keck auftrat, hatte im Moment eine jäh aufkeimende Angst, allein zu sein und bat Martin, sie bei seiner Arbeit auf den Farmen begleiten zu dürfen. Martin war das mehr als recht.

„Wir laufen jetzt in etwas hinein, Steffi, von dem wir beide nicht wissen, wie es endet. Wir müssen es einfach durchmachen, das ist der einzig sinnvolle Weg. Und außerdem kann ich jemanden gut gebrauchen, der mir bei meiner Arbeit assistiert."

Von nun an wurde Martin jeden Tag von Steffi begleitet. Er zeigte ihr, wie man bei der Untersuchung von Großtieren Hilfestellung leistet, wie man die OP-Instrumente für einen

Eingriff vorbereitet und hinterher aufbereitet und sterilisiert und vieles mehr. Die Fahrten durch die namibischen Landschaft, der warme Wind, der über ihre Körper strich, die Gespräche mit Farmern und ihren Mitarbeitern in verschiedenen Sprachen und das Blöken der Rinder und das Bellen der Hunde wandelten Steffis sinnliche Erfahrung von Namibia, wie sie sie als Besucherin erfahren hatte, rundeten sie ab und näherten sich dem Empfinden von Martin.

Doch die Euphorie, in deren Bann sich Steffi befand, blieb nicht ungestört. Ein Gefühl der Hilflosigkeit wuchs in ihr, schleichend, unheimlich, ein Gefühl, welches sie nie zuvor erlebt oder durch ihr Ungestüm und ihr Selbstbewusstsein verdrängt hatte. Es hatte nichts mit Schuldgefühlen gegenüber Christoph zu tun, sondern eher mit animalischer Furcht, Furcht vor Konsequenzen und Zukunft.

Die Ungewissheit über die Zukunft ihres Zusammenseins ließ beide ungestüm und tosend in eine Sackgasse laufen. Martin, der ruhige Martin, ließ sich schäumend treiben, und Steffi lebte in einer Mischung aus Verzweiflung und Lust.

Eines Tages rief Friederike an. Sie kam sofort zur Sache.

„Steffi, du brauchst mir nichts zu erzählen. Dass zwischen dir und Martin früher etwas gelaufen war, hast du zwar nie richtig zugegeben, doch ich habe es mehr als geahnt. Dein merkwürdiges Verhalten zwischen Unsicherheit und versteckter Sehnsucht bei Martins seltenen Besuchen konnte keine andere Erklärung haben. Mit der Sehnsucht hat es so seine Bewandtnis. Jeder Mensch hat seine Sehnsucht, es sei denn, er ist ein Langeweiler, den niemand haben will. Und jeder geht anders mit seiner Sehnsucht um, mir scheint es, du hast sie eher begraben wollen. Es liegt ein hohes Risiko darin, seine Sehnsucht zu begraben, man macht sich und andere damit meistens nur unglücklich. Du hast etwas nicht ausgelebt, was ausgelebt werden musste."

„Und was soll ich jetzt tun, Friede?"

„Es nachholen. Was dabei herauskommt, kann niemand vorhersagen. Die Menschen können gut in die Vergangenheit sehen – das tu ich jetzt gerade – nicht so gut in die Gegenwart und schlecht in die Zukunft. Es ändert sich aber nichts, wenn man das weiß. Mein Bruder leidet natürlich, das brauche ich dir nicht zu sagen, doch er denkt genauso wie ich und versteht alles. Von Schuld wollen wir überhaupt nicht reden, du hast keine Schuld, an was auch immer. Übrigens: in eurer Wohnung ist alles so wie zuvor. Deine Sachen liegen in den Schränken, die Möbel stehen immer noch am gleichen Platz und niemand hat vor, daran etwas zu ändern."

„Danke, Friede." Steffis Stimme begann zu zittern, Friederike merkte es.

„Du brauchst dich nicht bei mir zu bedanken. Es ist übrigens noch etwas passiert. Else Löbmann ist vor zwei Tagen gestorben." Steffi erschrak.

„Wie das?"

„Es muss ein plötzlicher Herzanfall oder ein Schlaganfall gewesen sein. Sie hatte ja schon immer starkes Übergewicht. Ihre Tochter wollte sie besuchen und fand sie tot in ihrem Lehnstuhl in der Küche sitzend. Übermorgen ist die Beerdigung. Wir gehen alle hin."

„Das tut mir leid!"

„Muss es nicht, sie hat wenigstens einen schönen Tod gehabt. Sie war ja auch schon weit über siebzig."

Friederike versprach, mit ihr in Kontakt zu bleiben. Sie verabschiedeten sich.

Das Gespräch mit Friederike machte Steffi nachdenklich, jedenfalls in jenem Umfang, der ihr im Moment möglich war. Ihr wurde bewusst, dass Friederike, die leichtlebige Friederike, die früher einer kleinen Affäre durchaus zugeneigt war,

208

in Wirklichkeit viel zielstrebiger gehandelt hatte als sie. Ihr war wohl schon länger klar geworden, dass sie mit Nils zusammenbleiben wollte, und gerade aus diesem Grund hatte sie sich ausprobiert. Sie wollte eben sicher sein, dass Nils der richtige Partner für sie war. Als sie diese Sicherheit gewonnen hatte, ging sie mit Nils die Ehe ein, ein folgerichtiger Schritt.

Dagegen hatten weder sie selbst oder Christoph jemals über die Zukunft ihrer Beziehung gesprochen. Sie hatten zwar niemals Affären gehabt, doch vielleicht war gerade diese Treue ein Fehler gewesen.

Der März rückte näher und damit eine wichtige Entscheidung, die sie treffen musste. Ursprünglich hatte sie vorgehabt, in die Zahnarztpraxis Krüger/Weigand in Hannover einzutreten. Mittlerweile war etwas Ruhe eingekehrt, was ihr Leben mit Martin in Namibia betraf. Also schrieb sie nach einigem Zögern einen Brief an ihre Kollegen und sagte die Stelle ab. Danach telefonierte sie mit ihrer Mutter, die sie bereits nach dem Gespräch mit Christoph davon informiert hatte, dass sie vorerst in Namibia bleiben wolle. Gabriele Bertram bedauerte ihre neuerliche Entscheidung, hatte aber Verständnis dafür und machte ihr keine Vorhaltungen. Doch im Rahmen dieser Entscheidung entstand bei Steffi ein neues Nachdenken über die Rolle, die sie für sich in Namibia suchen musste, sollte sie wirklich mit Martin auf Dauer hier leben wollen.

Sie sah ein, dass kein Weg daran vorbeiginge, auf irgendeine Weise ihren Beruf wieder aufzunehmen. Bald würde ihr Touristenvisum ablaufen, und wenn sie in Namibia bleiben wollte, musste sie eine Arbeitsgenehmigung bekommen. Sie sprach darüber mit Martin, der ihr sofort zustimmte.

„Normalerweise ist es nicht ganz einfach, hier als Ausländer eine Arbeitsgenehmigung zu erhalten, Steffi. Der Grund ist, Namibia hat selbst schon eine hohe Arbeitslosigkeit. Also gibt es nur eine Genehmigung für Menschen, deren Beruf hier gesucht ist und der nicht von ansässigen Namibiern ausgeübt werden kann. Für mich war das zutreffend, in Namibia gab es keine oder nur wenige Tierärzte. Soweit ich weiß, trifft das auch für Zahnärzte zu. Du musst dir eine Stelle suchen und dann werden wir es probieren. Wenn es nicht klappt, müssen wir eben heiraten, dann wirst du auf alle Fälle eine Arbeitsgenehmigung bekommen." Martin lächelte. „Was das betrifft, ich hätte nichts dagegen." Steffi zog ihre Stirn kraus.

Die Suche nach einer Arbeitsmöglichkeit für Steffi gestaltete sich einfacher, als sie anfangs dachten.

In Khorixas, der nächsterreichbaren Stadt in der Nähe von Elisental, gab es nur einen einzigen Zahnarzt. Er war ein Ovambo, Dr. John Kadanga, der in Südafrika studiert hatte. Martin kannte ihn. Steffi suchte ihn auf und traf sofort auf Einverständnis. Sie sprachen Englisch miteinander.

„Ich suche zwar eine Mitarbeiterin oder einen Mitarbeiter", sagte Kadanga fröhlich, „doch ich dachte eher an eine Assistenz, nicht an eine Berufskollegin."

„Ich bin ausgebildete Zahnarzthelferin", warf Steffi ein.

„Umso besser. Wir teilen uns dann unseren Job, du assistierst mir, wenn ich behandle und ich dir, wenn du es brauchst. Du hast noch einen großen Vorteil hier in Khorixas, ich arbeite mit dem Krankenhaus zusammen und bin für Verletzungen der Kiefer und des Gesichtes zuständig. Einen Kieferchirurgen haben wir nicht. Du kannst also hier etwas lernen. Und wenn wir zu zweit sind, können wir unsere Arbeitszeiten zusammen absprechen, sodass jeder mal einen Tag frei nehmen kann oder sein Wochenende verlängert."

Steffi merkte auf. Die Stelle war genau das, was sie sich vorgestellt hatte.

„Und mit welchem Verdienst könnte ich rechnen?"

„So zwischen 8.000 und 12.000 Namibia-Dollar im Monat." Steffi rechnete nach. Das entsprach ungefähr 1.000 DM.

„Viel ist das ja nicht!" John Kadanga schmunzelte.

„Für Deutschland nicht, für Namibia schon. Du darfst aber nicht vergessen, dass du hier in Namibia nur wenig Steuern und gar keine Abgaben für Rente und Krankenkasse zahlst. Ich selbst verdiene auch nicht mehr als 22.000 Dollar im Monat. Dann kann ich dir noch etwas bieten: du kannst kostenfrei in einem Zimmer neben der Praxis wohnen. Es gibt eine Kitchenette und ein kleines Bad, ich habe es für meine Urlaubsvertretung hergerichtet. Während der Woche wirst du nicht zur Farm zurückkehren können, dazu ist der Weg zu lang."

„Und meine Arbeitsgenehmigung? Wie steht es damit?" Kadanga lachte.

„Darüber mach dir man keine Sorgen. Im Umkreis von zweihundert Kilometern gibt es hier weder eine Zahnärztin noch eine Zahnarzthelferin. Ich reiche den Antrag bei der Behörde in Windhoek ein, und nächste Woche erhältst du deine Arbeitsgenehmigung."

Steffi war überzeugt und sagte zu.

Es lief alles gut an. Steffi konnte mit den Kindern der Nama zusammen im Schulbus montags nach Khorixas und am Freitag wieder zurück fahren. Manchmal holte Martin sie auch in der Woche ab und sie fuhr am nächsten Morgen mit dem kleinen Suzuki nach Khorixas zurück. Oft lud John sie abends zu sich nach Hause ein. Er hatte eine hübsche, temperamentvolle Frau und zwei kleine Kinder. Manchmal war sie außerhalb ihrer Praxiszeit auch mit den Kindern vom Elisental zusammen und zu Gast im Internat.

Doch die Art der Berufsausübung unterschied sich erheblich von dem, was sie in Deutschland kennengelernt hatte. So etwas wie eine nach Behandlungsterminen gestaltete Praxis erwies sich als unmöglich. Die Patienten, welche selten Telefon hatten, erschienen spontan und mussten vorher weite Wege zurücklegen. Ein Großteil der Behandlungen erstreckte sich auf Beseitigung von Schmerzen und schweren Funktionsstörungen, beispielsweise, wenn eine Reihe von gelockerten Zähnen den Patienten das Kauen und Sprechen unmöglich machte. Meistens wurden die dafür ursächlichen Zähne gezogen.

Kadanga erklärte ihr, dass für die Patienten allein die Behandlung von akuten Beschwerden kostenfrei sei. Diese Behandlungen rechnete er über die namibische Gesundheitsbehörde ab. Alles, was darüber hinausging, also Zahnfüllungen und Zahnersatz, mussten die Patienten selbst an Ort und Stelle bezahlen. Das führte natürlich oft zu Problemen. John schärfte ihr explizit ein, sich niemals auf Naturalzahlungen einzulassen.

„Die kommen glatt mit einer Ziege und wollen damit die Behandlung bezahlen. Schick sie wieder zurück und sag ihnen, sie sollen mit Geld wiederkommen. Manchmal klappt das nicht, zum Beispiel dann, wenn sie tagelang zu uns unterwegs gewesen sind. In solchen Fällen ist es besser, ihnen die Behandlungskosten zu stunden. Das geht meistens ganz gut, hier ist alles dünn besiedelt, und sie können nicht einfach in der Anonymität einer Großstadt verschwinden, wie in Südafrika. Mach ihnen klar, dass sie nicht noch einmal kommen dürfen, wenn sie ihre Schulden nicht bezahlen. Meistens klappt das, denn davor haben sie Angst."

Die Einrichtung der Praxis war modern und gab Steffi keinen Anlass zur Kritik. Zwar hatten sie nur ein Behandlungszimmer, doch alles war darin, was man für eine vernünftige Behandlung brauchte. Auf Hygiene legte John Kadanga besonderen Wert.

„Wir haben hier Infektionskrankheiten, die wirst du nicht in Deutschland kennengelernt haben, Steffi."

Sie hatte zwar in ihrem Studium gelernt, dass die Mundschleimhaut ein Spiegel vielfältiger Erscheinungsformen von inneren Erkrankungen und Infektionskrankheiten ist. Für sie waren das nur Lehrbuchweisheiten gewesen; doch jetzt wurden sie für sie erkennbar. Zusammen sahen sie sich bei den Patienten als erstes immer die Mundschleimhaut an, und Kadanga machte ihr klar, wie man den Befunden Diagnosen zuordnen konnte.

Neben Leukämie und Gürtelrose sahen sie Syphilis, Tuberkulose und Erkrankungen durch Parasiten. Ein besonderes Problem stellte die häufige Infektion durch HIV-Viren dar, deren Endstadium, die Erkrankung an AIDS, sich eindeutig auf der Mundschleimhaut manifestierte.

„Wenn wir das sehen, ist es für die Patienten schon zu spät", erklärte er. „Viel wichtiger ist es, dass wir uns und andere Patienten schützen, während wir sie behandeln."

Die Arbeit in Khorixas und das Leben mit Martin auf der Farm führte langsam in eine Phase der Stabilität hinein. Das war es, was Steffi insgeheim wollte. Die Überschwänglichkeit ihres Sturzes in die einerseits vertraute, andererseits neue Körperlichkeit zwischen ihr und Martin wich langsam einer zufriedenen Gewöhnung, sie bekam ihr besser als das Hin- und Herschwenken zwischen Glück, Schmerz und Lust und ließ sie auf Beruhigung hoffen.

Sie schrieb einen Brief an Friederike, in dem sie alle Veränderungen beschrieb, die sich in der letzten Zeit ergeben hatten. Nach zwei Wochen erhielt sie die Antwort. Friederike schrieb ihr:

Liebe Steffi,

es ist nun schon fast ein Jahr her, dass wir uns das letzte Mal gesehen haben und ich hoffe, dass du bald wieder einmal nach Deutschland kommst, unabhängig davon, ob du dauerhaft in Namibia leben möchtest.

Ich werde demnächst wohl in unsere Kanzlei eintreten, ich freue mich schon auf die Zusammenarbeit mit Nils und Christoph. Meinem Mann – wie sich das anhört! – geht es auch gut, was man leider von meinem Bruder nicht sagen kann, er leidet wohl immer noch sehr.

Es freut mich, dass du in deinem Beruf Arbeit gefunden hast und wenn es so ist, dass deine Beziehung zu Martin ruhiger und stabiler geworden ist, hast du einen großen Schritt nach vorn getan. So, wie du es mir geschildert hast, ist es meistens. Der Verlauf von Beziehungen zwischen Frau und Mann erinnert mich immer an die halbwegs gelungene Verhinderung der Folgen eines Niesreizes, eigentlich ein spannendes, nicht unangenehmes Gefühl. Das druckbedingte Kribbeln führt dazu, dass man das Aroma der gewöhnlichen Gerüche um sich herum viel intensiver wahrnimmt, auch sehr angenehm. Doch dieser Zustand wird aufhören, es türmt sich alles auf, um sich in Gewaltigkeit zu entladen, wie ein Orgasmus, und es ist auch einer.

Die Krise kommt hinterher. Oft bleibt Leere zurück und macht die Beziehung schwierig oder zerstört sie sogar.

Dass dir das nicht passiert ist, freut mich für dich, wenn ich auch zugeben muss, dass ich dich lieber hier in Deutschland hätte.

Du wirst jetzt einwenden, bei mir und Nils sei alles anders gewesen, und damit hast du durchaus recht. Was uns damals belastet hat – ich muss einschränken, eher mich – ist, dass wir offensichtlich so früh füreinander bestimmt gewesen sind. Es ist aber dann alles gut gelaufen, und ich bin heute nicht nur zufrieden, sondern glücklich. Das wünsche ich dir auch.

Alles Liebe und grüß Martin,

Friederike

Übrigens: die Wohnung, in der du früher mit uns und Christoph gewohnt hast, gibt es nach wie vor und es hat sich in ihr kaum etwas geändert. Auch das Riedhaus steht noch.

Friederike hatte recht, wie meistens, dachte Steffi. Mit dem Leben in Namibia war sie zufrieden, mehr konnte sie im Moment nicht erwarten. Glück ist etwas anderes, vielleicht würde es noch kommen. Sie sprach mit Martin darüber. Er lächelte sie an.

„Ach Steffi, du kannst so etwas wie permanentes Glück überhaupt nicht erwarten, das gibt es nicht und das ist auch nicht schlimm. Glücklich ist man nur für den Moment und dieses Gefühl kann über die Maßen intensiv und überwältigend sein. Wir haben das beide besonders zu Beginn unserer Beziehung erlebt und werden es hoffentlich noch oft erleben. Damals hast du mir gesagt, dass du gleichzeitig auch Schmerz empfändest, hast du das schon vergessen?"

Trotzdem, Steffi nahm sich vor, jetzt zielstrebig ihre Beziehung zu Martin und die Möglichkeiten ihres Lebens in Namibia selbstbewusst in die Hand zu nehmen. Sie dachte an die drei Löwinnen im Etosha Park. Vielleicht würde es ihr irgendwann so gehen wie Friederike.

Als ihr Pillenvorrat zu Ende ging, gingen ihr diese Überlegungen wieder durch den Kopf. Sie erklärte Martin, dass sie die Pille absetzen wolle.

„Ich habe mir alles überlegt, Martin. Ein Kind würde jetzt passen, wir leben in einer stabilen Beziehung, gehen beide erfolgreich unserem Beruf nach und sind mit dem Farmhaus großzügig ausgestattet, was unsere Wohnung betrifft. Ich würde mich das erste halbe Jahr ganz um das Kind kümmern und dann etwas reduziert wieder arbeiten; John hätte bestimmt Verständnis dafür. Während meiner Abwesenheit könnten sich unsere Namafrauen um das Kind kümmern, solange es noch nicht zur Schule geht und danach wird alles eher noch leichter. Hier auf der Farm sind schon viele Kinder aufgewachsen. Ich bin überzeugt, Martin, dass Emilie und Käthe damit einverstanden wären."

Martin, der darauf erst verwundert reagiert hatte, schloss Steffi in seine Arme.

„Es ist in erster Linie deine Entscheidung, ob du ein Kind haben willst, Steffi. Was mich betrifft, hast du meine volle Unterstützung und ich werde mich bemühen, ein guter Vater zu sein. Ich freue mich."

Steffi sprach mit John, ihrem Arbeitgeber, und mit den Frauen von Josef und Tobias. Alle begrüßten ihre Entscheidung, Emilie und Käthe waren sogar überaus guter Dinge.

„Wir haben schon lange kein Babygeschrei mehr auf der Farm gehört, unsere Kinder sind noch zu jung, um uns zu Großmüttern zu machen. Sieh zu, dass bald etwas daraus wird. Wir finden aber, dass ihr heiraten solltet."

Es schien nach einem Vierteljahr geklappt zu haben. Steffi suchte das Krankenhaus in Khorixas auf und ließ sich von Gertrud Khailkhaun untersuchen, einer Hebamme, die zum Stamm der Nama gehörte. Steffie schätzte, dass sie ungefähr um die fünfzig Jahre alt sein musste; sie war sehr gepflegt und hatte ihre Haare sorgfältig frisiert. Gertrud sprach ein gebrochenes Deutsch. Nach der Untersuchung schob sie das Laken über Steffis Unterleib und lächelte sie an.

„Du bist schwanger, Stefanie, das hätte ich dir fast schon sagen können, als du zu mir hereingekommen bist. Wir haben hier in Khorixas natürlich keinen Frauenarzt, den ersetze ich und ich mache meine Arbeit gern. Mein Chef, der südafrikanische Doktor – du kennst Johan Schouten vielleicht – hat wenig Kenntnisse über Geburtshilfe und ist ganz froh, wenn ich ihm das abnehme. Wir werden zusammen alles tun, damit du keine Probleme mit deiner Schwangerschaft hast und das Kind gesund auf die Welt kommt. Ich bin froh, wenn ich einmal etwas für eine Mutter tun kann. Die Nama und die Herero sind es gewohnt, dass die Frauen ihre Kinder ohne ärztliche Hilfe zur Welt bringen. Und das geht oftmals schief, weil sie meist zu spät zu mir kommen, wenn sie Probleme haben. Natürlich liegt das auch an den Entfernungen, die sie überwinden müssen. Und nun machen wir zusammen einen Plan für die Vorsorgeuntersuchungen."

Als Steffi das Krankenhaus verlassen hatte, lief sie eilig zu dem Suzuki und fuhr nach Elisental. Nach zwei Stunden erreichte sie ihr Ziel.

Martin, der gerade auf der Terrasse saß und mit Schreibarbeiten beschäftigt war, hörte verwundert das Motorengeräusch, denn es war mitten in der Woche, und normalerweise übernachtete Steffi dann in Khorixas. Er ging schnell zum Suzuki und traf auf Steffi, als sie aus dem Auto stieg.

„Muss ich mir Sorgen machen, dass du so plötzlich kommst?", fragte er und hob erstaunt seine Augenbrauen.

„Nein", lächelte Steffi, „aber passiert ist schon etwas." Er ahnte nun, warum sie gekommen war.

„Bist du schwanger?" Steffi lächelte.

„Ja, ja, ja, und du kannst dir nicht vorstellen, wie gern ich das bin!"

„Normalerweise würde ich jetzt mit dir darauf anstoßen, doch ein paar Monate müssen wir ab sofort beide entsagen."

„Du brauchst das doch nicht!"

„Macht mir aber nichts aus, im Gegenteil. Ein bisschen Schwangerschaft sollte auch ein Mann mit seiner Frau teilen.

Weißt du noch, wie wir neulich über Glück gesprochen haben? Nun spüre ich es, und ganz intensiv."

„Ich auch, Martin." Sie umarmten sich.

Etwa zwei Wochen später saßen beide auf der Terrasse, als das Telefon klingelte. Martin ging hinein und führte ein langes Gespräch. Als er wiederkam, sagte er mit einem ernsten Gesicht zu Steffi:

„Ich werde nach Deutschland fliegen müssen. Meiner Großmutter geht es schlecht. Sie hat Darmkrebs und wird die Krankheit wohl nicht überstehen."

„Wusste sie schon lange davon?"

„Seit zwei Jahren. Sie ist damals auch operiert worden, doch vor einem Vierteljahr ist der Krebs wieder ausgebrochen und kann nicht mehr operiert werden. Seither bekommt sie Medikamente, die ihn eindämmen sollen, doch die schlagen offensichtlich nicht so an, wie man sich das vorstellte. Meine Mutter und Rolf haben sie gestern ins Krankenhaus gebracht. Sie möchten gern, dass ich komme, denn sie fürchten, dass sie das Krankenhaus nicht mehr verlassen wird." Steffi nickte.

„Das musst du tun, Martin, und so schnell wie möglich! Ich komme hier gut allein zurecht."

Martin telefonierte mit dem Flughafen und bestellte ein Ticket für den nächsten Tag. Als er sich von Steffi verabschiedete, sagte er:

„Ich werde an dich denken und telefonieren, so oft es geht. Pass gut auf unseren Nachwuchs auf!"

Steffi lächelte und gab ihm einen langen Kuss.

Es war heiß, als die Maschine auf dem Flughafen Hannover landete; kein Klimawechsel, Martin musste sich nach dem Flug über die vielen Breitengrade nicht umgewöhnen. Rolf holte ihn ab, sie fuhren zunächst über die Bundesstraße in Richtung Nienburg nach Rettorf. Der niedersächsische Sommer zeigte sich opulent, ließ Schwalben und Lerchen fliegen, grüßte mit gelben Weizenfeldern und grünen Wäldern. Martin, an die karge Landschaft Namibias gewöhnt, genoss den Blick aus dem Fenster. Als sie vor dem behäbigen Bauernhaus der Horstmeyers hielten, seinem Elternhaus, fiel ihm zum ersten Mal bewusst dessen Ehrwürdigkeit und Alter auf, kein Vergleich mit dem barackenartigen Aussehen der namibischen Farmhäuser.

Marianne, in deren Haar sich graue Strähnen geschlichen hatten, lief heraus und begrüßte ihren Sohn, umarmte ihn und schaute ihm fest, aber herzlich in das Gesicht.

„Kein schöner Anlass, trotzdem freue ich mich sehr. Komm herein, ich habe Waffeln gebacken, dazu gibt es Schlagsahne und rote Grütze."

Während Marianne den Tisch deckte, zeigte Rolf seinem Sohn den Hof. Sie kamen zu einem frisch renovierten Fachwerkhaus mit viel Verglasung zwischen den Balken, neben dem Haupthaus.

„Der alte Schweinestall ist jetzt Atelier, die Schweine mussten umziehen."

„Wo sind sie jetzt?"

„Es sind nur noch zwei Schweine, wir haben sie im Anbau untergebracht, wo früher die Ackergeräte standen. Marianne wollte sie ganz abschaffen, doch Sophie war dagegen. Wer jemals Hunger leiden musste, weiß, wie wichtig es ist, ein Schwein zu halten, so hat sie es gesagt."

„Und wie kommt ihr klar?"

„Es ist alles in Ordnung", lächelte Rolf, „die Landwirtschaft ist verpachtet, Marianne macht weiterhin auf Mode und ich versuche, von Malerei und Bildhauerei zu leben. Für das Bildhauern braucht man mehr Platz, also kommt mir der umgebaute Schweinestall entgegen. Für uns beide reicht es, wir leben gut."

Nach dem Nachmittagskaffee legte Marianne einen Dolch und einen dünnen Stapel Briefe auf den Tisch. Der Dolch war ungefähr dreißig Zentimeter lang und hatte eine Klinge, auf die eine kaum lesbare Schrift eingeätzt war. Die Briefe waren mit einem rosafarbenen, mittlerweile vergilbten Schleifenband umschlossen.

„Ich habe beides in dem Kleiderschrank meiner Mutter gefunden, als ich Wäsche für sie heraussuchen wollte, die wir morgen ins Krankenhaus mitnehmen sollen", sagte Marianne. „Von den Briefen weiß ich nichts, doch das Messer kam mir bekannt vor. Rolf wusste Bescheid. Wir haben das Messer irgendwann in den fünfziger Jahren gefunden, als wir im Gebüsch neben dem Riedhaus Verstecken gespielt haben. Wir dachten, es sei ein Pfadfinderdolch, weil damals öfter Pfadfinder in der Umgebung vom Riedhaus übernachtet haben. Ich nahm es mit, denn ich hatte es gefunden. Als ich es meiner Mutter zeigte, nahm sie es mir weg und sagte, Mädchen dürfen keine Messer haben."

„Und was dann?"

„Nichts. Ich habe es seither nicht mehr gesehen."

Sophie Horstmeyer lag in ihrem Bett im Krankenhaus von Neustadt. Sie wusste, dass sie nicht mehr lange zu leben hatte, der Krebs und ihr Alter hatten sie das spüren lassen. Als ihre Besucher den Dolch und die Briefe auf das Bett legten, wurde sie aufmerksam.

„Ach Kinder, das ist eine ganz alte Geschichte. Es waren Zeiten, von denen ihr nichts wissen könnt. Damals, es war im Jahr 1932, kam ich mit Fritz Horstmeyer zusammen, Mariannes Onkel. Ich war 16 Jahre alt. Wie ihr wisst, kommt meine Familie aus Rickdorf, wo sie einen Bauernhof hatte. Wir waren sechs Geschwister und lebten in bescheidenen Verhältnissen.

Fritz kannte ich schon als Kind; wir und ein paar Kinder aus Rettorf trafen uns oft an der Leine oder im Wald beim Riedhaus, auch die Kinder vom Riedhaus gehörten dazu. Das Riedhaus liegt genau in der Mitte zwischen Rettorf und Rickdorf. Bei einem Tanzvergnügen, das die Landjugend organisiert hatte, habe ich mich in Fritz verliebt und er sich wohl auch in mich. Später ging die Landjugend in der Hitlerjugend auf, alles wurde gleichgeschaltet, sodass Fritz in die Hitlerjugend kam und ich in den BDM, das weibliche Gegenstück.

Fritz war groß, blond und sah attraktiv aus, ein Nazi war er jedoch nicht, das traf eher auf Ernst Horstmann zu, seinen Vater und Mariannes Großvater. Wir trafen uns jetzt häufig allein, meist im Wald am Riedhaus. Gegenseitige Besuche in unseren Elternhäusern, wie es heute üblich ist, gab es damals nicht, man kam sonst schnell ins Gerede. Die Briefe hatte mir Fritz in der Zeit geschrieben, als er im Spreewald seinen Arbeitsdienst ableistete, jeder junge Mann musste dahin und zum Militär sowieso. Damals war ich sehr glücklich.

Doch mit dem Glück war es vorbei, als Fritz aus dem Arbeitsdienst zurückkam. Auf einem Schützenfest in Neustadt hatte er sich in Esther Stein verguckt und wollte von mir plötzlich nichts mehr wissen."

„Esther Stein, ist das nicht die Großmutter von Steffi Bertram?", fragte Martin. Sophie Horstmeyer bestätigte es.

„Esther kam aus einer wohlhabenden jüdischen Neustädter Familie, ihre Eltern hatten eine Eisenwarenhandlung. Sie sah sehr gut aus, hatte lange schwarze Locken und machte sich einen Spaß daraus, den Männern den Kopf zu verdrehen. Bei Tanzveranstaltungen trug sie immer Kleider, die ins Auge fielen, flog von einem Arm in den anderen und machte die Männer verrückt, wenn sie lachte und ihr die Locken um den Kopf flogen. Dagegen konnte ich nicht mithalten. Ich kam von einem kleinen Bauernhof, konnte mir keine schönen Kleider leisten und sah nicht so gut aus wie Esther. Hässlich war ich zwar nicht, hatte aber nur mittelblonde, etwas langweilige Haare, und meine Figur war ein bisschen pummelig. Kein Wunder, dass Fritz mehr in Esther verliebt war, obwohl sie nichts von ihm wissen wollte und sich nur einen Spaß mit ihm machte. Doch ich litt und hatte eine unbändige Wut auf Esther. Warum nahm sie mir meinen Fritz, sie hätte doch jeden anderen haben können? Übrigens lief sie auch mit den Leuten vom Riedhaus herum. Einen der Söhne der Besitzer hat sie ja später geheiratet."

„Hatte sie denn keine Schwierigkeiten damit, dass sie Jüdin war?"

„Anfangs nicht, die Neustädter waren nicht judenfeindlich, die Familien Bertram und Bartels vom Riedhaus schon gar nicht. In Neustadt haben immer Juden gewohnt. Später, nach der Machtergreifung Hitlers, wurde es anders. Dann mussten sich die Steins vor den Nazis in acht nehmen. Später gingen sie kaum noch auf die Straße.

Fritz wurde dann zum Militärdienst einberufen. Ich habe ihn ein paar Jahre nicht mehr gesehen, denn kurz danach ging er auf eine Landwirtschaftsschule in Hildesheim. Sein Bruder Heinrich und sein Vater Ernst blieben auf dem Hof. Heinrich begann, sich für mich zu interessieren und ging öfter mit mir aus.

Heinrich war ein ganz anderer Mensch als Fritz, viel ruhiger und nachdenklicher. Er war ja auch vier Jahre älter als Fritz. Als 1939 der Krieg begann, wurden Fritz und Ernst Horstmeyer eingezogen. Heinrich wurde als Unabkömmlicher zunächst vom Kriegsdienst freigestellt, denn wenigstens ein Mann musste auf dem Hof bleiben, damit die heimatliche Nahrungsmittelversorgung gesichert blieb.

Eines Tages ging er zu meinen Eltern und fragte sie, ob ich bei ihm auf dem Hof helfen könne. Sie waren einverstanden. Behutsam kam er mir näher, machte mir kleine Geschenke und nahm mich zu manchen Familienfeiern mit. Weil ich immer noch an Fritz hing, sprang ich zunächst nicht darauf an. Aber langsam gelang es mir, Fritz zu vergessen; ich war zwar nicht so verliebt in Heinrich wie in Fritz, aber seine ruhige Art machte auf die Dauer Eindruck auf mich. Im Jahr 1940 heirateten wir. Ich habe es nie bereut. Marianne, wie sagt man doch, manchmal kommt die Liebe nach der Hochzeit? Ein Jahr danach bist du auf die Welt gekommen.

Esther Stein hatte schon früher geheiratet, Wilhelm Bertram, einen der Söhne aus den Riedhaus-Familien. Wilhelm war Jurist, hatte seine erste Prüfung abgelegt und arbeitete beim Gericht. Nach ihrer Hochzeit zog Esther nach Hannover. Später wurde auch Wilhelm Bertram zum Kriegsdienst eingezogen.

Für die Juden in Deutschland wurde es immer gefährlicher. Kurz nachdem du auf Welt gekommen warst, kam eines Tages die Gestapo bei den Steins vorbei und holte Esthers Eltern ab. Niemals wieder haben wir etwas von ihnen gehört. Auch Esther verschwand plötzlich aus Hannover. Von Hinrich Nolte erfuhren wir, dass sie sich im Riedhaus versteckt hielt. Es gelang ihr, dort die Zeit bis zum Kriegsende zu überstehen. Ab und zu kamen Mitglieder der

Familien Bertram und Bartels und brachten ihr Lebensmittel, der alte Hinrich Nolte brachte ihr Holz zum Heizen."

„Haben noch andere davon gewusst?"

„Soweit ich weiß, nicht. Nolte hat uns das unter dem Siegel der Verschwiegenheit mitgeteilt, weil wir der nächstgelegene Hof in Richtung Rettorf sind. Wie dem auch sei, Heinrich Horstmeyer wurde 1944 ebenfalls zum Militär eingezogen, dafür kam Fritz zurück, um den Hof weiter zu führen, denn ich war jetzt mit meiner Schwiegermutter Dorothea und mit dir, Marianne, allein. Mein Schwiegervater Ernst war zu diesem Zeitpunkt schon in Russland vermisst; wie wir später erfuhren, war er dort schon längst umgekommen. Als Fritz von uns mitbekam, dass Esther sich im Riedhaus versteckt hatte, versuchte er, mit ihr in Verbindung zu treten. Nach allem was wir wussten, wies sie ihn ab; schließlich war sie verheiratet, was ihn jedoch nicht daran hinderte, sich manchmal in der Umgebung des Riedhauses herumzutreiben. Ich gestehe, dass mir das nicht passte; ich wurde eifersüchtig, doch richtete sich meine Wut weniger gegen Fritz als gegen Esther, diese schwarzhaarige Hexe, die mir vor Jahren meinen Freund genommen hatte. Ihr dürft nicht meinen, dass ich immer noch in Fritz verliebt war, dazu war ich mit Heinrich zu glücklich gewesen. Möglicherweise war ein kleiner Rest von Gefühl übriggeblieben, oder ich war einfach nur beleidigt?

Wie dem auch sei, die Lage spitzte sich zu, als Esthers Mann Wilhelm Heimaturlaub hatte und für diese Zeit bei Esther einzog. Es kam zu einer Auseinandersetzung zwischen Esther und Fritz, die dazu führte, dass mein Schwager sich vorläufig nicht mehr beim Riedhaus blicken ließ. Doch als Wilhelm Bertram an die Front zurückkehrte, schlich Fritz wieder am Riedhaus herum. Im März 1945 rückten die Amerikaner und Briten immer weiter nach Westen vor. Der

Krieg war verloren, wir wussten es. Allen ging es schlecht, es gab kaum noch etwas zu essen und so gut wie keine ärztliche Versorgung, weil die Ärzte an der Front oder in den Lazaretten beschäftigt waren. Hier in Rettorf hatten wir wegen der Landwirtschaft etwas mehr, doch das mussten wir heimlich abzweigen, weil wir alles abzugeben hatten, und das wurde kontrolliert. Man musste vorsichtig sein, denn diejenigen, die beim Schwarzschlachten ertappt worden waren, wurden von der SS ohne Gnade standrechtlich erschossen.

Irgendwann im April 1945, es muss in der ersten Woche nach Ostern gewesen sein, standen die Alliierten jenseits der Weser und bereiteten sich auf den Marsch auf Hannover vor. Die SA, die SS und die Wehrmacht versuchten, sie aufzuhalten und sammelten hektisch alle übrig gebliebenen Männer zur Verteidigung ein. Auch bei uns fuhr eines Tages ein Kübelwagen der Wehrmacht auf den Hof, darin saßen zwei Offiziere in braunen Parteiuniformen und fragten nach Fritz. Wir beide, meine Schwiegermutter und ich, wussten, dass er zum Riedhaus gegangen war, sagten es ihnen und beschrieben ihnen den Weg dahin."

„Wart ihr euch bewusst, dass ihr damit das Leben von Esther Stein gefährdet habt, die sich dort versteckt hielt?", fragte Marianne.

„Natürlich, aber was sollten wir machen? Ich war ganz allein mit meiner Schwiegermutter Dorothea und mit einem Baby, nämlich dir, Marianne. Sie hätten es aus uns heraus geprügelt, wenn wir geschwiegen hätten, das ist anderen passiert."

Sophie Horstmeyer machte eine Pause. Ihre Augen füllten sich mit Tränen.

„Es war der letzte Tag, an dem wir Fritz gesehen haben. Seither ist er verschwunden, und ich gehe davon aus, dass ihn die Nazis irgendwo umgebracht haben. Irgendetwas Schlimmes muss an diesem Tag im Riedhaus passiert sein. Esther ist lebend und unversehrt davongekommen, die braunen Parteileute haben sie also nicht gefunden. Doch seither war sie schwermütig, das kann aber auch daran gelegen haben, dass ihr Mann Wilhelm in den letzten Kriegstagen gefallen ist. Sie ist dann nach Hannover zu ihren Schwiegereltern gezogen.

Jetzt könnt ihr vielleicht verstehen, dass ich das Riedhaus immer gehasst habe und nicht wollte, dass ihr als Kinder dahin gegangen seid – das betraf Marianne ebenso wie dich, Martin.

Alles kam in mir wieder hoch, als du, Marianne, mir den Dolch brachtest, den du damals mit Rolf beim Riedhaus gefunden hattest. Ich habe ihn sofort erkannt, es war der HJ-Dolch von Fritz."

„Wir dachten, es sei ein Pfadfinderdolch?"

„Kann man auch verwechseln, die Dinger sahen fast genauso aus." Sophie gab Martin das Messer.

„Du siehst doch eine eingearbeitete Raute auf der Mitte des Griffes. Kratz mal mit dem Fingernagel daran!" Martin tat es. Ein Hakenkreuz kam zum Vorschein.

„Bei einem Pfadfindermesser ist das Emblem eine Lilie. Sonst sind die Messer fast gleich, bis auf die Klinge. Schau sie dir an."

„Auf der Klinge steht eingeätzt: Blut und Ehre!"

„Steht natürlich nicht auf dem Pfadfindermesser. Und nun dreh die Klinge um!"

„Jemand hat da „FH" eingeritzt."

„Das steht für „Fritz Horstmeyer". Daran habe ich den Dolch erkannt, Martin. Fritz liebte ihn. Er hat ihn seit seiner HJ-Zeit ständig getragen."

Eine nachdenkliche Pause folgte.

„Und wie ging es dann weiter?", fragte Rolf.

„Jede Familie musste im Krieg Federn lassen, das war eben so. Uns traf es auch, denn wir hatten Fritz und Ernst verloren. Den Bertrams vom Riedhaus ging es schlechter. Sie hatten fünf Söhne, Wilhelm ist im Krieg geblieben, Rudolf verschollen, dein Vater Harald – du weißt es, Rolf – später bei einem Unfall verstorben, sodass nur Werner und Herbert übriggeblieben sind. Werner ist der Großvater von Nils. Über dem Riedhaus muss ein Fluch liegen. Mein Heinrich ist schon bald wiedergekommen und konnte den Hof mit uns beiden Frauen weiterführen. Er hatte natürlich seine Probleme, weil der Hof irgendwann nicht mehr rentabel war. Doch das hat er alles gut geregelt, und du, Marianne, hast noch viel von ihm gehabt, bevor er in den sechziger Jahren starb. Den Rest kennst du. Und nun erzählt mir, was es Neues aus Rettorf gibt."

Um ihre Erschütterung über das zuvor Gehörte zu überspielen, versuchten Marianne und Rolf, ganz zwanglos mit Sophie zu plaudern, was ihnen nicht recht gelang. Sie erzählten, dass der alte Scharmann seinen Lebensmittelladen geschlossen hatte, weil er keinen Nachfolger fand und die Stadt Neustadt vorhabe, Rettorf einzugemeinden, was einerseits zum Wohlgefallen der neu Zugezogenen und andererseits zum wütenden Protest der alteingesessenen Bewohner führte. Martin hörte still zu. Die Geschichte, die ihnen Sophie erzählt hatte, berührte ihn außerordentlich, weil sie auch Steffi betraf. Er überlegte, ob er ihr bei dem regelmäßigen abendlichen Telefonat davon berichten solle. Er tat es nicht, denn so etwas muss von Angesicht zu Angesicht erfolgen, dachte er.

Martin blieb fast vier Wochen in Rettorf. Jeden Tag fuhr er mit Marianne und Rolf zum Krankenhaus nach Neustadt und besuchte seine Großmutter. Sie wurde zusehends schwächer, ihre Sprache undeutlicher, und es entwickelte sich so, dass sie kaum noch einem Gespräch folgen konnte. An einem Tag, an dem sie alle um ihr Bett versammelt waren, blickte sie glücklich um sich und schien sehr klar. Ein paar Stunden später war sie tot.

Es gab eine große Beerdigung in Rettorf. Auch von den Familien Bertram und Bartels erschienen einige Mitglieder, wohl wegen der Verwandtschaft zu Rolf. Martin sah zu, dass er bald einen Flug nach Windhoek buchen konnte, denn es beschäftigte ihn doch sehr, was inzwischen aus der Farm Elisental und seiner Tierarztpraxis geworden war. Steffi hatte er zwar fast jeden Abend angerufen, doch sie erschien ihm zunehmend einsilbiger. Er machte sich Sorgen. An einem Freitag zu Anfang September stieg er in Frankfurt ins Flugzeug und reiste zurück nach Namibia.

Die Verzweiflung brachte Esther Bertram fast um. Sie hatte bislang Glück gehabt, das wusste sie, und jetzt schien es ihr doch, als sei die Welt daran, unterzugehen, so intensiv drang das hämmernde und mit hellen Platz- und dunklen Explosionsgeräuschen durchsetzte Szenario in ihr Bewusstsein, das vom Nordwesten her in ihre Ohren gelangte.

Die Anwesenheit von Rudolf, der ruhig neben ihr lag und dem dies alles nichts auszumachen schien, verschaffte ihr etwas Beruhigung und sogar eine Spur von Glück. In ihrem morgendlichen Dämmerschlaf, der freundlich all das zudeckte, was sie tagsüber in ihrer Not beschäftigte und ihr regelmäßig die Fassung raubte, war es geschehen, als ob ein Film abliefe, vergangen und gleichzeitig versöhnend.

Der Film führte sie tief in ihre Kindheit hinein. Sie konnte sich an einen großen Garten voller Blumen erinnern, an die alte Villa, ihr Elternhaus, von Tannen und Ahornbäumen umgeben und von einem schmiedeeisernen Zaun begrenzt, an dem sich Rhododendronbüsche in die Höhe reckten. Sie spielte mit dem Foxterrier auf dem Rasen, über den die Flecken des Sonnenlichts wanderten, das sich im Laub der Bäume brach. Das Dienstmädchen rief, sie lief ins Haus, der Hund folgte fröhlich, denn er wusste, die Menschen würden sich jetzt zum Essen um den großen Tisch setzen und Esther würde ihm vielleicht heimlich unter dem Tisch etwas abgeben, wenn er Glück hatte.

Sie war in einer großbürgerlichen Familie aufgewachsen. Ihr Vater besaß ein Eisenwarengeschäft in der Neustädter Innenstadt, dessen rotes Ziegelgebäude, mit Erkern und Verzierungen versehen, sich hoch über die geduckten, in bescheidener Freundlichkeit zu ihm aufschauenden Fachwerkhäuser erhob. In der kleinen Stadt an der Leine gab es bis weit in die Umgebung hinein für ihn keine Konkurrenz; jeder, der einen Nagel benötigte, musste ihn bei Adam Stein kaufen. Zeitweise beschäftigte er mehr als zwanzig Mitarbeiter. Die vorwiegend bäuerliche Kundschaft brachte die Familie Stein zu der Überlegung, sich auch im Geschäft mit Landmaschinen zu versuchen, und so entstand an der Straße nach Nienburg ein Ableger der Firma, eine Halle mit Außengelände, der dem Handel, der Wartung und der Reparatur von Landmaschinen diente. Wohnsitz der Familie war seit jeher die Villa am Rand von Neustadt, die der Urgroßvater bereits vor der Jahrhundertwende erbaut hatte.

Die Steins waren Juden. Sie gehörten der kleinen jüdischen Gemeinde an, die es seit jeher in Neustadt gegeben hatte. Ihre Mitglieder waren meist Geschäftsleute wie sie. Das Gemeindeleben, an dem sich die Steins wenig beteiligten, fand in einer winzigen Synagoge in einem alten Fachwerkhaus statt; Esther war nur wenige Male dort gewesen. Die Familie Stein hatte sich angepasst; man beging nicht den Sabbat, sondern den Sonntag, und nicht Chanukka, sondern das Weihnachtsfest wurde in der alten Villa üppig gefeiert. Sie erinnerte sich an den riesigen, glitzernden Weihnachtsbaum, der fast bis zur Decke des Esszimmers reichte und der sich unter den Spieluhrklängen von Weihnachtsliedern auf einem Sockel drehte. Nur zu hohen jüdischen Festen wie Pessach oder Jom Kippur kam es vor, dass Esther mit ihren Eltern zu Verwandten nach Frankfurt reiste, mit denen sie dann gemeinsam feierten.

Esther hatte keine Geschwister. Doch der Garten der Villa gestaltete sich als ein idealer Spielplatz, und so war es im Sommer normal, dass sich Scharen von Neustädter Kindern in ihm mit ihr zum Spielen trafen. Sie war nicht gern allein und genoss das Zusammensein mit anderen, steckte alle mit ihrer Fröhlichkeit an und machte sich gerne neckend und lachend zum Mittelpunkt jeglicher Gemeinschaft, in der man sich gerade traf. Ähnlich verhielt es sich später in der Schule.

Spannend wurde es während ihrer Tanzstundenzeit. Die Tanznachmittage und die Bälle fanden in dem alten Tanzsaal eines Gasthauses in der Innenstadt statt. Die Eltern hatten ihr in Hannover wunderschöne Kleider gekauft; ihr Vater besaß ein Auto, einen Opel, und ließ es sich nicht nehmen, Frau und Tochter beim Kleiderkauf zu begleiten. Natürlich kam es auch häufig zu Neid, denn die meisten Mädchen hatten nicht so wohlhabende Eltern wie Esther. Doch an Neid hatte sie sich seit ihrer Kindheit gewöhnt, er hielt sie nicht davon ab, ausgiebig das üppige Leben zu genießen, das ihr die Eltern boten. Die Jungen waren hinter ihr her, auch das mochte Esther, sie lachte sie an, flirtete mit ihnen und ließ sie ins Leere laufen, wenn es ihr so gefiel. Dass sie sich bei solchem Verhalten natürlich Feinde bei beiden Geschlechtern machte, merkte sie meistens nicht, und wenn es ihr auffiel, war es ihr egal.

Zum Riedhaus hatte sie schon als Kind eine enge Beziehung gehabt. Die Steins waren Mandanten der Rechtsanwaltskanzlei Bertram und Bartels, und so blieb es nicht aus, dass sie manchmal im Sommer ins Riedhaus eingeladen wurden. Das Spielen an der Leine und im Wald war eine weitere Bereicherung für Esther gewesen, auch bei den vielen Kindern vom Riedhaus wurde sie bald zum Mittelpunkt, wenn sie umher tobten oder Streifzüge in die Gegend unternahmen, um Beeren oder Pilze zu sammeln.

Später kam es oft vor, dass ihr Vater oder ihre Mutter sie morgens mit dem Auto zum Riedhaus brachten, um sie abends wieder abzuholen. Auf diese Weise lernte sie auch die fünf Söhne von Curt und Auguste Bertram kennen. Mit den Bertrams verband sie viel. Auch die Bertrams führten einen großbürgerlichen Haushalt, wenn man einmal von dem einfachen Leben im Riedhaus absah, das sie zusammen mit anderen befreundeten Familien nutzten, vielleicht eine Art gewollter Kontrast.

Als sie älter war, wurde sie oft von den Söhnen der Bertrams zu dörflichen Tanzvergnügungen in der Umgebung ausgeführt, meistens zu Schützenfesten und Feuerwehrbällen. Auch bei Hochzeiten in den Familien Bertram und Bartels nahm sie manchmal einer der jungen Bertrams als Partnerin mit. Als einmal in Neustadt Schützenfest war, ging Esther allein hin und traf dort Fritz Horstmeyer aus Rettorf, den sie schon vom Riedhaus her kannte. Fritz war gerade aus dem Reichsarbeitsdienst zurückgekehrt. Als er Esther sah, lud er sie ein. Sie fuhren zusammen ein paarmal mit dem Kettenkarussell, und Fritz schoss ihr bei einer Schießbude eine Rose, die sich Esther in das Haar steckte. Anschließend gingen sie im Festzelt tanzen. Fritz schaute sie verliebt an, worüber sich Esther wunderte, meinte sie doch, er habe eine Freundin, die aus Rickdorf kam.

Doch dass sie begehrt wurde, genoss sie, wie immer, wenn Männer sie begehrten. Spät am Abend wollte sie nach Hause und Fritz bestand darauf, sie zu begleiten. Auf dem Nachhauseweg wurde er zudringlich. Esther wies ihn zurück.

Zu dieser Zeit ging es dem Geschäft von Adam Stein immer schlechter. Nachdem die Nazis die Macht in Deutschland übernommen hatten, setzte sofort die Verfolgung der Juden ein. In Neustadt erfolgten Aufrufe der Partei, nicht mehr bei den Juden zu kaufen. Vor den jüdischen Geschäften postierten sich SA-Männer, die kontrollierten, wer sich nicht an den Aufruf hielt. Ein Teil der Angestellten ihres

Vaters weigerte sich, weiterhin bei ihm zu arbeiten und eines Tages wurden die Schaufenster des Ladens zum Teil zerschlagen und ein anderer Teil mit judenfeindlichen Parolen beschmiert. Auch die kleine Synagoge wurde zerstört. Die meisten jüdischen Einwohner verließen die Stadt. Adam und Sarah Stein blieben, schlossen aber den Laden und mussten ihn mit dem Gebäude für einen Spottpreis an die Stadt verkaufen, ebenso den Landmaschinenhandel an der Nienburger Straße und den dazugehörigen Grund und Boden.

Wilhelm Bertram, der älteste Sohn von Curt und Auguste Bertram, hatte Mitte der dreißiger Jahre sein Jurastudium beendet und arbeitete als Referendar bei einem Gericht in Hannover. Zu dieser Zeit traf er sich oft mit Esther und sie verliebten sich ineinander. Esther gefiel der kluge, etwas zurückhaltende Wilhelm gut, und es machte ihr nichts aus, dass er mehrere Jahre älter war als sie, sodass aus Verliebtheit langsam Liebe wurde. Im Frühjahr 1935 heirateten sie und bezogen eine kleine Wohnung in Hannover. Ein halbes Jahr später wäre das nicht mehr möglich gewesen, denn zu diesem Zeitpunkt traten die „Nürnberger Gesetze" in Kraft: Nichtjuden und Juden durften nicht mehr untereinander heiraten, denn dies galt als Rassenschande.

Im Jahr 1939 änderte sich alles. Vier Söhne der Bertrams und die erwachsenen Söhne der Familie Bartels wurden für den Kriegsdienst eingezogen, allein die Väter und einer der Söhne blieben verschont, um die Kanzlei notdürftig weiterzuführen, denn auch im Krieg musste die zivile Rechtsordnung funktionieren. Wilhelm wurde nach Frankreich beordert und konnte seine Ehefrau manchmal in den kurzen Urlauben besuchen.

Im Verlauf des Krieges wurde alles schlimmer. Die Verfolgung der Juden, auch in Neustadt, nahm immer mehr zu.

Esthers Eltern kamen kaum noch aus ihrem Haus heraus, denn sie fürchteten, auf der Straße beschimpft und bespuckt zu werden. Als Esther mit ihrem Schwiegervater über diese Probleme sprach, entgegnete Curt Bertram:

„Du weißt, Esther, wir, die Familien Bartels und Bertram, sind keine Nazis und erst recht keine Antisemiten. Aber gegen den Zeitgeist können auch wir auf Dauer nicht angehen. Ich habe deinen Eltern schon seit langem angeraten, auszuwandern, leider wollten sie davon nichts wissen. Unsere Kanzlei ist in Hannover bekannt und etabliert; wir haben zwar einen gewissen Einfluss, weil hochrangige Kunden aus Gesellschaft und Politik zu unseren Mandanten zählen. Doch die Macht der SS und der Gestapo wird immer stärker und ich fürchte, deine Eltern können wir kaum noch beschützen. Bei dir ist es noch etwas anderes, weil du mit unserem Sohn verheiratet bist, einem „Arier", der zudem in der Wehrmacht für den „Führer" kämpft. Doch auch du musst aufpassen und dich darauf einstellen, dass du plötzlich verschwinden musst. Es sind eben üble Zeiten."

Im Herbst 1943 kam es dazu. Esthers Eltern waren am frühen Morgen von der Gestapo abgeholt worden, durften nur das Notwendigste packen und kamen auf einen Gefangenentransport nach Osten. Niemand hat später etwas wieder von Adam und Sarah Stein gehört.

Nach diesem Vorfall packte Esther mehrere Koffer, schloss die Wohnung ab und ließ sich von Curt Bertram zum Riedhaus fahren. Hier wollte sie sich vor den Schergen der Nazis verstecken, bis der Krieg zu Ende war, denn niemand rechnete noch mit einem deutschen Sieg, wenn dies auch nicht laut gesagt werden durfte. Das Riedhaus eignete sich durch seine abgelegene Lage hervorragend für ein Versteck und wurde außerdem während des Krieges nicht mehr besucht oder bewohnt, weil fast alle männlichen

Mitglieder des Kreises um die Familien Bartels und Bertram an der Front waren.

Esther richtete sich im Jungenzimmer im Obergeschoss ein, denn von hier aus konnte sie die Gegend weit überblicken und notfalls rechtzeitig flüchten, falls man nach ihr suchen würde.

Irgendwann kam Hinrich Nolte und brachte eine Ladung Holz, die sie zusammen auf dem Flur stapelten. Dann holte er noch einen Sack Kartoffeln und stellte ihn in die Küche. Nolte schmunzelte.

„Allens frisch vom Hof, Mäken. Ich werde nich een nich annern snacken, dat du hier bist. Ich kön die Nazis ok nich af."

Zum Schluss schenkte er ihr noch eine Mettwurst. Esther stiegen die Tränen in die Augen.

An diesem Abend war der Himmel klar und es ging kein Wind. Esther wollte noch nicht heizen, denn sie befürchtete, dass der Rauch sie verraten könne. Sie deckte sich mit mehreren Decken zu, schaute, wie die Sonne über der Leine unterging und fiel schließlich in den Schlaf.

Der Winter war zum Glück nicht sehr hart. Ab und zu kamen Curt Bertram oder Richard Bartels und versorgten sie mit Lebensmitteln. Manchmal erschien auch Hinrich Nolte und brachte eingemachtes Gemüse und Obst oder ein paar Eier mit. Wenn frischer Schnee gefallen war, blieb der Besuch weg und Esther ging nicht aus dem Haus, damit keine Fuß- oder Fahrspuren im Schnee entstehen konnten. Musste sie den Ofen in ihrem Zimmer heizen, tat sie das nur nachts, damit der Rauch nicht auffiel.

Trotz ihrer ständigen Angst genoss sie es in irgendeiner Weise, den Lauf der Jahreszeiten zu schauen und zu spüren. Sie beobachtete aus dem Fenster zur Leine, wie an klaren Wintertagen die Rehe langsam über die verschneite Landschaft zogen, manchmal ihre Köpfe neigend, um an die unter dem Schnee versteckten Pflanzen heranzukommen. Sie sah einen Fuchs, der die Gänge unter dem Schnee erschnüffelte, in denen sich die Mäuse bewegten. Wenn das Frühjahr nahte, kamen in der Frühe Bauern und düngten die Wiesen und Felder. Etwas drang von dem Geruch durch ihre Fenster; es machte ihr nichts aus, sondern erinnerte sie daran, dass es noch ein normales Leben gab, außerhalb dieser aus den Fugen geratenen Welt. Im Sommer sah sie, wie die Bauern mit ihren Pferden auf den Feldern arbeiteten, während die Kühe sich auf den Weiden bewegten, Grasbüschel mit ihren dicken Lippen abreißend. Am frühen Abend passte sie auf und ließ sich nicht draußen blicken, denn dann kamen Frauen auf die Weiden, um die Kühe zu melken. Doch wenn wieder Stille einkehrte und die Dunkelheit einsetzte, hielt sie sich an warmen Tagen manchmal noch lange im Freien auf, saß auf der Terrasse und betrachtete den Sternenhimmel.

Der Herbst kam, brachte zunächst Milde und bienenumsummte Farbigkeit. Zu dieser Zeit bekam sie oft Besuch von Hinrich Nolte, der ihr frische Äpfel und Pflaumen mitbrachte. Später kamen die Stürme; fröstelnd suchte sie die Wärme des Ofens. Im November geschah es manchmal, dass schon Frost einsetzte und die Wiesen mit weißem, glitzerndem Raureif überzog.

Manchmal setzte ihr die Einsamkeit zu, sie flüchtete sich dann in die Bücher, die ihr die Familien Bartels und Bertram regelmäßig mitbrachten und tauschten.

Einmal bekam sie sogar Besuch von ihrem Mann Wilhelm, dem man vierzehn Tage Heimaturlaub zugeteilt hatte, als man ihn von Frankreich an die Front im Osten verlegte. Er erzählte ihr, dass er ihre gemeinsame Wohnung noch in dem gleichen Zustand vorgefunden hatte, in dem sie vor ihrer

Flucht ins Riedhaus gewesen war. Natürlich schloss das nicht aus, dass man in der Zwischenzeit nach ihr gesucht hatte. Wilhelm blieb fast die ganze Zeit bei ihr, sodass Esther etwas Glück empfinden konnte. Er hatte Angst vor der Ostfront, sagte er ihr, während sie umschlungen auf dem Bett lagen, sie trösteten sich, so gut es ging, und an einem der gemeinsamen Abende feierten sie etwas, mit einer Flasche Rotwein, die Richard Bartels mitgebracht hatte. Doch Wilhelms Fronturlaub ging eines Tages zu Ende und Curt Bertram kam mit dem Auto, ihn abzuholen. Sie umarmten sich lange. Traurig stand Esther vor der Tür des Riedhauses und sah zu, wie der DKW zwischen den Kiefern verschwand.

Im Sommer 1944 geschah es, dass Rudolf Bertram, der jüngere Bruder von Wilhelm und ihr Schwager, bei Kämpfen im Balkan einen Schuss in den linken Fuß bekam. Weil er mit seiner Verwundung nicht mehr an der Front eingesetzt werden konnte, schickte man ihn zurück nach Hannover. Hier half er in der Kanzlei seines Vaters aus und erledigte Verwaltungsaufgaben für die Stadt Hannover, eine Pflicht, die man der Kanzlei auferlegt hatte, denn in den Behörden fehlten immer mehr Mitarbeiter; man hatte sie ebenfalls an die Ostfront geschickt. Durch seine Verwundung war Rudolf nicht für körperliche Arbeit geeignet. Jedoch befand er sich in der juristischen Ausbildung und hatte sich auf diese Weise Kenntnisse von Verwaltungsvorgängen erworben.

Nach einigen Wochen heilte seine Verwundung soweit aus, dass er wieder langsam gehen und ein Auto fahren konnte. Zu dieser Zeit löste er Curt Bertram und Richard Bartels ab, die Esther mit Lebensmitteln versorgten. Esther freute sich, ihren Schwager wieder zu sehen und lud ihn manchmal zu Malzkaffee und selbstgebackenem Apfelkuchen ein. Meistens saßen sie in der Küche und unterhielten sich. Rudolf berichtete, dass die Alliierten bereits Paris eingenommen hätten und sich auf dem Weg zum Rhein befänden.

„Vielleicht ist dieser unselige Krieg bald zu Ende, und ich muss mich nicht mehr verstecken", hoffte Esther.

„Das gönne ich dir, doch sei im Moment besonders vorsichtig", antwortete Rudolf, „die Nazis scheinen immer mehr durchzudrehen. Es geht das Gerücht um, dass sie gerade jetzt im Osten massenhaft Juden umbringen."

Im Oktober gab es ein paar regenreiche Tage, sodass der Boden vor dem Riedhaus aufgeweicht war. Als Esther eines Morgens aus dem Haus trat, entdeckte sie frische Fußspuren, die in der Nacht entstanden sein mussten. Ein eisiger Schreck befiel sie. Als sie die Spuren verfolgte, entdeckte sie, dass sie um das ganze Haus herum verliefen. Sie ging in das Haus zurück, schloss ab und setzte sich vor das Fenster zur Leine, an dem sie den größten Teil der Umgebung überblicken konnte.

Am Nachmittag klopfte es an der Eingangstür, die sie von ihrem Platz aus nicht kontrollieren konnte. Ihr wurde schlecht vor Angst. Sie ging vorsichtig zum gegenüber liegenden Fenster und spähte durch die Gardine.

Fritz Horstmeyer stand vor der Tür. Entschlossen ging sie hinunter und öffnete.

Eine Weile schauten sie sich schweigend an.

„Was willst du von mir?", fragte Esther. Fritz antwortete, verlegen und gleichzeitig hektisch.

„Du musst keine Angst davor haben, dass ich dich verrate."

„Woher weißt du, dass ich hier bin?"

„Von meinem Bruder und meiner Schwägerin. Sie wissen das von Hinrich Nolte. Sonst weiß niemand aus Rettorf davon. Kann ich hereinkommen?" Esther nickte. Sie ging ihm voraus, sie setzten sich in die Küche.

„Noch einmal, was willst du von mir?"

„Dich besuchen, Esther. Seit dem Abend auf dem Schützenfest denke ich an dich. Ich kann dich einfach nicht vergessen."

Esther dachte nach. Sie hatte damals mit ihm kokettiert, das war wohl ein Fehler gewesen. Auf der anderen Seite musste sie vorsichtig sein. Sie kannte ihn nicht so genau, und wenn sie ihn schroff zurückweisen würde, könnte es sein, dass er sie verriet.

„Du weißt, dass ich verheiratet bin?"

„Natürlich. Doch wer hat schon eine Ahnung, was nach diesen Zeiten kommt? Ich kann warten. Dein Mann ist im Krieg, es könnte sein, dass er nicht zurückkommt. Du musst keine Angst haben, dass ich etwas von dir will. Ich möchte dich nur besuchen, das ist alles."

„Warum bist du nicht an der Front?"

„Sie haben meinen Bruder Heinrich eingezogen und mich im Gegenzug auf den Hof geschickt. Für mich ist das ausgleichende Gerechtigkeit."

Sie tranken zusammen Tee. Nach einer Weile schickte Esther ihn unter einem Vorwand weg. Erleichtert beobachtete sie aus dem Fenster, wie er sich auf den Heimweg machte.

Fritz Horstmeyer kam mehrfach in der Woche zum Riedhaus. Manchmal schlich er nur um das Haus herum, manchmal klopfte er auch an die Tür. Häufig machte Esther nicht auf. Wenn sie ihn herein ließ, kam es kaum zu einem längeren Gespräch. Fritz war wortkarg und starrte sie meistens nur an.

Als sie einmal unter der Dusche stand, erblickte sie plötzlich ein Gesicht hinter dem Fenster. Entsetzen packte sie, sie schrie auf. Im gleichen Moment erkannte sie Fritz. Aufgebracht suchte sie hinterher nach ihm, um ihn zur Rede zu stellen. Doch er war spurlos verschwunden. Nach diesem Vorfall kam er eine Woche nicht mehr.

Im Januar 1945 bekam Wilhelm Bertram Heimaturlaub und wohnte in dieser Zeit bei Esther. Als Esther ihn sah, erschrak sie. Wilhelm war abgemagert und sah aus wie ein alter Mann. Er ging mit auffällig langsamen Schritten, die Uniformjacke hing schlabbernd um seine dünnen Schultern. Aus glanzlosen Augen blickte er sie stumpf an. Er musste in Russland Fürchterliches erlebt haben, ging es Esther durch den Kopf.

Vergebens versuchte sie, ihn zum Sprechen über seine Erlebnisse zu bewegen, doch er schüttelte nur den Kopf und blickte zur Seite. Esther hatte ihn nach seiner Ankunft ausgezogen, mit Seife abgeschrubbt und seine wenigen Kleidungsstücke in heißem Wasser mehrmals gewaschen, sodass Dampfschwaden durch die Küche zogen und sie das Fenster öffnen musste – dass man den Dampf vielleicht sehen könne, ignorierte sie im Moment. Manchmal kam Rudolf und bemühte sich, ein Gespräch in Gang zu bringen, meistens vergeblich.

Nachts kroch Wilhelm zu ihr und suchte ihre Nähe, doch sonst passierte körperlich nichts zwischen ihnen; eine deprimierende Enttäuschung für Esther, denn gerade darauf hatte sie sich nach ihrer langen erzwungenen Abstinenz gefreut.

Umso wütender wurde sie, als sie eines Abends Fritz Horstmeyer auf dem Gelände des Riedhauses erwischte, der sie mit aufgerissenen Augen anglotzte. Sein merkwürdiges Gebaren, eine Mischung aus Gier und Verzweiflung, ging ihr unangenehm unter die Haut.

„Scher dich fort, Fritz Horstmeyer", zischte sie ihn an. „Vor fremden Grundstücken scheinst du ja keinen Respekt zu haben. Dann solltest du wenigstens davor Respekt haben, dass mein Mann mich nach einem Jahr an der Front für zwei Wochen besucht. Solltest du in fünf Minuten noch hier sein, rufe ich Wilhelm, und der wird schon dafür sorgen, dass du Land gewinnst!"

Das Gesicht von Fritz verfinsterte sich. Er drehte sich um und verschwand.

Anfang Februar kam Rudolf, um Wilhelm abzuholen. Esther und Wilhelm umschlangen einander und als Wilhelm losließ, sah Esther, dass er Tränen in den Augen hatte – das erste Mal überhaupt, seit sie ihn kannte.

Am Ende des Monats kam Rudolf noch einmal und überbrachte ihr einen Brief, den man an ihre Hannoveraner Adresse geschickt hatte. Sie öffnete ihn. Darin stand, dass Wilhelm in der Nähe von Posen gefallen sei. Esther ließ den Brief fallen, lehnte sich an Rudolfs Schulter und weinte hemmungslos.

Einen Tag später kehrte Rudolf zurück und brachte Kartoffeln und Brot. Esther, die den ganzen Tag und die folgende Nacht nicht geschlafen hatte, bat ihn, eine Weile bei ihr zu bleiben. Irgendwann passierte es, dass sie sich in die Arme fielen, wobei Esther mit ihrem dämmrigen Bewusstsein nicht einmal genau realisierte, ob sie nun Wilhelm oder Rudolf in den Armen halte. Dazu kam, dass Rudolf jene sanfte Form körperlicher Zärtlichkeit zeigte, die Esther zum Höhepunkt trieb, so wie sie es von Wilhelm kannte. Beide fühlten sich in einer Art aufbäumender Geschlechtlichkeit gefangen, als habe es die Natur darauf angelegt, in den Zeiten von Tod und Verzweiflung ihre ureigensten Rituale zu verteidigen, die der Erhaltung der Art dienen. In den nächsten Wochen bekam Esther häufig Besuch von Rudolf, der manchmal über Nacht blieb.

Die Alliierten rückten näher. Die Amerikaner und die Briten erreichten Anfang April 1945 die Weser. Die Wehrmacht hatte sämtliche Brücken über die Weser zerstört und ihre Truppen so geordnet, dass sie sich zu einem Halbrund formierten, das von Rinteln über Bückeburg fast bis Hameln reichte und das Wesergebirge umfasste, dem sogenannten „Wesergebirgskessel". Er war eines ihrer letzten Aufgebote.

Esther hörte, wie es an der Tür heftig klopfte. Sie schaute vorsichtig aus dem Fenster, ohne die Gardine zur Seite zu schieben. Als sie Fritz Horstmeyer sah, ging sie nach unten und öffnete. Fritz blickte sie mit zornrotem Gesicht an.

„Ich weiß, was hier im Riedhaus passiert, Esther! Dein Schwager Rudolf ist die ganze Nacht bei dir gewesen, ich habe das kontrolliert. Dein Mann ist vor ein paar Wochen den Heldentod gestorben, und du vergnügst dich gleich mit dem Nächstbesten, du Flittchen!" Esther versuchte, ruhig zu bleiben.

„Und wenn es so wäre? Was geht es dich an, Fritz Horstmeyer?"

„Ich hätte alles für dich getan. Ich hätte dich getröstet und irgendwann wären wir zusammengekommen. Wir sind füreinander bestimmt, du weißt es, Esther!"

„Jetzt mach erst einmal einen Punkt, Fritz. Habe ich dir etwa irgendwann Hoffnung auf mich gemacht?"

„Natürlich. Das hat doch alles schon auf dem Schützenfest in Neustadt angefangen, wo wir uns näher gekommen sind. Hier im Riedhaus habe ich dich die ganze Zeit beschützt und du dankst es mir nicht."

Esther schüttelte den Kopf und blieb sprachlos. Ihr fiel nichts mehr ein.

Ein polterndes Geräusch aus dem Haus ließ sie den Kopf wenden. Rudolf war wach geworden und kam die Treppe herunter. Er stellte sich dicht vor Fritz und blickte ihn drohend an.

„Du lässt sofort meine Schwägerin in Ruhe, sonst bekommst du es mit mir zu tun, Fritz!"

„Und du sei still, du Drückeberger", schrie Fritz. „Lässt andere im Osten für Deutschland kämpfen und machst dich hier über deine Schwägerin her, deren Mann gerade an der Front gefallen ist!"

Er zog ein Messer aus dem Futteral, das immer an seinem Hosengürtel hing. Rudolf hinkte zwar immer noch, denn er konnte seinen linken Fuß bisher nicht schmerzfrei bewegen. Doch seine Arme waren bärenstark; er fasste das rechte Handgelenk von Fritz und drückte es so fest, dass das Messer aus dessen Hand fiel.

Esther bückte sich blitzschnell, nahm das Messer auf und warf es in einem weiten Bogen in die Büsche. Als sie aufblickte, weiteten sich ihre Augen vor Entsetzen.

Vom Rettorf her näherte sich ein sechssitziger Kübelwagen der Wehrmacht. In ihm saßen zwei Männer in braunen Parteiuniformen. Der Wagen schien vom Hof der Horstmeyers zu kommen. Im letzten Moment konnte sie ein Schreien unterdrücken, dann lief sie in den Wald, so schnell sie konnte.

Nach etwa dreihundert Metern fand sie einen Jagdhochsitz. Sie kletterte hinauf, legte sich auf den Boden und beobachtete durch die Ritzen in den Brettern das weitere Geschehen, das sich am Riedhaus abspielte.

Der Kübelwagen hielt. Die Braunen stiegen aus und gingen langsam auf die Männer zu.

„Wer von Ihnen ist Fritz Horstmeyer?" Fritz meldete sich.

„Sie suchen wir. Sie sind zwar grundsätzlich wegen der Hofarbeit unabkömmlich gestellt, das spielt aber jetzt keine

Rolle mehr. Im Moment brauchen wir jeden Mann, um das Vaterland zu verteidigen. Kommen Sie sofort mit, wir werden Sie für den Wesergebirgskessel einteilen. Der Feind soll keine Möglichkeit haben, nach Hannover einzufallen. Wenn Sie sich weigern, werden wir Sie sofort erschießen. Das haben wir schon vorgestern bei einem Verräter aus Rinteln exerziert, einem Hauptmann, der gegen den strikten Führerbefehl gehandelt hat, den Kampf bis zum letzten Blutstropfen fortzusetzen. Er hatte sich vorher für zwei amerikanische Offiziere verwendet, die als Unterhändler getarnt unsere Kommandostation auf der rechten Seite der Weser ausspionieren wollten."

Der andere Braune schaute Rudolf prüfend an.

„Und was ist mit Ihnen? Warum sind Sie nicht an der Front?"

„Ich bin wegen meiner Fußverletzung unabkömmlich gestellt worden. Ich helfe in der Hannoveraner Rechtsanwaltskanzlei meines Vaters aus", antwortete Rudolf.

„Wir nehmen Sie erst einmal mit", sagte der erste Braununiformierte. „Ihre Fußverletzung scheint mir nicht so erheblich zu sein, dass Sie nicht zur Verteidigung taugen. Doch das soll das Wehrbereichskommando in Hannover entscheiden, dessen Kommandeur Lauterbacher wir unterstellt sind. Steigen Sie jetzt ein und setzen Sie sich auf die beiden hinteren Plätze. Die mittlere Sitzreihe und die Hälfte Ihrer Sitzreihe ist mit Kraftstoffkanistern vollgeladen, die wir unterwegs verteilen wollen."

Alle stiegen ein. Der Wagen setzte sich in Bewegung.

Esther verließ während der nächsten Tage den Hochsitz nicht. In der Nacht lief sie schnell zum Riedhaus hinüber und nahm ein paar Decken, eine Flasche Wasser und etwas Brot mit. Trotz der Decken fror sie entsetzlich, denn die

Nächte waren noch kalt, und das Liegen auf dem harten Bretterboden ließ sie nicht zum Schlaf kommen.

Tag und Nacht hörte sie Kampfgeräusche und in der Nacht konnte sie manchmal den Widerschein von Geschützfeuern am Horizont sehen.

Doch um das Riedhaus herum blieb es ruhig, und ihre Angst, es könnten plötzlich Truppen auftauchen und sie in ihrem Versteck entdecken, erwies sich als unbegründet. Einmal sah sie Hinrich Nolte in der Ferne, wie er mit einem Pferdefuhrwerk Holz aus dem Wald holte; glücklicher Mensch, dachte sie, nur dein hohes Alter hat dich davor gerettet, dass sie dich nicht noch zum Schluss eingezogen haben.

Am Mittwoch, dem 11. April, ließen die Kampfgeräusche nach, um in der darauf folgenden Nacht ganz zu verebben.

Esther konnte nicht wissen, wie der Kampf um das Wesergebirge ausgegangen war, denn sie hatte kein Radio und auch sonst zu niemandem Kontakt, der ihr hätte Auskunft geben können.

Trotzdem beschloss sie, in das Riedhaus zurückzukehren. Sie setzte sich an das Fenster zur Leine und starrte auf den Weg nach Rettorf, jederzeit darauf gefasst, plötzlich wieder verschwinden zu müssen, sollten braune Uniformen auftauchen.

Am Donnerstagnachmittag konnte sie einen offenen Wagen erkennen, der langsam vom Dorf her auf das Riedhaus zufuhr. Voller Angst, dass es wieder der Kübelwagen sein könne, spähte sie angestrengt hin.

Aber es war kein deutscher Wehrmachtskübelwagen, dieser Wagen war kleiner. Soldaten in Tarnuniformen, mit Stahlhelmen und Maschinenpistolen ausgestattet, saßen in ihm, und es waren offensichtlich keine Deutschen. Der

Wagen näherte sich und hielt vor dem Riedhaus. Drei amerikanische Soldaten stiegen aus.

Einer der Soldaten sprach gebrochenes Deutsch.

„Wohnen Sie hier allein?", fragte er Esther.

„Ja. Ich bin Jüdin. Ich habe mich hier versteckt." Der Soldat lächelte.

„Dann brauchen Sie keine Angst mehr zu haben. Die Nazis haben wir hier aus der Gegend verjagt. Die deutsche Wehrmacht hat sich zurückgezogen. Wir sind gerade dabei, Hannover einzunehmen und es gibt kaum noch Gegenwehr."

Esther hielt sich an der Tür fest. Die Erleichterung war ihr in die Beine gefahren.

„Können wir etwas für Sie tun?", fragte der Soldat.

„Vielleicht können Sie mir Auskunft geben. Haben Sie einen deutschen Kübelwagen hier in der Nähe gesehen oder wissen Sie, was aus ihm geworden ist? Es saßen Männer darin, die ich kannte."

„Just a moment."

Der Soldat ging zum Wagen zurück und führte ein längeres Gespräch über Funk. Er kam zurück.

„War das vor etwa fünf Tagen?" Esther nickte.

„Da gab es tatsächlich einen Kübelwagen hier in der Nähe. Einer unserer Tiefflieger hat ihn gesehen. Vom Wagen aus haben Männer mit einer Maschinenpistole das Feuer auf ihn eröffnet. Der Tiefflieger flog dann eine Schleife und setzte einen Volltreffer auf das Fahrzeug. Im Wagen muss sich ein großer Treibstoffvorrat befunden haben, denn es gab eine riesige Stichflamme. Vorgestern hat einer unserer Panzer an der Stelle nachgesehen. Es ist außer Asche und ein paar verglühten Metallresten nichts übrig geblieben. Den dunklen Fleck haben unsere Männer mit Sand zugeschüttet."

Esther sackten die Beine weg. Der Soldat fing sie auf.

Ein paar Wochen blieb Esther noch im Riedhaus. Über Hinrich Nolte erfuhr sie vom Verlauf der weiteren Kämpfe. Hannover wurde von den alliierten Truppen im April eingenommen. Die Stadt war durch Bombardierung stark zerstört worden. Als das Telefon wieder ging, nahm sie über Nolte Kontakt mit ihrem Schwiegervater Curt Bertram auf, der berichtete, dass von ihrer Wohnung in Hannover nichts übrig geblieben sei. Er bot ihr an, sie könne einstweilen in die Villa der Familie Bertram einziehen, die unbeschädigt geblieben war.

„Oder du bleibst noch eine Weile im Riedhaus", schlug er vor.

„Nein, auf keinen Fall!" Sie packte ihre Sachen, und wenig später holte Curt Bertram sie ab.

Esther hatte ursprünglich vorgehabt, in die Villa der Familie Stein in Neustadt umzuziehen. Daraus wurde nichts.

Die Gestapo hatte das Haus kurz nach der Verschleppung von Esthers Eltern requiriert und zum Hauptquartier ernannt. Im Anschluss daran waren die Briten eingezogen und hatten dort ein Offizierscasino mit Quartieren für die Offiziere eingerichtet. Sie konnte auch nicht auf die Eigentumsverhältnisse zurückgreifen, obwohl die Villa niemals enteignet oder verkauft worden war. Im Grundbuch war sie auf die Namen der Eltern eingetragen und die Steins waren verschollen. Es würde Jahre dauern, bis sie für tot erklärt waren und Esther ihr Erbe antreten konnte.

Mit dem übrigen ehemaligen Grundbesitz der Steins verhielt es sich ähnlich. Die Stadtverwaltung von Neustadt war zwar bereit, Esther zu entschädigen, jedoch nur zu dem Spottpreis, zu dem die Steins während der Nazizeit die Grundstücke verkaufen mussten. Es folgten jahrelange Prozesse, die bis an Esthers Lebensende dauern würden.

Am Ende des Monates November gebar Esther ihr einziges Kind, ihre Tochter Gabriele. Es war Rudolfs Kind, nur Esther wusste das. Sie würde niemandem davon Kenntnis geben. Wilhelm und Rudolf waren beide tot, und wenn die Wahrheit ans Licht gekommen wäre, hätte es nur Verwirrung gestiftet, und das in Zeiten, die sowieso schon schwer genug waren.

Sie blieb mit ihrem Kind bei ihren Schwiegereltern. Eine neue Wohnung in Hannover zu finden war so gut wie unmöglich, die Stadt hatte man weitgehend zerstört.

Graue Schatten hatten sich über ihre Seele gelegt und ihre Lebhaftigkeit und ihre Zuwendungsbereitschaft gegenüber anderen Menschen getötet. Sie sprach nicht mehr viel, außer zu ihrem Kind, wenn sie es in ihren Armen wiegte und ihm voller Liebe in die Augen sah.

Wenn sie in ihren schlaflosen Nächten nachdachte, schien es ihr so, als habe sie den ihr zustehenden Teil an Lebensglück bereits in ihrer Kindheit und in ihrer Jugend verbraucht.

Das entbehrungsreiche Leben in den Kriegsjahren und während ihrer Zeit im Versteck hatten ihren Tribut gefordert. Esther, die schon immer an einer latenten Herzschwäche gelitten hatte, ohne dass sie es direkt bemerkte, starb drei Jahre nach Kriegsende. Kurz vor ihrem Tod hatte sie verfügt, dass sie auf dem Judenfriedhof bei Neustadt beigesetzt werden wolle, denn beide Männer, die in ihrem Leben eine wichtige Rolle gespielt hatten, waren schon vorher gestorben. Das Grab von Wilhelm Bertram lag in Polen und war unerreichbar und Rudolf Bertram war offiziell verschollen. Wenigstens würde ihr Grab in der Nähe seiner Überreste liegen, doch das wusste nur sie allein.

Gabriele kam nach Esthers Tod zu Vera und Herbert Bertram, Tante und Onkel, die sie nach dem Tod von Esther adoptierten.

Steffi Bertram fuhr gutgelaunt mit dem kleinen Suzuki in Richtung Brandberg. Auf der schmalen Schotterpiste, welche die Farmen verband, kam das Fahrzeug passabel voran; zwischendurch musste sie ein paarmal aussteigen und die Tore öffnen, welche die privaten Ländereien und die naturgeschützten Gebiete des Damaralandes abgrenzten.

Die Wynbergs, ihre nächsten Nachbarn, waren Südafrikaner, die es nach dem Ersten Weltkrieg nach Namibia verschlagen hatte. Sie betrieben ebenfalls hauptsächlich Rinderzucht, mit dem Unterschied, dass sie auf ihrem Land selbst Regie führten, anders als auf Elisental, wo Martin den Farmbetrieb weitgehend den Namafamilien von Josef und Tobias überlassen hatte.

Der Anlass für den Ausflug zu den Nachbarn war banal. Die Nama hatten Hühner geschlachtet, und Käthe hatte ihr am Samstagmorgen ein sorgsam gerupftes und ausgenommenes Huhn gegeben, das der weiteren Verwendung in der Küche harrte. Steffi hätte jetzt gerne Friederike bei sich gehabt, die sich mit so etwas auskannte; nach kurzem Nachdenken erinnerte sie sich daran, dass Friederike Hühner meist in einem Sud aus Zwiebeln, Gemüse, Lorbeerblatt, Sternanis und Pfefferkörnern gekocht hatte. Die Haut hatte sie hinterher abgezogen, das Fleisch zerteilt und dazu aus dem Sud eine Sauce bereitet, die sie unter anderem mit Pilzen und Kapern anreicherte.

Nur, Martin war, was seinen Küchenbestand anbetraf, mit Gewürzen äußerst dürftig ausgestattet, weil er nicht gerne kochte. So hoffte sie, sich bei Mieke Wynberg die fehlenden Zutaten, besonders das Gläschen Kapern und die Dose Champignons ausleihen zu können. Dass sie für die Hin- und Rückfahrt jeweils eine halbe Stunde Fahrzeit benötigte, störte sie nicht, denn sie genoss die Fahrt durch das hügelige namibische Farmland, durchsetzt mit Büschen und Kameldornbäumen. Manchmal sah sie in der Ferne Rinder oder ein paar Springböcke. Der Brandberg, wie ein Schiff in der Landschaft liegend, erinnerte sie an ihren Ausflug mit Martin, eine der schönsten Erinnerungen, die ihr gegenwärtig waren.

Die Wynbergs konnten nur schlecht Deutsch verstehen und sprechen. Unter sich sprachen sie Afrikaans, sodass Steffi sich immer mit ihnen auf Englisch unterhielt. Mieke Wynberg lud Steffi zu einem Kaffee ein, sie redeten fröhlich miteinander und tauschten den regionalen Klatsch von Windhoek bis Khorixas aus, bevor Steffi sich verabschiedete, im Besitz der Zutaten für das Huhn.

Der Nachmittag gehörte der Zubereitung des Hühnerragouts. Steffi war ganz froh darüber, denn seit Martin nun schon fast zwei Wochen in Deutschland war, vermisste sie ihn und langweilte sich an den Wochenenden.

Doch eines hatte sich seit dem Anfang ihrer Beziehung geändert. Sie war nicht mehr so depressiv, wenn Martin fort musste und konnte besser allein sein. Es war so, als wenn sie mit Martin und dem ungeborenen Kind ein Dreieck bildete, das den Unwägbarkeiten und Unbequemlichkeiten des Zeitlaufes besser standhielt, wie ein verlässlicher Fels.

Das Huhn gelang. Danach ging sie früh zu Bett. Eine Weile später rief Martin an. Was sie von ihm über den Zustand seiner Großmutter hörte, führte dazu, dass sie die Familie bedauerte, doch sie hatte kaum eine Beziehung zu Sophie Horstmeyer und sie war schlummerig, und kurze Zeit später überwältigte sie tiefer Schlaf.

Am nächsten Tag, einem Sonntag, stand sie spät auf. Sie frühstückte, genoss den Blick auf die Berge, las in einem Buch und legte sich auf eine der Liegen, die Martin auf der

Terrasse verteilt hatte. Als es dunkelte, ging sie in das Haus und legte sich schlafen.

Nach einer Stunde wachte sie auf. Sie hatte Schmerzen, in ihrem Unterleib zog es. Sie nahm eine Aspirintablette. Nach einer halben Stunde waren die Schmerzen weg. Besser, du gehst morgen zu Gertrud Khailkaun, dachte Steffi. Wenn man schwanger ist, kann man nicht vorsichtig genug sein. Am frühen Montagmorgen fuhr sie zusammen mit den Kindern mit dem Schulbus nach Khorixas. Nach der Mittagspause in der Praxis fragte sie ihren Chef John Kadanga, ob er am Nachmittag ohne sie auskommen könne. John hatte keine Einwände. Sie ging in das Krankenhaus von Khorixas und ließ sich von Gertrud Khailkhaun untersuchen. Gertrud machte ein bedenkliches Gesicht.

„Du musst eine leichte Blutung aus dem Muttermund gehabt haben, Steffi. Das kann natürlich bedeuten, dass eine frühe Fehlgeburt bevorsteht. Ich an deiner Stelle würde ein paar Tage hier im Krankenhaus bleiben und ganz ruhig liegen. Wenn du Glück hast, wird sich alles wieder beruhigen. Wenn du Pech hast, ist die Schwangerschaft vorbei."

Kadanga hatte Verständnis für sie; er gab ihr frei und Steffi bezog ein Bett in einem kleinen Zimmer, dem Bereitschaftszimmer neben der Frauenabteilung, das Gertrud ihr überlassen hatte. Zwei Tage ging alles gut.

Am dritten Tag bekam Steffi am Morgen heftige Schmerzen. Sie wand sich und merkte, wie etwas in ihrem Unterleib passierte. Ein Schwall von Blut ergoss sich und etwas schien sich in ihrem Inneren zu lösen. Eine halbe Stunde später kam Gertrud. Steffi war völlig verzweifelt.

„Mach mal die Decke hoch, Steffi. Ich schaue nach."

Ein Gewebepfropfen lag zwischen Steffis Beinen. Gertrud betrachtete ihn genau.

„Das ist ganz klar eine frühe Fehlgeburt. Soweit ich sehe, ist sie auch komplett. Es kommt jetzt darauf an, Steffi, was in den nächsten Tagen passiert."

Sie untersuchte Steffi.

„Dein Muttermund ist noch offen. Wenn er sich in den nächsten Tagen schließt, brauchen wir nichts zu unternehmen. Wesentlich ist, ob es noch zu Blutungen kommt. Sollte das der Fall sein, würden wir dich sicherheitshalber nach Windhoek verlegen, dann müsste vielleicht eine Ausschabung vorgenommen werden. Ich hoffe, dass es sich um eine ganz normale Fehlgeburt handelt."

Es gab keine Komplikationen für Steffi, jedenfalls keine körperlichen. Jedoch die Trauer über den Verlust warf sie soweit nieder, dass sie zunächst kaum in der Lage war, mit Gertrud darüber zu sprechen. Nach zwei Tagen verließ sie mühsam ihr Bett. Es war bereits Freitag, und der Schulbus stand vor dem Krankenhaus, um sie abzuholen. Während der Fahrt lachten und scherzten die Kinder. Steffi starrte aus dem Fenster und verlor kein Wort.

Als sie abends von Martin angerufen wurde und er ihr berichtete, dass seine Großmutter gestorben sei, fiel es ihr schwer, den Faden zu finden und sie bemühte sich darum, das Gespräch möglichst kurz zu halten. Martin würde in der nächsten Woche wieder zurückkommen und sie wollte ihm erst in Namibia erzählen, was passiert war.

Am nächsten Tag ging sie kaum aus dem Haus. Zwischendurch kam Emilie und brachte ihr frische Milch. Sie hatte mit ihr noch nicht über ihre Fehlgeburt gesprochen, doch Emilie wusste von anderen, was geschehen war.

„Kopf hoch, Steffi! Das, was dir passiert ist, ist nichts Ungewöhnliches. Die meisten Frauen, die ich kenne, haben so etwas schon erlebt. Es macht traurig, und man denkt, alles sei vorbei. Aber dieses Gefühl geht weg und du bist jung, kannst noch viele Kinder haben."

„Das weiß ich alles, Emilie. Es nützt mir nichts, gegen meine Stimmung kann ich nichts machen. Ich hoffe, es geht mir besser, wenn Martin zurückkommt."

Als sie in der nächsten Woche wieder nach Khorixas fuhr, nahm sie sicherheitshalber den kleinen Suzuki. um beweglich zu bleiben. Die Arbeit in der Praxis bekam ihr insofern gut, als sie sich von ihrem Problem ablenken konnte, wenn sie Patienten behandelte. John Kadanga, der ebenfalls Bescheid wusste, vermied es daher, sie darauf anzusprechen.

Am Freitagmorgen fuhr Steffi zum Flughafen Windhoek, um Martin abzuholen.

Nachdem sie sich umarmt hatten, schaute sie ihn traurig an. Irgendetwas musste mit Steffi passiert sein, unruhige Gedanken befielen Martin. Sie gingen langsam mit dem Gepäck zum Auto. Steffi blieb still, während Martin versuchte, zunächst belanglose Worte zu finden, indem er über den Verlauf seines Fluges berichtete. Manchmal lächelte Steffi, doch kurz darauf überzog wieder ein Schleier von Kummer ihre Züge. Nachdem sie das Gepäck verstaut hatten, schlug Martin vor, das Steuer zu übernehmen, Steffi sei bestimmt müde, weil sie schon die lange Fahrt von Khorixas hinter sich habe. Sie war einverstanden.

Unterwegs begann Steffi, mit langsamen Worten zu erzählen, was sich während Martins Abwesenheit ereignet hatte. Ihre Augen füllten sich mit Tränen und sie vermied es, Martin anzuschauen. Martin hörte scheinbar regungslos zu, obwohl sein Inneres in höchster Anspannung war. Die Ahnung, die bereits bei ihrem letzten Telefongespräch undeutlich in sein Bewusstsein gedrungen war, bestätigte sich; Steffis Schwangerschaft war unglücklich beendet, und sie würden kein gemeinsames Kind haben, jedenfalls nicht jetzt.

Martin versuchte nun, Steffi aufzurichten, er gab ihr zu bedenken, dass eine Fehlgeburt ein häufiges Ereignis sei und sich nicht wiederholen müsse. Sie könnten es ja bald wieder probieren, ein Kind zu bekommen. Nichts Neues für Steffi, das gleiche hatte sie schon von anderen gehört und es tröstete sie nicht. Sie nahm es zwar auf, doch sie wurde zusehends müde, denn nach der Arbeit war sie bereits seit acht Stunden auf der Straße gewesen. Irgendwann schlief sie auf dem Beifahrersitz ein.

Als sie wieder zu sich kam, war es draußen dunkel und sie hatten schon Omaruru passiert. Martin fuhr jetzt wegen der Dunkelheit langsamer. Er begann ein Gespräch über seine Zeit in Deutschland und gab wieder, was Sophie Horstmeyer über Steffis Großmutter Esther und die Zeit berichtet hatte, in der sie sich im Riedhaus versteckt hielt. Steffi wurde jetzt hellwach.

„Das ist ja kein gutes Bild, das dein Großonkel Fritz in den Erzählungen deiner Großmutter abgibt. Meine Großmutter Esther scheint ihn wohl kaum gemocht zu haben. Und deine Großmutter Sophie hat meine Großmutter offensichtlich gehasst!"

„Steffi, das ist Vergangenheit. Sollen sich unsere Großmütter gehasst haben, wie sie wollen. Egal, Hauptsache, ihre Enkelkinder sind sich zugetan. Für mich gilt das, und ich hoffe, auch für dich. Wir werden diese Zeit überstehen müssen, es kann nur noch besser werden."

Mitten in der Nacht kamen sie in Elisental an. Martin ging sofort zum Hundezwinger, die Hunde jaulten und kläfften, als sie Martin rochen, sodass in den Häusern der Nama die Lichter angingen. Er führte Rex angeleint aus dem Zwinger. Der Hund sprang trotz Leine an ihm hoch und leckte ihm mit der Zunge über das Gesicht. Martin brachte ihn ins Farmhaus, duschte und ging ins Schlafzimmer, wo sich Steffie bereits unter der Decke verkrochen hatte. Als er zu ihr kam, drückte sie sich an ihn. Beide fielen in einen traumlosen Schlaf.

Es besserte sich nichts an den grauen Gedanken, die sich in Steffis Kopf geschoben hatten. Ihr kam es vor, als habe sie für sich und Martin vorher eine Hütte aufgebaut, mit ihrem gemeinsamen Kind als Eckpfosten. Nun war das Kind weg, die Hütte brach zusammen. Fast war sie froh, wenn sie in der Woche Elisental verlassen und damit die Gedanken verjagen konnte, die sie bedrängten, wie Gespenster. Die Farm, ebenso Namibia, war für sie wie eine Blume gewesen. Der Höhepunkt der Blüte dieser Blume, die körperliche Begegnung mit Martin, hatte sie in Verzücken versetzt, doch die Frucht war abgestorben, die Blätter der Blume hingen welk herab.

Nachts lagen sie still im Bett und sprachen kaum miteinander, obwohl Martin sich bemühte, Steffi bei der Bewältigung ihres Problems zu helfen. Martin litt zusehends und verschlimmerte damit ihren Gemütszustand, indem er ihr noch dazu ungewollt einen Anflug schlechten Gewissens verpasste, denn hatte Steffi nicht bereits Christoph unglücklich gemacht, und jetzt noch Martin dazu?

Vielleicht war sie ein bösartiges Wesen, von der Art, wie Martins Großmutter Sophie ihre Großmutter Esther geschildert hatte.

Zusehends richteten sich ihre Gespräche darauf, was Martin in Deutschland über Esther erfahren hatte, ihre Vergangenheit, ihr verstecktes Leben im Riedhaus und ihre Beziehungen. Steffi nahm alles, was er ihr erzählte, in einer sinnlichen Weise auf, ohne Wertung und weiteres Nachdenken. Es schlichen sich neue und alte Bilder in ihr Gehirn, das Riedhaus, die Leineniederung, Else Löbmann, Friederike und Christoph.

Namibia, diese Symphonie aus Sonne, Braun, Grün und Gelb mit seinem meerblauen Saum, verblasste in ihrem Bewusstsein. Martin wandelte sich in ihren Gedanken zum Statisten, Steffi wurde immer unglücklicher.

Die Nama merkten es. Eines Tages sagte Käthe zu ihr: „Du bist uns willkommen, Steffi, wir lieben dich. Aber du sollst nicht unglücklich sein. Du musst zurück nach Deutschland, und dann wirst du dich entscheiden müssen. Wenn du zurückkommst, sind wir für dich da, wenn nicht, sind wir dir nicht böse." Steffi nahm daraufhin Käthe in den Arm. Ein Hauch von Glück streifte sie.

Im Oktober entschied sie sich.

„Martin, ich werde zurück nach Deutschland gehen. Ich habe schon mit John Kadanga gesprochen, er versteht das, und ich kann meinen Job wiederhaben, sollte ich zurückkommen. Was wird, weiß ich nicht."

Martin war gefasst und hatte verstanden.

„Du musst tun, was du tun musst, Steffi. Was mir bleibt, ist die Hoffnung, dass du zurückkommst."

In dieser Nacht schliefen sie miteinander, das erste Mal nach Martins Rückkehr.

An einem Freitag im Oktober brachte Martin sie zum Flughafen Windhoek. Steffi hatte nur zwei Koffer dabei, darin war alles, was sie je in Namibia besessen hatte.

Gabriele Bertram holte ihre Tochter vom Flughafen ab. Sie merkte, dass Steffi eigenartig still war, doch sie vermutete richtig Beziehungsschwierigkeiten bei ihr und bemühte sich in ihrem gemeinsamen Gespräch, das Thema Martin zu vermeiden. Von Steffis Fehlgeburt wusste sie nichts, Steffi hatte sie ihrer Mutter verschwiegen. Nur Friederike wusste Bescheid; mit ihr hatte Steffi in der letzten Zeit mehrfach lange telefoniert.

Zwei Tage blieb Steffi bei Gabriele. Sie redeten wenig miteinander; Gabriele merkte, dass Steffi im Moment allein sein wollte und nahm darauf Rücksicht. Doch Steffi ging immer noch im Kopf herum, was Martin über ihre Großmutter berichtet hatte, und sie sprach Gabriele darauf an.

„Was weißt du über meine Großmutter Esther, Mama?"

„Leider nur sehr wenig, weil sie so früh gestorben ist. Das meiste, was ich weiß, habe ich dir schon erzählt, es ist nur aus zweiter Hand."

„Wusstest du, dass Sophie Horstmeyer ganz schlecht auf sie zu sprechen war?" Gabriele nickte.

„Sophie Horstmeyer hasste nicht nur meine Mutter, sie hasste auch das Riedhaus. Vermutlich lag das daran, dass sie der Überzeugung war, Esther habe ihr den damaligen Freund Fritz Horstmeyer ausgespannt, der später ihr Schwager wurde. Dabei wollte Esther niemals etwas mit Fritz Horstmeyer zu tun haben. Es ging aber nicht soweit, dass sie Esther bei den Nazis verraten hat. Doch irgendetwas anderes musste damals im Riedhaus passiert sein, weil Esther sich durch die Zeit im Riedhaus sehr verändert hat. Ein Wunder ist das nicht. Wenn man sich fast zwei Jahre verstecken muss, bleibt das wahrscheinlich nicht folgenlos." Steffi überlegte eine Weile.

„Ich glaube, Mama, ich mache es meiner Großmutter nach und bleibe auch für eine Weile im Riedhaus. Ich weiß im Moment überhaupt nicht, wie es mit mir weitergehen soll, vielleicht tut es mir gut, wenn ich allein bin und komme so besser zum Nachdenken." Gabriele verstand und nickte. „Ich merke selber, dass du im Moment nicht mit dir im Reinen bist, Steffi. Das, was du vorhast, kann nicht schaden. Gegenüber deiner Großmutter Esther hast du noch einen großen Vorteil: nach dir wird nicht gesucht und du bist mit dem Handy erreichbar und kannst jederzeit mit mir in Verbindung treten, wenn du mich brauchst. Holz ist übrigens genug da, darum brauchst du dich nicht zu kümmern."

Steffi packte, und am nächsten Tag fuhr Gabriele sie zum Riedhaus.

Auf der Fahrt dorthin nahm Steffi zum ersten Mal den Oktober mit seinem Farbenreichtum wahr, seit sie wieder in Deutschland war. In Namibia hatte gerade der Frühling begonnen oder das, was man in Namibia Frühling nennt, denn ausgeprägte Jahreszeiten gab es dort nicht. Nur wenn es einmal ausgiebig geregnet hatte, überzog sich die Savanne mit einem leuchtenden Blütenteppich.

Doch die Straße nach Rickdorf, gesäumt von Linden und Obstbäumen, führte sie in einen milden, rötlichen Sonnenuntergang, wobei sich das Licht in dem herbstbunten Blattwerk der Bäume spiegelte, die Farben der Blätter noch verstärkend. Die Räder von Gabrieles Auto mahlten sich hinter Rickdorf durch den graugelben Sandweg, als sie durch den Kiefernwald zum Riedhaus fuhren.

Es war ein milder Tag gewesen, trotzdem forderte der Herbst seinen Tribut, indem er nach Sonnenuntergang schleichende Kälte sich ausbreiten ließ; Steffi wusste aus Erfahrung, dass sie als erstes im Riedhaus den Ofen anzünden musste, weil die Wände ausgekühlt waren.

Vorher hatten sie eingekauft. Gabriele half Steffi, ihr Gepäck und zwei Kartons mit Lebensmitteln in das Haus zu tragen. In der Werkstatt stand ein Fahrrad, Steffi würde also ohne Probleme in Rettorf einkaufen können, wenn die Vorräte alle waren. Gabriele blieb nur kurz, sie tranken einen Tee zusammen, dann drückte Gabriele Steffi die Hand und verschwand.

Steffi hatte sich im Obergeschoss eingerichtet, dem Jungenzimmer mit dem Fenster zur Leineniederung und zum Feldweg nach Rettorf. Der Ofen sprang sofort nach dem Anheizen an, verbreitete bullerige Wärme und verschaffte Steffi das, nach dem sie gesucht hatte, Abstand von ihren Problemen und die Einsicht, dass Wohlgefühl manchmal von ganz einfachen Dingen ausging.

Sie aß etwas, machte eine Flasche Rotwein auf und schaute aus dem Fenster. Es war still und dunkel Sie zündete eine Kerze an, stellte sie ins Fenster und schrak im gleichen Moment zurück.

Hätte Esther das auch getan?

Ein Kerzenlicht wird selten wahrgenommen. Man entdeckt es kaum. Nur, in einem Fenster eines abgelegenen Hauses, weit entfernt von anderen Behausungen, wird man es bei ruhigem Wetter über hunderte von Metern wahrnehmen. Sie wusste von vielen Märchen, die erzählten, wie verirrte Kinder mitten im tiefen Wald einem Licht nachgingen, nicht wissend, ob sie auf eine gute Fee oder eine garstige Hexe trafen. Steffi stellte sich die Frage, ob ihre Großmutter Esther es gewagt hätte, eine Kerze am Fenster anzuzünden.

Sicher nicht. Oder nur, wenn das Wetter nicht klar war.

Steffi gingen schlimme Dinge durch den Kopf, dunkle Bahnhöfe, in denen Schwarzuniformierte mit vorgehaltenen Gewehren Menschen in Waggons pferchten, dem Verderben entgegen. Das Grauen kroch in ihr hoch. Konnte es sein, dass das Riedhaus die Angst von Esther aufgenommen hatte und nun an sie weitergab?

Sie schlief spät ein und wachte in der Nacht wieder auf. Ein Sturm war aufgekommen und blies heulend um das Haus. Sie öffnete die Tür und ging einen Schritt hinaus. Um sie herum war schwärzeste Nacht. Sie schloss ab, stieg die Treppe hinauf und legte sich wieder hin.

Am nächsten Morgen peitschte der Regen gegen die Hauswände. Es war kalt geworden und Sturmböen ließen die Bäume um das Haus ächzen. Manchmal lösten sich Scharen bunter Blätter, wirbelten empor und verteilten sich auf dem regennassen Rasen, wenn sie zur Ruhe gekommen waren.

Am Nachmittag hupte ein Auto. Friederike stand vor der Tür. Steffi stürzte die Treppe hinunter, die beiden Frauen flogen sich in die Arme, denn sie hatten sich schon seit mehr als einem Jahr nicht mehr gesehen.

Während der Tee in der Kanne zog, erzählte Steffi ausführlich von Namibia, besonders von ihrem ersten Vierteljahr mit Martin. Friederike hörte aufmerksam zu.

„Es klingt ja so, als hättest du dich nicht nur in Martin, sondern auch in Namibia richtig verliebt, jedenfalls bis vor kurzem." Steffi nickte.

„Das Land ist wunderschön, Friede. Ich wollte bleiben. Nachdem ich das Kind verloren hatte, war alles anders. Jetzt bin ich mir darüber nicht mehr sicher. Ich bin mir überhaupt über nichts mehr sicher, alles in meinem Kopf verschwindet in einem traurigen Gedankenbrei. Im Moment gibt es für mich überhaupt keine erkennbare Wirklichkeit."

„Bist du denn in Martin nur verliebt oder liebst du ihn?"

„Das erste bestimmt, über das zweite habe ich nie nachgedacht, ich war einfach nur glücklich."

„Und wie standest oder stehst du zu meinem Bruder? Hast du ihn geliebt? Schließlich wart ihr ja lange zusammen!"

„Genau das gleiche. Verliebt war ich auch in ihn, aber nicht so heftig wie in Martin. Ob man unsere Beziehung Liebe nennen konnte, darüber habe ich ebenfalls nicht nachgedacht. Im Moment stecke ich im Gefühlschaos, es ist der reinste Horror." Steffi schenkte Tee ein. Friederike überlegte eine Weile.

„Ich kann das alles verstehen, Steffi. Wenn man versucht, zu begreifen, geht man immer von sich aus, es bleibt einem ja auch nichts anderes übrig. Was mich betrifft, so wusste ich auch bis zu unserer Hochzeit nicht, ob ich Nils liebte. Ich war noch nicht einmal sonderlich verliebt in ihn. Das richtige Verliebtsein und die Liebe kamen erst nach der Hochzeit, du weißt es. Jetzt ist mehr als ein Jahr vergangen, das Verliebtsein geht etwas zurück, ganz normal, aber die Liebe ist geblieben. Das soll jedoch kein Maßstab für dich sein, ich empfinde das, was mir passiert ist, fast wie ein Wunder.

Was mich bei dir bedenklich stimmt, ist, dass sich durch deine Fehlgeburt so viel in deiner Beziehung gegenüber Martin geändert hat. Wenn du ihn wirklich liebtest, hätte eure Beziehung das aushalten müssen. Ich kenne Martin Horstmeyer wenig, außer von unserer Kinderzeit her, doch ich glaube in seinem Fall, er liebt dich wirklich und er hätte das, was dir passiert ist, ausgehalten. Das betrifft ja auch ihn, denn er wäre der Vater gewesen. Also liegt der Knackpunkt wohl bei dir."

„Könnte so sein, Friede. Ich hab da für mich etwas künstlich aufgebaut, was wohl nicht funktioniert hat, weil meine Gefühle für Martin nicht reichten. Mein Leben in Namibia, Martin und das Kind waren eine geplante Einheit, die durch das Ereignis jäh zusammengebrochen ist. Vielleicht habe ich im Unterbewusstsein sogar an dich gedacht und wollte es so machen wie du. Du hattest ja auch deine Ehe mit Nils geplant, und es ist gut gegangen."

„Das war eine Ausnahme, Steffi, habe ich dir gerade gesagt!"

„Und was soll ich jetzt tun?" Die Frauen tranken ihren Tee. Friederike dachte nach.

„Es ist etwas schwierig, dir einen Rat zu geben. Ich kann nicht zu hundert Prozent garantieren, dass er für dich richtig ist. Ich an deiner Stelle würde hier von Neuem anfangen, mir eine Stelle suchen, versuchen, andere Menschen kennenzulernen, auch ausgehen und mich einladen lassen. Vielleicht wirst du dir dann über deine Gefühle im Klaren werden, was Martin oder Christoph betrifft. Es muss aber nicht einer von den beiden sein, bei dem du landest. Es kann auch sein, dass du einen ganz neuen Mann triffst, mit dem du eine Chance hast, glücklich zu werden. Du sollst mir jetzt nicht zustimmen, das möchte ich gar nicht. Aber überleg dir das."

Sie unterhielten sich nun über andere Themen. Steffi fragte Friederike, ob sie sich bei Bertram & Bartels wohl fühle.

„Eine gute Frage, Steffi. Ich bin mit großer Skepsis in die Kanzlei gegangen, weil es auch Nachteile haben kann, wenn man in einen Familienbetrieb wie den unseren eintritt. Man hat nicht die Distanz voneinander wie in anderen Rechtsanwaltspraxen, und das kann Probleme machen. Mittlerweile fühle ich mich sehr wohl. Wir haben unsere Arbeit so geordnet, dass jeder sein Spezialgebiet hat und in diesem sein eigener Herr ist. Trotzdem findet eine gewisse gemeinsame Kontrolle statt. Mehrmals in der Woche treffen wir uns und werfen uns gewissermaßen die Bälle zu. Das funktioniert. Ich glaube, ich habe alles richtig gemacht.

Mir fällt gerade etwas ein. Lass uns doch mal in Tante Elses Wohnung hinübergehen und nachschauen, wie es dort aussieht. Ich bin seit ihrem Tod noch nicht drüben gewesen."

Eine Stunde später schloss Steffi die Tür zum Anbau auf. Sie betraten Else Löbmanns Wohnung. Ein Schwall von Kälte überfiel sie. Die Tür von Elses Wohnküche stand offen. Es roch nach kaltem Kohlenstaub. Gegenüber der Tür erblickten sie den Herd. Alle Klappen waren geöffnet, eine Klappe hing schief herab. Eine fettige Staubschicht überzog seine ehemals weiße Oberfläche, die jedoch schon vorher durch jahrzehntelangen Gebrauch vergilbt war. Auf den Herdplatten hatte sich Flugrost ausgebreitet. In der Nische neben dem Herd lag zerknüllt Elses Wachstuchdecke. Der Lehnstuhl stand noch immer auf der anderen Seite des Herdes; sein Polster war aufgeplatzt, und die Füllung aus Pferdehaar und eine Stahlfeder quollen heraus. Der Tisch und die Stühle fehlten, man hatte sie offensichtlich entfernt oder im Schuppen untergebracht.

Auf dem Fußboden lagen die Scherben der Flamencotänzerin. Zwischen ihnen huschten ein paar graue Kellerasseln über den Boden. Die Wände, jetzt noch verschmutzter als vorher, besaßen aber immer noch ihre Dekoration aus Ansichtskarten. Doch manche fehlten und hatten weiße Flecken auf der Tapete hinterlassen, andere hingen schief herab.

Die Klappen vom Küchentisch standen ebenfalls offen. Der größte Teil des Geschirrs und der Töpfe war verschwunden, nur ein paar einsame Teller und Tassen standen noch in den Regalen. Allein der Waschtisch mit der Pumpe sah so aus, wie er immer ausgesehen hatte.

Dämmriges Licht drang durch blinde Fensterscheiben. Steffi rieb eine Stelle frei, die den Blick auf einen verwilderten Gemüsegarten freigab.

„Hier sieht alles gestorben aus, wie auch Else gestorben ist", sagte Friederike.

Sie gingen durch die anderen Zimmer der Wohnung. Hier war alles leergeräumt. Auf den Böden lagen alte Zeitungen und Mörtelreste.

Friederike blieb noch eine Weile bei Steffi. Als sie am Nachmittag ging, fing es bereits an zu dämmern. Hier bist du in Deutschland mit seinen ausdrucksvollen Jahreszeiten, dachte Steffi, es ist anders als in Namibia. Bald wirst du merken, dass die Dunkelheit jeden Tag früher kommt. Sie hielt sich noch eine Weile draußen auf. Auf einmal hörte sie aus der Ferne ein vielstimmiges Gekreische, das näher kam. Sie schaute in den Himmel. Ein ungeordneter Schwarm Wildgänse flog durch die Leineniederung.

Eine Woche verging. Steffi las viel, fuhr zwischendurch mit dem Fahrrad nach Rettorf, kaufte ein und saß meistens ab Nachmittag vor dem Fenster. Sie schaute in die Flussniederung und auf die Straße nach Rettorf, bis es dunkel wurde.

So muss meine Großmutter Esther hier auch gesessen haben, ging es ihr durch den Kopf. Doch das Riedhaus schien ihr zu helfen. Langsam gewann sie ihre Ruhe wieder.

Eines Tages saß sie nachmittags am Fenster, wie üblich. Kurz zuvor hatte es geregnet.

Sie sah, wie ein Auto den Rettorfer Weg entlang fuhr, in Richtung zum Riedhaus. Sie dachte an Esther und ihre Angst vor dem Kübelwagen.

Als es näher kam, erkannte sie den schwarzen Polo von Christoph. Schnell ging sie zum Spiegel und ordnete ihre

Haare. Es klopfte. Sie ging nach unten und öffnete die Tür. Steffi und Christoph standen sich gegenüber. Steffi traute sich nicht, ihn zu umarmen.

„Guten Tag, Steffi", sagte Christoph. „Darf ich hereinkommen?" Als er sie anblickte, sah sie so etwas wie Liebe in seinem Blick.

Am liebsten würde sie sich jetzt fallen lassen und in seinen Armen Schutz suchen, schoss es ihr für einen Moment blitzartig durch den Kopf.

„Natürlich, Christoph." Sie gingen nach oben und setzten sich vor das Fenster. Eine Weile blieben sie still.

„Ich habe gehört, was dir passiert ist", sagte Christoph, „allerdings erst vor ein paar Tagen. Friede hat es mir erzählt. Ich hoffe, du hast es ihr nicht verboten?"

„Es ist in Ordnung", antwortete Steffi. „Ich habe deine Gefühle verletzt, ich weiß das, und ich fühle mich gegenüber dir unendlich schuldig. Trotzdem möchte ich im Moment darüber nicht reden. Ich kann es einfach nicht."

„Du bist überhaupt nicht schuldig, Steffi. Niemand kann etwas für seine Gefühle. Auch ich habe Fehler gemacht. Ich habe dir noch nie eine Perspektive gegeben, wie Nils meiner Schwester. Dabei hätte ich mehrfach dazu Gelegenheit gehabt. Wir hatten es uns damals wohl viel zu bequem eingerichtet."

Langsam stieg gesunder, weißer Nebel aus der Leineniederung hoch, kroch über den Abhang, legte sich um das Riedhaus und breitete sich fingerartig im Wald aus.

„Wir sollten jetzt spazieren gehen", schlug Christoph vor. „Nachher ist es zu neblig oder zu dunkel."

Sie gingen aus dem Haus. Die Blätter der Bäume, sofern sie noch übriggeblieben waren, glänzten, denn der Regen war noch nicht abgetrocknet. Als sie den Wald erreichten, blieb Christoph stehen und drehte sich zu ihr.

„Du bist ein hübsches Mädchen, Steffi Bertram. Ich mag dich sehr. Ich habe zwei Karten für die Oper am Samstag. Sie spielen den „Rosenkavalier". Hast du Lust, mitzukommen? Hinterher lade ich dich zum Essen ein. Nachher könnten wir noch auf ein Gläschen Sekt in meine Wohnung gehen. Sie ist groß, ich habe viel Platz. Eigentlich ist sie zu groß für eine Person. Ach nein, lassen wir das lieber. Beim ersten Date sollte man nichts übertreiben." Er blickte sie an.

Steffis Augen füllten sich mit Tränen. Eine Träne lief ihr über das Gesicht.

Er streckte seine Hand zu ihr aus. Steffi zögerte erst, dann griff sie zu.

Sie verschwanden im nebligen Weiß.

Der Mai, dieser Monat, der an seinem Anfang der Sonne die Wärme zu entnehmen scheint, um sie über das Land zu verströmen, hatte seine Fühler bereits ausgestreckt. Es war der erste warme Tag in diesem Jahr. Das Thermometer erreichte die Grenze von zwanzig Grad, und Christoph Bartels und seine Frau Steffi hatten das Verdeck ihres Golf Cabrio bereits geöffnet, als sie zum Riedhaus fuhren. Steffi Bartels, die auf dem Beifahrersitz saß, betrachtete ihn. Ein paar graue Strähnen hatten sich in sein Haar geschlichen, doch seine Haut war glatt; immer noch sah er sehr jung aus. Sie fuhren über die Landstraße und erblickten ringsum bäuerliche Geschäftigkeit. Trecker setzten auf den Feldern ihre Spuren, Anhänger rumpelten und verbreiteten metallene Geräusche und auf den Höfen liefen die Menschen hin und her und riefen sich etwas zu.

Vor dem Riedhaus hielten sie und stiegen aus. Sie erblickten Friederike Bertram, wie sie zwei Platten mit Streuselkuchen aus ihrem Auto trug. Mit ihr lief ihre jüngere fünfjährige Tochter Elisabeth.

„Schön, dass ihr kommt", rief sie ihnen zu, „Nils ist auch schon da. Bringt eure Sachen herein, dann könnt ihr mir beim Decken für den Nachmittagstisch helfen."

Steffi und Christoph trugen ihr Gepäck in Else Löbmanns ehemalige Wohnung im Anbau. In ihr hatten die „Riedhäuser" weitere Schlafmöglichkeiten eingerichtet. Hier würden heute Nacht die Erwachsenen Quartier nehmen.

Sie trafen auf Nils Bertram, Claudia Bödeke und Heike Schrader, die nach ihrer Heirat den Nachnamen „Willmann" trug. Bei der gegenseitigen fröhlichen Begrüßung umarmten sie sich. Heike war Gymnasiallehrerin und wohnte in einer Kleinstadt in Franken. Ihr Ehemann war Arzt und arbeitete in einem großen Krankenhaus in Würzburg; er konnte zu diesem Treffen nicht kommen, weil ihm sein Dienstplan keinen Raum ließ. Beide hatten keine Kinder. Claudia Bödeke war nach ihrem Studium in Hannover geblieben. Sie unterrichtete als Lehrerin an einer Grundschule und war alleinerziehende Mutter einer elfjährigen Tochter.

Steffi holte aus dem Auto zwei Körbe mit Getränken und Lebensmitteln und brachte sie in die Küche, wo Friederike bereits werkelte. Die Frauen gaben sich einen Begrüßungskuss. Friederike war bestens gelaunt.

„Das ist heute ein tolles Wetter, Steffi! Wir werden die Tafel auf der Terrasse decken. Du kannst den Männern sagen, sie sollen den Außenkamin schon einmal richten, Holz liegt unter der Bank. Wir stellen den langen Tisch so hin, dass die Verfrorenen in der Nähe des Kamins sitzen können. Sollte das nicht reichen, ziehen wir einfach ins Mädchenzimmer um."

Friederike war dabei, Kartoffeln für das Abendessen zu schälen. Neben ihr saß ihre Tochter auf einem Stuhl, hatte eine Kartoffel in der Hand und versuchte ebenfalls, sie zu schälen.

„Pass mit dem Messer auf, Betty! Ganz vorsichtig und langsam schälen!" Sie wandte sich an Steffi.

„Man kann nicht früh genug damit anfangen, die Kinder an die Küche zu gewöhnen. Ich habe Betty natürlich ein Messer gegeben, das nicht so scharf ist."

„Sind Hanno und Klaus schon da?", fragte Steffi.

„Klaus und Gesa müssten jeden Moment kommen", antwortete Friederike. „Hanno kommt nicht, ich weiß nicht, warum. Frage Klaus, der hat manchmal Kontakt zu Hanno."

Eine halbe Stunde später kam ein weiteres Auto. Klaus Behrens und seine Frau Gesa stiegen aus und wurden von den anderen mit Hallo begrüßt. Klaus war ebenfalls in Hannover geblieben. Er arbeitete als Studienrat in einem Hannoveraner Gymnasium. Seine Ehefrau Gesa war Krankenschwester und ging ihrem Beruf im Moment halbtags nach. Sie hatten zwei Kinder, Alexander und Daniel.

„Wo sind die Kinder?", fragte Klaus.

„Im Wald", sagte Friederike. „Luise, Martin Horstmeyers Frau, ist mit ihnen unterwegs. Meine Tochter Ulrike ist bei den anderen. Nur Betty ist nicht mitgekommen, die habe ich bei mir."

„Aber Luise kennt sich hier doch überhaupt nicht aus!", meinte Klaus.

„Dafür dein Sohn Alex umso besser. Die werden sich schon nicht verlaufen."

Die Kinder hatten ihre ganzen Osterferien im Riedhaus verbracht. Nur Friederikes Tochter Elisabeth war noch zu klein dafür und deshalb zuhause geblieben. Seit drei Wochen hielt sich Luise Horstmeyer mit ihren beiden Jungen in Deutschland auf; Martin hatte sie begleitet, war aber nur eine Woche geblieben, weil er die Tierarztpraxis und die Farm in Namibia nicht in Stich lassen wollte. Luise hatte die Aufgabe übernommen, den Kindern im Riedhaus zur Seite zu stehen.

Die Frauen trugen den langen Tisch aus dem Mädchenzimmer auf die Terrasse und begannen, ihn zu decken. Die Männer kümmerten sich um den Kamin, machten ihn mit Holz, Zeitungspapier und Kohleanzünder startklar und schauten sich ratlos um.

„Lauft uns nicht in die Quere", bemerkte Friederike ungehalten, „macht lieber irgendetwas Sinnvolles, in einer Stunde gibt es Tee und Kuchen." Christoph ging in die Küche und kam mit drei Flaschen Bier zurück.

„So war das nicht gedacht", lachte Steffi, „bis heute Abend ist es noch lang. Passt auf euch auf!"

Ein weiteres Auto hielt vor dem Riedhaus. Gabriele Bertram und Dr. Ralph Meyer stiegen aus. Gabriele, mittlerweile kurz vor dem Rentenalter, kam zu ihnen. Ralph hatte seinen Arm um ihre Schulter gelegt.

„Können wir euch helfen?"

„Im Gegenteil. Ihr seid unsere Gäste! Setzt euch irgendwo hin und genießt den Ausblick auf die Leine. Wir freuen uns, dass ihr gekommen seid", sagte Steffi.

In der Küche bemerkte Friederike zu Steffi:

„Erstaunlich. Deine Mutter hat doch immer betont, sie wolle unabhängig sein und sich nicht an jemanden binden. Und jetzt wohnen die beiden zusammen, sogar in Ralphs Haus!" Steffi schmunzelte.

„Unabhängig ist sie noch immer, wenn du das in ihrem Beisein bestrittest, würde sie sich das verbitten! Mit ihrem ehemaligen Chef ist sie schon so lange liiert, dass beide Silberne Hochzeit feiern könnten, wenn sie denn verheiratet wären. Ralph war immer ein guter Familienvater und seine Familie wusste über sein Verhältnis zu Gabriele Bescheid. Vor drei Jahren ist Ralphs Frau gestorben, meine Mutter und Ralph sind kurz danach zusammen gezogen. Zu Ralphs Kindern hat Gabriele ein gutes Verhältnis, die besuchen häufig ihr Elternhaus."

Eine halbe Stunde später drang aus der Ferne Stimmengewirr zu ihnen. Als es näher kam, konnten sie Kinderlachen und die kehlige Stimme von Luise Horstmeyer unterscheiden. Eine Schar von Kindern trat aus dem Wald, in der Mitte Luise, die lachend mit ihnen redete. Julia Bödeke und Alexander Behrens trugen Körbe, gefüllt mit Bärlauch und Waldmeister. Auch Marianne Horstmeyer und Rolf Bertram, Luises Schwiegereltern, waren dabei.

Friederike und Adam, Steffis Kinder, liefen auf ihre Mutter zu. Steffi hatte ihre Tochter nach ihrer Freundin benannt, die zugleich Patentante war. Dieser hatte das erst überhaupt nicht gepasst, weil Steffis Tochter dann auch noch den gleichen Nachnamen trug, den sie als Geburtsnamen hatte. Doch Steffi hatte ihr klar gemacht:

„Ich kann meine Tochter so nennen wie ich will, dagegen kannst du sowieso nichts machen, Friede!"

Steffi arbeitete als Zahnärztin in einer großen Gemeinschaftspraxis in Langenhagen bei Hannover. Mit ihrer Wunschpraxis Krüger/Weigand hatte es nach ihrer Rückkehr aus Namibia nicht geklappt, doch hier fühlte sie sich auch ganz wohl. Im Moment arbeitete sie wegen der Kinder halbtags, doch sie könnte im nächsten Jahr aufstocken. Sie war dabei, sich das zu überlegen.

Adam Bartels schrie:

„Mama, wenn Alex nicht aufgepasst hätte, wären wir morgen alle tot!"

„Wieso denn das?"

Alexander Behrens trat vor und sagte ernst:

„Luise hat Maiglöckchenblätter in den Korb mit dem Bärlauch getan. Und Maiglöckchenblätter sind giftig." Luise reagierte mit einem strahlenden Lächeln, ihre weißen Augäpfel und Zähne traten aus ihrem braunen Gesicht hervor.

„In Namibia gibt es keinen Bärlauch und keine Maiglöckchen. Und ihr sollt ganz ruhig sein, Kinder. Seit zwei Wochen passe ich auf euch auf, jetzt könnt ihr auch einmal auf mich aufpassen. Wilhelm und Johannes, kommt her, es gibt Kuchen!"

Die beiden jungen Söhne von Luise und Martin Horstmeyer brauchten eine Weile, bevor sie zu ihrer Mutter kamen. Den Pflanzenreichtum eines deutschen Frühlingswaldes kannten sie nicht, sie waren an die Dürre Namibias gewöhnt. Sie hatten sich begeistert niedergehockt und den Boden unter den alten Kiefern untersucht, mit seinem Bestand an Anemonen und Leberblümchen. Als alle zusammen waren, rief Steffi zum Tee. Friederike kam mit ihren beiden Töchtern aus der Küche. Sie trugen den Streuselkuchen auf die Terrasse. Steffi schaute sich die Mädchen an. Sie waren bildhübsch und hatten beide lange blonde Locken. Könnte sein, dass sie auch mal solche Schönheiten werden wie ihre Mutter, dachte sie.

Sie setzten sich um den langen Tisch. Steffi und Friederike hatten den Streuselkuchen geschnitten und zu einer Pyramide aufgebaut, flankiert von Schüsseln mit Obst. Den Waldmeister hatten sie in Büschel aufgeteilt und in Gläser gesteckt, er verbreitete seinen Frühlingsgeruch.

„Was wollt ihr denn mit dem Bärlauch anfangen?", fragte Luise.

„Heute Abend gibt es Kartoffelsuppe nach Tante Elses Rezept", antwortete Friederike. „Da hinein kommt der Bärlauch."

„Und dazu essen wir Mettwurst", ergänzte Steffi. Die habe ich vorhin beim Landschlachter in Neustadt besorgt." Sie ging in die Küche, holte zwei Teekannen und schenkte Tee ein. Die Kinder tranken Saft.

„Warum ist eigentlich Hanno Großklaus nicht gekommen?", fragte Nils. Klaus wusste Bescheid.

„Hanno ist zurzeit in Ecuador. Ich habe oft Kontakt zu ihm. Er wohnt in Hamburg, aber das werdet ihr wahrscheinlich wissen. Er ist Betriebswirt und arbeitet bei einer Firma, die sich auf Kaffeeimport spezialisiert hat. Deswegen reist er oft ins Ausland."

„Und wie läuft es bei ihm sonst? Hat er Familie oder Kinder?", wollte Claudia wissen.

„Weder das eine noch das andere", antworte Klaus. „Er ist Single und hat eine langjährige Freundin, eine Schwedin. Sie wohnt in Göteborg. Ab und zu treffen sich die beiden."

Irgendwann kam das Gespräch auf Luise und ihre Kinder. „Wie lange bist du schon hier, Luise?", fragte Heike. „Zwei Wochen. Eine Woche bleiben wir noch. Wir könnten sogar noch vierzehn Tage bleiben, weil wir in Namibia noch Ferien haben. Es gibt zwei lange Ferien in Namibia, die im April und Mai und die Weihnachtsferien. Beide dauern über vier Wochen. Die anderen Ferien sind nicht der Rede wert. Aber ich lasse Martin nicht so gern allein. Der Mann lässt sich doch ganz leicht verführen, fährt in der Gegend umher und trifft auf einsame Farmerwitwen und ich bin nicht dabei, um auf ihn aufzupassen!" Luise lehnte sich zurück und lachte schallend.

„Na hör mal", sagte Steffi, „ich kenne ihn auch ganz gut. So schlimm, wie du ihn beschreibst, ist er nicht."

„Wie bitte? Ich hab es nur einmal versucht, ihn zu verführen. Es hat sofort geklappt. Ein halbes Jahr später waren wir verheiratet, und in den nächsten Jahren kamen gleich hintereinander die Jungs. Dabei hat er aber großes Glück gehabt. So einfach kommt man in eine Familie der Nama sonst nicht hinein."

„Habt ihr kirchlich geheiratet oder nur mit Standesamt?", fragte Heike.

„Wo denkst du hin! Eine Hochzeit ohne Kirche ist in unserer Familie absolut undenkbar. Wir haben natürlich in der Kirche in Khorixas geheiratet, mit Gesängen, weißem Brautkleid und allem Drumherum. Danach kam eine zweitägige Feier auf der Farm, mit Nachbarn und Freunden und meinen Verwandten, die von weit her gekommen sind und die wir in Zelten untergebracht haben."

„Habt ihr so eine afrikanische Hochzeit gefeiert?", erkundigte sich Rolf.

Über Luises Gesicht ging ein Lächeln.

„Natürlich. Es war wunderschön. Über den ganzen Tag haben wir unsere Lieder gesungen, abends dazu getanzt."

„Ihr sprecht doch die Klicksprache. Kannst du einmal etwas in der Klicksprache sagen?"

„Und was soll ich sagen?"

„Niemand backt so guten Streuselkuchen wie Friederike." Luise tat es und brachte damit Heiterkeit in die Runde. Sie lächelte, mit einer Portion Herablassung.

„Nur dumme Menschen lachen über unsere Sprache. Sie ist schwer, versucht mal, sie zu lernen! Ich glaube, das können nur die Nama. Wir sprechen sowieso alle mehrere Sprachen; neben Nama Englisch, Deutsch und immer noch ein bisschen Afrikaans. Martin wird niemals Nama lernen, also wird er auch niemals ein richtiger Nama werden."

„Kann er eure Sprache denn verstehen?" Luise verzog schmerzlich ihr Gesicht.

„Mittlerweile leider ja. Früher war es viel schöner. Da konnten wir uns in der Familie unterhalten, ohne dass er etwas mitbekommen hat." Ein fröhliches Lachen ging durch die Runde.

Steffi wollte noch etwas von Luise wissen.

„Du hast doch bis jetzt keine Berufsausbildung, Luise. Ich geh mal davon aus, dass du gleich nach der Schule Martin geheiratet hast. Wirst du irgendwann noch eine Berufsausbildung machen?"

„Komplizierte Frage, Steffi. Nach der Schule habe ich nicht gleich Martin geheiratet, sondern noch zwei Jahre auf der Farm gearbeitet. Das hat sich so ergeben, du kennst dich doch damit aus, wie es in Elisental zugeht. Wahrscheinlich habe ich mich irgendwann gelangweilt, darum passierte das alles mit Martin!"

Die Heiterkeit setzte sich fort, Luise ist ein Gewinn, dachte Steffi, sie schafft es perfekt, eine Runde von Menschen zu unterhalten.

„Und was geschah dann?"

„Na ja, ich habe das gemacht, was du auch einmal gemacht hast, Steffi. Ich begleite Martin, wenn er bei den Farmen seine Runden macht und helfe ihm, bis heute. Das war trotz der Schwangerschaften und der Babypflege kein großes Problem, schließlich leben wir in Namibia in einer Großfamilie und helfen uns gegenseitig."

„Und dann?"

„Martin hat mir viel beigebracht. Es gibt in Namibia zwar noch keine offiziellen Tierarzthelferinnen, doch man hat jetzt in Windhoek einen Ausbildungskurs für veterinärmedizinische Fachangestellte aufgemacht. Ich werde da teilnehmen. Und vielleicht später Veterinärmedizin studieren, das hat aber keine Eile, ich kann damit warten, bis die Jungs größer sind. Kommt dir das nicht bekannt vor?"

Steffi lächelte.

Später segelten Scharen von Schwalben durch die Luft, jagten sich, schwatzten und schienen sich mit zwitschernden Tönen anzulachen. Genau wie die Menschen unter ihnen, die am Tisch vor dem Riedhaus saßen.